KB043033

가
연
물

可燃物

요네자와 호노부 지음
김선영 옮김

가
연
물

Honobu
Yonezawa

**Combustible
Substances**

REA⊒bie

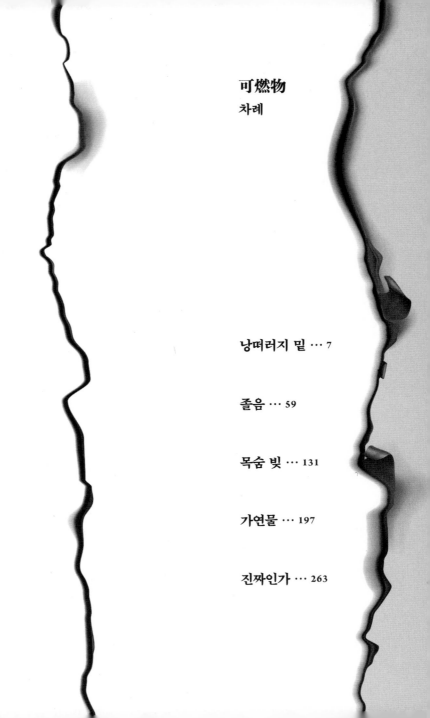

可燃物

차례

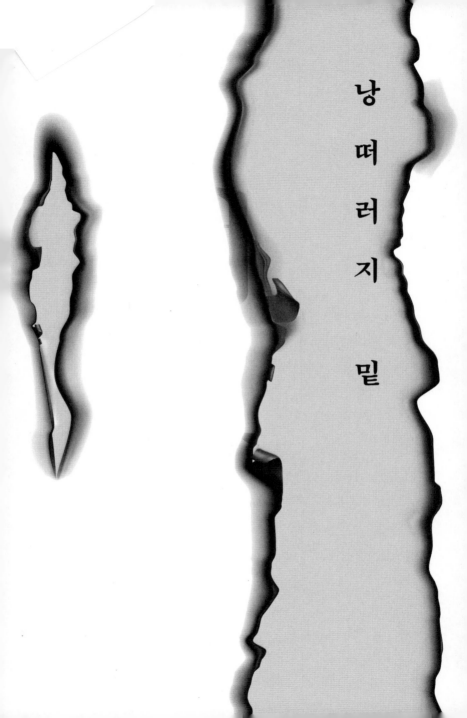

낭
떠
러
지

밑

2월 4일 토요일 오후 10시 31분, 군마현 도네 경찰서에 조난 신고가 접수되었다. 신고인은 스키장 '조모(上毛) 스노 액티비티'에서 산장을 운영하는 아쿠타미 쇼지, 110번이 아니라 경찰서에 직접 전화를 걸어 저녁 식사 전에는 돌아오기로 한 손님이 돌아오지 않는다고 신고했다. 10시 59분, 인근 파출소에서 급히 출동한 경찰관이 아쿠타미에게 상황을 들어 보니, 사이타마현 사이타마시에서 스키를 타러 온 일행 다섯 명 가운데 네 명과 연락이 닿지 않는다는 것이었다.

유일하게 산장에 돌아와 있던 하마즈 교카(34세)는 일행과 오후 3시경에 헤어졌다고 진술했다. 하마즈는 4시경 산장으로 돌아와 일행이 돌아오기를 기다렸지만 해가 저물도록 아무도 돌아오지 않았고, 스마트폰에 전화를 걸어 보았지만 아무도 받지 않아 마음을 졸이다가 오후 8시경에야 아쿠타미에게 의논했다.

스키장 야간 개장 종료 시간인 9시 반이 되도록 누구와도 연락이 닿지 않아 스키장 구조팀에 문의해 보았지만 일행의 행방은 알 수 없었다. 아쿠타미는 하마즈에게 경찰에 신고하길 권했지만 하마즈는 조금 더 상황을 지켜보겠다고 고집을 부렸다. 그 후 1시간이 지났는데도 하마즈가 신고를 망설이자 더 이상 기다릴 수 없다고 판단한 아쿠타미가 도네 경찰서에 전화를 걸었다. 경찰관은 자연히 하마즈에게 집중적으로 질문했다.

하마즈 일행은 다섯 명 모두 삼십 대로, 중학교 때부터 알고 지낸 사이였다. 오전 11시경 스키장에 도착해 산장에 짐을 맡기고 스노보드를 즐겼다. 다섯 명 모두 스노보드 경험자였지만 실력에는 차이가 있어, 세 명은 겨울스포츠에 익숙했지만 한 명은 초심자 수준을 벗어나지 못했고 하마즈는 두 번 정도 타 본 게 전부였다. 그들은 오후 3시경, 산꼭대기 근처까지 올라가는 6호 리프트를 탔다. 리프트에서 내리자 다섯 명 가운데 한 명이 백컨트리(backcountry) 스노보드를 타 보자고 제안했다. 코스에서 벗어나 자연 속을 활강하자는 것이었다. 다섯 명 중에는 반대하는 이도 있었지만 결국 재미있을 것 같다며 도전하게 되었다. 겔렌데 활강도 여의치 않은 하마즈는 일행과 헤어져 혼자 다시 리프트를 타고 산에서 내려왔다.

당일 날씨는 그리 나쁘지 않았지만 저녁 때 잠시 바람과 눈이 강해졌고, 정상 부근은 눈보라가 쳤을 가능성이 컸다. 파출소 경찰관은 상황을 종합적으로 고려해 네 사람이 충분하지 않은 장비로 숲속에 들어갔다가 고립되었다고 판단했다. 즉시 도네 누마타 광역 소방본부와 연계해 조난 구조 체제를 갖추었다.

이튿날 5일, 날이 밝기를 기다려 경찰과 소방서, 지역 소방단과 주민, 스키장 구조팀으로 이루어진 수색대가 출발했다. '조모 스노 액티비티'는 백컨트리 스노보드나 백컨트리 스키에 적합한 설질과 지형으로 소문이 나서 매년 많은 애호가들이 설산에 도전한다. 개중에는 불운한 사람이나 준비가 부족한 사람도 있어, 이번 사고는 지난 10년 사이 네 번째로 발생한 조난 사고였다. 수색 경험자도 많아 계획 수립부터 역할 분담과 수색 개시까지, 대응은 대단히 신속히 이루어졌다.

수색 개시로부터 2시간가량 지난 오전 8시 47분, 조난자 중 두 명, 고토 료타와 미즈노 다다시가 스키장 코스에서 약 300미터 떨어진 낭떠러지 밑에서 발견되었다. 돌발적으로 내린 눈에 방향을 잃고 낭떠러지에서 떨어진 것 같았다. 미즈노는 즉시 들것을 이용해 산기슭으로 옮겨 응급처치 후 구급 이송했지만 고토는 그 자리에 남겨졌다.

이미 사망했기 때문이다.

정오가 지나 군마 현경 본부 형사부 수사1과, 가쓰라 경부•가 부하들을 이끌고 '조모 스노 액티비티'에 도착했다.

현장은 낭떠러지 밑이었다. 먼저 도착한 감식과 직원과 검시관이 이미 어느 정도 일을 마쳐서 형사들도 현장에 들어갈 수 있었다. 가쓰라는 쌓인 눈 위로 힘겹게 걸음을 옮겨 시체에 다가갔다.

고토는 거의 수직으로 깎여 나간 낭떠러지 경사면에 등을 기대고 눈을 뜬 채 죽어 있었다. 목 왼쪽에 대량 출혈 흔적이 있고, 바닥에 쌓인 눈과 고토의 몸 왼쪽 절반이 붉게 물들어 있었다. 수염이 자란 것은 조난당해 깎지 못했기 때문이리라. 서른넷이라는 나이에 비해 마치 학생처럼 젊어 보였다.

스노보드를 장착한 다리는 몸 오른쪽으로 부자연스럽게 꺾여 있었다. 카키색 스노보드 웨어를 입고 있었지만 지퍼가 열려 있고 내의도 말려 올라가 복부가 드러나 있었다. 주변에는 넥워머와 니트 모자, 고글, 장갑이 굴러다녔고 각각의 물건들 옆에 감식용 번호표가 놓여 있었다. 가쓰라는 조난자를 본 적은 없었지만 저체온증에 빠진 사람이 착란을 일으켜 옷을 벗어 던지는 경우가 있다는 지식은 당연히 갖고 있었다.

● 우리나라의 '경감'에 해당하는 일본 경찰 계급

검시관 스도가 가쓰라에게 다가왔다. 눈짓으로 인사를 나눈 뒤 가쓰라는 단도직입적으로 물었다.

"이 지역 기온에서도 스스로 옷을 벗기도 하나?"

스도는 고개를 가로저었다.

"사람과 상황에 따라 다르지. 가령 내의가 젖었다면 체온이 떨어지는 것도 빠르니, 저체온으로 착란을 일으켰을 가능성도 충분해."

이어서 스도가 물었다.

"소견을 말해도 되겠나?"

"부탁하네."

"온몸을 심하게 부딪혀서 뼈도 몇 군데 부러졌을 것 같아. 사인은 경동맥을 찔려서 과다 출혈. 사후 10시간 내지 14시간쯤 지났을 거야. 자상은 목 한 군데뿐이네."

감식과 직원이 돌아다니는 모습을 보며 가쓰라가 물었다.

"어떤 흉기인지 알겠나?"

"끝이 뾰족한 물체야. 지금은 그 말밖에 못 하겠군."

가쓰라는 말없이 고개를 끄덕였다. 스도는 대화는 끝났다는 듯이 시체 옆에 몸을 숙였다.

가쓰라는 생각했다. 범인은 틀림없이 미즈노 다다시다. 10시간 내지 14시간 전이라고 하면 22시에서 2시 사이다. 그 시간대에 이 산속에 제삼자가 있었을 리 만무하니, 줄곧 피해자 곁에 있었던 미즈노가 범인이라 단언해도 좋다.

지금 병원에 있는 미즈노에게는 형사를 붙여 놓았다. 아까 무선통신으로 미즈노가 의식불명의 중태라는 소식을 받았다.

가쓰라는 스마트폰을 꺼냈다. 신호가 잡히지 않는다. 골짜기라는 지형 때문에 전파가 잘 안 통하는 것인지, 단순히 평소 사람들이 드나들지 않는 곳이라 기지국이 없는 것인지는 알 수 없다. 어쨌거나 고토도 미즈노도 전화로 도움을 청할 수는 없었던 것 같다.

이어서 낭떠러지를 올려다보았다. 경사면은 몹시 가팔라 눈도 거의 쌓여 있지 않았다. 저 멀리 위쪽에 쌓인 눈이 차양처럼 튀어나와 있고, 그 끝에 흉악하게 생긴 고드름이 매달려 있었다. 가쓰라는 가까이 있던 부하를 불러 머리 위를 가리켰다.

"저 위까지 8미터는 되겠지."

부하는 낭떠러지 위에서 아래까지 신중하게 바라보고 대답했다.

"예."

"안내인에게 낭떠러지 위로 갈 수 있는지 물어보도록. 갈 수 있다면 안내를 부탁해서 확인하고 와라. 감식도 부탁하고."

"알겠습니다."

부하는 긴장한 표정으로 걸음을 돌렸다. 가쓰라가 지휘하는 현장은 늘 숨이 막히고 농담 한마디 나오지 않는다.

가쓰라는 이어서 감식반장 사쿠라이를 찾아서 불렀다. 사쿠라이는 손을 흔들어 답하고 가쓰라에게 다가오면서 말했다.

"발자국은 글렀어. 수색대와 구급 요원이 엉망으로 밟고 다녀서. 원래부터 발자국이 없었는지, 아니면 지워진 건지도 구분할 수 없네."

"어쩔 수 없지."

만약 이 낭떠러지 밑에서 멀어져 가는 발자국이 발견된다면 사건 양상은 대번에 바뀐다. 다만 가쓰라도 인명 구조가 최우선인 상황에서 발자국이 무사히 남아 있을 거라는 기대는 하지 않았다.

"유류품은 어떤가?"

"피해자가 입고 있던 것을 제외하면 저기 떨어져 있는 니트 모자와 장갑, 넥워머, 고글, 지금은 그게 전부야."

"스틱은?"

사쿠라이가 바로 대답했다.

"아니, 없었어."

스노보드를 탈 때는 대부분 스틱을 쓰지 않지만 백컨트리라면 사용하는 쪽이 많다. 그렇지만 준비 없이 백컨트리에 도전한 피해자가 스틱을 가지고 있지 않다고 해도 이상한 일은 아니었다.

가쓰라는 다시 현장을 둘러보았다. 낭떠러지 밑에서 남자가 경사면에 몸을 기댄 채 죽어 있다. 시체 주변의 눈은 수많은 발자국으로 엉망이지만, 조금만 멀어져도 새로 쌓인 눈이 수북하게 쌓여 있다. 어디선가 들려오는 물소리로 보아 이곳은 강이 깎아 낸 계곡인 듯했다.

현시점에서 미즈노 다다시를 체포할 수 없는 이유는 두 가지다.

하나는 나머지 두 명의 조난자가 여전히 행방불명이라는 점. 피해자와 미즈노 두 사람만 낭떠러지에서 떨어진 게 아니라 다른 조난자도 함께 있었을 가능성이 있다. 그 제3, 혹은 제4의 인물이 피해자를 살해하고 미즈노를 방치한 채 현장에서 벗어났을 가능성을 부정할 수 없다. 나머지 문제는 더 중요하다. 가쓰라는 중얼거렸다.

"흉기가 없어."

사쿠라이가 말없이 끄덕였다.

고토 료타의 목을 찔러 동맥에 상처를 입혀 죽음에 이르게 한 '끝이 뾰족한' 흉기가 없다. 구급 이송된 미즈노 다다시가 몸에 지니고 있었다면 이미 발견되었을 것이다. 무전기가 계속 침묵하고 있는 이상 미즈노는 흉기를 소지하고 있지 않았다고 봐도 무방하다.

그래서야 죽일 수 없다. 어떻게 죽였는가?

동기는 나중에 조사하면 된다. 흉기만 찾아내면 사건은 끝난다. 즉 흉기를 찾아내지 못하면 사건은 끝나지 않는다. 미즈노 다다시의 자백을 받아 낼 수 있다면 상관없지만 지금 미즈노는 의식도 없고 취조할 수 있는 상태가 아니다. 신문을 위해 며칠 기다렸는데 용의자가 부인한다면 체면이 말이 아니다.

사쿠라이가 투덜거렸다.

"감식반을 총동원해서 눈을 쓸어 내야겠군. 흉기가 묻혀 있지 않은지······. 고생길이 훤하군."

오후 4시가 지났다. 도네 경찰서에 수사본부가 설치되고 정보가 모여들었다.

수사 지휘는 형사부 수사1과 강력범죄 수사 지도관, 오다 경시*가 맡았다. 오다는 민완 형사로 유명했는데 승진해서 지도관이 된 후로는 수사1과장을 비롯한 간부진과 현장 반장들 사이의 의견을 조율하는 조정형 지휘관으로 바뀌었다. 이번에도 수사 회의가 시작되자 "가쓰라. 진행해."라고 한마디 하고는

● 우리나라의 '총경'에 해당하는 일본 경찰 계급

진행에 참견하지 않았다.

살해된 고토 료타는 사이타마현 사이타마시에서 주류 판매업을 하는 부모 밑에서 일했다. 기혼으로 아이가 셋. 술에 취해 술집 점원에게 시비를 걸어 부상을 입힌 폭행 전과가 있다. 친구 네 사람과 함께 승용차로 집에서 출발한 게 오전 8시 반, 오전 11시경 '조모 스노 액티비티'에 도착한 것으로 확인되었다.

시신은 여러 곳에 타박 등의 흔적이 있었고, 자세한 사항은 사법해부 결과를 기다려야 하지만 두 다리에 골절상을 입은 것으로 보였다. 치명상으로 보이는 목의 자상도 별도로 보고되었다.

미즈노 다다시는 사이타마시에 있는 건설 회사 '미누마 건설' 자재관리부 소속이었다. 결혼은 하지 않았고 부모와 함께 살며 차로 통근했다. '조모 스노 액티비티'까지 차를 운전한 사람이 미즈노였다.

유일하게 산장에 돌아와 있던 하마즈 교카는 사이타마 시내에 있는 '이와쓰키 정겨운 어린이집'에서 비정규직으로 일하며 독신이다. 하마즈 본인의 진술에 의하면 나머지 네 사람은 전부터 교류가 있는 듯했지만 하마즈는 그렇지 않아, 함께 어울린 것은 이번이 처음이라고 했다.

행방불명된 사람은 남녀 한 쌍이었다.

시모오카 겐스케는 34세 남성으로 결혼은 했지만 아이는 없고 확실한 직업이 없다. 다섯 명 중에서는 스노보드 경험이 가장 풍부했다. 하마즈 교카의 증언에 따르면 코스 밖으로 나가자고 말한 것은 고토 료타였고, 시모오카는 그 의견에 반대했다. 하지만 고토가 겁먹었느냐고 도발하자 비교적 금방 반대 의견을 접었다고 한다.

또 한 명의 행방불명자는 누카다 히메코, 34세 여성. 사이타마 시내에 있는 파친코 가게 '드 소 오미야점' 직원이다. 중학생 때는 고토, 미즈노, 시모오카 세 사람과 함께 어울리는 일이 많았지만 성인이 되고 나서는 그런 기회도 줄어, 이번 스노보드 여행에 초대받았지만 차마 거절하지 못하고 여자 혼자인 상황을 피하려고 하마즈를 불렀다는 것이다.

이상의 정보는 전부 하마즈 교카가 말한 내용으로, 사실 확인을 위해 사이타마시에 형사를 파견했다.

이어서 병원에서 미즈노에게 붙어 있던 형사가 일어나서 보고했다.

"미즈노 다다시는 중상입니다. 의사의 말로는 갈비뼈와 왼쪽 손목, 좌우 정강이에 골절상, 오른쪽 팔꿈치에는 개방성 골절이 있으며, 그 외 온몸에 타박상을 입었다고 합니다. 구출 당시 의식이 있었지만 이송 중에 실신해 15시 50분 현재, 의식을 되찾지 못하고 있습니다. CT 결과 뇌출혈은 없었으며 수술도 문제없이 끝나 합병증만 없다면 쾌차할 것으로 보인다고 합니다."

수사 자료에는 부상 부위의 그림도 첨부되어 있었다. 골절부는 오른쪽 6번 및 7번 늑골, 오른쪽 아래팔 요골(橈骨), 왼손 주상골, 좌우 비골이라고 적혀 있다. 골절 부위가 온몸에 퍼져 있는 이유는 굴러떨어졌을 때 낭떠러지 경사면에 몸을 부딪치며 떨어졌기 때문일 거라는 의사의 추측이 덧붙어 있었다.

"병원 도착 당시 미즈노의 소지품은 다음과 같습니다. 먼저 올리브색 스노보드 웨어 상하의. 빨간 니트 모자. 귀를 덮는 부분이 흰색, 연결부가 검은색인 귀마개. 흰색 고글. 스키장 일일 이용권이 들어 있는 암밴드. 검은색 넥워머. 빨간색 부츠. 검은색 양말. 검은색 바인딩. 형광 녹색에 무늬가 들어간 스노보드. 스마트폰. 다갈색 반지갑, 이건 별표에 내용물을 기재했습니다. 이상입니다."

바인딩은 스노보드에 부츠를 고정하는 기구다. 지갑에는 현금 16,026엔, 2종 자동차 운전면허증, 사원증, 장기 기증 희망 카드, 교통 카드 외에 사이타마시 가게들의 포인트 카드가 몇 장 들어 있었다.

가쓰라가 질문했다.

"미즈노는 현장에서 이송되는 동안 소지품을 버릴 수 있는 상황이었나?"

"아닙니다."

질문을 예상했는지 형사는 즉시 대답했다.

"미즈노는 두 손이 부러졌고, 이송할 때 담요로 단단히 둘러 들것에 실었습니다. 수색대가 찍은 이송 사진을 보았는데 손을 담요 밖으로 꺼낼 수 있는 상태가 아니었습니다. 사진은 나중에 공유하겠습니다."

"알겠다. 한 가지 더. 미즈노의 부상 상태로 볼 때 범행은 가능했나?"

"아마도……."

그렇게 입을 연 형사가 말을 끊고 고쳐 말했다.

"모르겠습니다. 의사에게 확인하겠습니다."

가쓰라는 고개를 끄덕이고 확인에 필요한 서류를 나중에 전달하겠다고 했다.

보고를 마친 형사가 자리에 앉자 다음 사람이 일어섰다.

"수색대에 피해자와 미즈노를 발견한 상황을 확인하니, 현장 주변에 제삼자의 발자국은 없었다고 증언했습니다. 구급대 도착에 앞서 이송 루트에 쌓인 눈을 쓸어 냈다고 합니다. 또한 구조할 때 주웠거나 가지고 돌아간 물건이 없는지도 전원 확인했지만 일절 없었다고 합니다. 이상입니다."

"현지에서 눈이 그친 게 몇 시였나?"

다른 형사가 대답했다.

"기상청에 문의한 결과 오후 4시 이후 현장 부근은 계속 흐린 날씨로 강설은 관측되지 않았습니다. 스키장 직원도 같은 대답이었습니다."

고토 료타의 사망 추정 시각은 심야다. 누군가 고토를 살해하고 현장을 떠난 뒤에 눈이 내려 발자국이 지워졌을 가능성은 없다.

"알겠다. 다음."

눈에 반사된 햇빛에 얼굴이 그을린 형사가 손을 들고 보고를 시작했다. 가쓰라의 명령으로 낭떠러지 위쪽을 검증한 형사였다.

"현장인 낭떠러지 밑에서 위로 올라가려면 일단 계곡을 내려가서 급경사를 올라가야 합니다. 안내인은 현장 부근에 대해 눈이 많이 쌓이고 지형도 험해서 장비 없이 이동하는 것은 현실적으로 불가능하다고 했습니다. 그리고 주변을 수색하던 수색대가 낭떠러지로 이어지는 두 개의 슈푸르를 발견했습니다. 강설로 옅어지기는 했지만 판별할 수 있는 상태였습니다. 사진은 공유하겠습니다. 감식반이 주변을 조사하고 있습니다만 아직 특별한 유류품은 발견하지 못했다는 보고를 받았습니다. 이상입니다."

슈푸르는 스키나 썰매, 스노보드 등이 눈 위를 지나간 뒤에 남는 자국을 말한다. 낭떠러지 밑으로 굴러떨어진 것은 고토와 미즈노 두 사람, 둘은 스노보드로 활강했으니 슈푸르가 두 개라는 것은 타당하다.

다른 형사가 손을 들었다.

"고토 료타의 시신은 마에바시로 옮겼습니다. 감정 처분 허가증도 발급되어 기리노 선생님께서 사법해부를 시작했습니다. 기리노 선생님께는 미야시타가 붙어 있습니다. 이상입니다."

마에바시대학 의학부 기리노 교수에게는 가쓰라가 직접 전화를 걸어 흉기가 불명인 점, 상처 부위 모양을 확인할 때 특별히 주의해야 할 사항을 전달했다. 기리노 교수는 상처에 대한 소견이 정리되면 전화로 연락해 줄 것이다. 일단 흉기 수사는 기리노 교수의 연락을 기다리는 수밖에 없다. 가쓰라는 다음 보고를 재촉했다.

"어젯밤부터 숙박하고 있는 손님들을 중심으로 탐문을 진행하고 있습니다만, 피해자 일행과 접촉한 인물은 아직 나타나지 않아⋯⋯."

그 말이 끝나기 전에 회의실 문이 조용히 열리더니 관할서 형사가 살그머니 들어왔다. 보고하던 형사가 말을 끊자 가쓰라는 늦게 들어온 형사에게 낮은 목소리로 물었다.

"뭔가?"

아직 신참처럼 보이는 관할서 형사는 주눅이 들면서도 명료하게 보고했다.

"누카다 히메코가 발견되었습니다. 살아 있습니다."

회의실이 살짝 술렁거렸다. 오다 지도관이 바로 몸을 내밀어 침묵을 깼다.

"용태는?"

"조금 혼란스러워하고 있지만 부상도 없고 무사하다고 합니다. 지금은 스키장 사무소에서 식사를 하고 있습니다."

오다는 가쓰라에게 시선을 돌렸다. 가쓰라가 지시를 내렸다.

"회의가 끝나면 사람을 보내겠다. 자네는 돌아가서 누카다에게 붙어 있어."

"예."

들어올 때의 조용한 걸음걸이와 대조적으로 형사는 종종걸음으로 회의실에서 나갔다.

형사들 사이에서 자그마한 안도의 한숨이 퍼져 나갔다. 무모한 백컨트리를 시도했다가 조난 사고를 낸 조난자에게 화가 나지 않는 것은 아니지만, 살아 있다는 소식을 들으면 무엇보다 다행이라는 마음이 솟아오르는 법이다.

분위기를 다잡듯 오다가 말했다.

"가쓰라, 계속해."

"예."

가쓰라는 형사들을 둘러보며 계속해서 정보를 모았다.

수사 회의 마지막에 가쓰라는 가망이 희박한 수사에서 일손이 부족한 수사로 인원을 재배치했다.

수사반 최고로 꼽히는 탐문의 명수 사토는 사이타마시에 파견했기 때문에, 누카다 히메코에게는 두 번째로 뛰어난 무라타를 보냈다. 그리고 가쓰라도 무라타와 함께 갔다.

수색본부는 '조모 스노 액티비티' 사무소에 설치되어 있다. 본부라고 해도 소방 책임자가 상주하고 무전기가 놓여 있는 게 전부인, 지극히 간소한 체제였다. 누카다 히메코는 구석에서 파이프 의자에 앉아 담요를 어깨에 두르고 뜨거운 물을 마시고 있었다. 사무소가 넓어서 누가 대화 내용을 들을 우려는 없었다.

관계자 사진은 아직 다 확보하지 못해서 스키장에 있는 형사 중 누구도 누카다의 용모를 파악하지 못했다. 고개를 숙인 채 어깨를 늘어뜨리고 떨고 있는 누카다는 몹시 나이 들어 보였다. 하지만 그것은 조난 직후라는 몹시 특수한 상황에 처해 있기 때문으로, 평소에는 화사한 외모일 것이다. 앉아 있어서 눈대중이지만 가쓰라는 155센티미터 정도인가, 하고 키를 가늠했다.

가까이 다가오는 무라타와 가쓰라를 알아차렸는지 누카다가 고개를 들어 힘없는 시선을 던졌다. 질문하기 전에 무라타가 이름을 밝혔다.

"군마 경찰 무라타와 가쓰라입니다. 누카다 히메코 씨 맞지요? 무사해서 다행입니다."

"경찰……."

누카다가 불안한 듯 중얼거렸다. 가쓰라와 무라타에게는 익숙한 톤이다. 말을 걸어온 사람이 경찰관이라는 사실을 알았을 때, 사람들은 보통 불안한 목소리를 낸다.

"저…… 제가, 뭘……?"

누카다는 아직 고토가 살해당한 사실을 모르는 것 같았다. 무라타가 가쓰라를 힐끗 쳐다보았다. 가쓰라가 고개를 끄덕이자 무라타는 수첩과 펜을 꺼내며 침통한 목소리를 지어냈다.

"아니, 누카다 씨 문제가 아닙니다. 실은 고토 료타 씨가 살해당했습니다."

"네?"

누카다는 말을 잇지 못했다.

"살해당했다니…… 누구에게?"

"모릅니다. 그래서 잠시 여쭙고 싶습니다."

가쓰라가 질문을 시작하려는 무라타의 어깨에 손을 얹어 말을 끊고 먼저 말했다.

"고토 씨 옆에는 미즈노 씨가 있었습니다."

누카다의 반응은 확연했다. 눈을 부릅뜨고 숨을 삼키더니 이렇게 외쳤다.

"들켰구나!"

무라타는 누카다의 반응을 미리 상정하고 있었던 것처럼 전혀 동요하지 않았다.

"들켰다니, 뭘 말입니까? 말씀해 주시지요."

누카다는 대번에 당황하며 손을 저었다.

"아니요. 아무것도 아니에요."

"누카다 씨, 살인 사건입니다. 그렇게 나오면 곤란하지요. 고토는 미즈노에게 뭔가 숨기고 있었군요. 그게 뭡니까?"

"하지만 착각한 걸지도 모르고."

"확인은 저희가 할 겁니다. 그게 경찰이 할 일이니까요."

"하지만……."

무라타가 온화하면서도 단호하게 설명했지만 누카다는 자꾸 망설였다. 뒤에서 보고 있던 가쓰라는 시간을 주면 누카다가 거짓말을 할 거라고 판단했다. 거짓말에 휘둘릴 여유는 없다. 무라타를 대신해서 말했다.

"누카다 씨. 말하기 싫다면 억지로 강요하지는 않겠습니다."

누카다가 노골적으로 안도한 표정을 지었지만 가쓰라는 말을 이었다.

"사이타마시에도 경찰을 보냈으니 누카다 히메코 씨가 '들켰다'고 한 게 무슨 뜻인지, 친구 분들에게 자세히 물어보겠습니다."

"앗, 잠깐……."

누카다의 안색이 변했다.

동시에 무라타도 개운치 않은 표정을 지었다. 무라타도 스스로 키워 온 조사 절차와 기술이 있는데, 상사인 가쓰라가 따라와서 무라타에게는 허용되지 않는 아슬아슬한 질문을 한다. 수사반에서 둘째가는 실력자라는 무라타의 자부심은 전혀 아랑곳하지 않는 방식이다.

"거기서 제 이름을 댈 건가요?"

기어드는 목소리로 중얼거리는 누카다에게 가쓰라가 말했다.

"그런 셈이지요. 고토 씨의 자택이나 누카다 씨 직장에서, 짐작 가는 구석이 없는지 탐문하게 될 겁니다."

누카다가 동요하고 있다. 무라타는 상사에 대한 반감으로 일할 기회를 놓치지는 않는다. 곧바로 말을 이어받았다.

"물론 여기서 말씀해 주신다면 그편이 빠르지만요. 어떻습니까, 누카다 씨…… 고토는 무엇을 숨기고 있었습니까?"

누카다는 왜소한 몸을 한층 더 웅크리며 뜨거운 물이 든 컵 안을 바라보았다. 가쓰라는 더 이상 아무 말도 하지 않았다. 누카다가 저항을 포기한 것은 명백했고, 이제 기다리기만 하면 된다는 것을 알기 때문이다. 누카다는 한숨을 쉬더니 입을 열었다.

"그럼 말씀드리겠지만, 제가 말했다는 건 비밀로 해 주세요."

"알겠습니다."

"미즈노 어머님이 돌아가셨다는 건 경찰 분들도 이미 알고 계실 테지요? 그 사고, 사실은 고토 때문이에요."

사건 관계자의 배우자나 자녀 유무는 가장 먼저 조사하지만 부모가 건재한지는 특별한 이유가 없는 한 조사하지 않는다. 현시점에서 미즈노의 모친이 사망했다는 정보는 듣지 못했지만 가쓰라도 무라타도 이미 알고 있다는 표정으로 이야기를 들었다.

"고토는 원래도 성격이 고약하지만, 핸들을 쥐면 더 심해서. ……다른 차에 심술을 부려요. 저도 그게 싫어서 그만두라고 몇 번이나 말했는데 끝내 변하지 않더군요. 미즈노 어머님이 몰던 차가 반대편 차선으로 뛰어들어 레미콘 차량에 충돌했다는데, 실은 앞에서 달리던 고토가 브레이크를 밟아서 그렇게 된 거예요."

무라타가 빠르게 기록했다.

"그 사고 때문에 미즈노는 굉장히 고생해서……. 중앙선을 넘은 게 미즈노 어머님이었으니 배상 문제도 있었나 봐요. 그런데 고토는 아무 말도 하지 않고 미즈노가 한탄하면 이야기를 들어주는 척하면서 뒤에서 비웃곤 했어요. 만약 그걸 들켰다면…… 미즈노는 한번 화나면 무서운 구석이 있어서, 전 항상 두려웠어요."

무라타가 질문했다.

"이번 스노보드 여행을 오기 전에 미즈노 씨가 사고 원인을 눈치챈 기색이 있었습니까? 그 외에도 평소와 다른 점은 없었습니까?"

누카다는 잠시 입을 다물었다가 고개를 가로저었다.

"없었어요. 항상 고토가 미즈노를 끌어들이고, 미즈노는 사실 싫은데도 허허 웃으며 어울리는 게 일상이라, 이번에도 그랬어요. 미즈노가 사실 사고의 진상을 알면서 그걸 숨겼다는 건……."

잠시 말이 끊겼다. 누카다는 고개를 푹 숙이고 같은 말을 중얼거렸다.

"몰라요. 모르겠어요."

"……그럼 저희 쪽에서도 조사해 보겠습니다. 그런데 어제 일을 좀 여쭙겠습니다만."

무라타가 화제를 전환했다.

"스키장 코스에서 벗어나 숲속에서 타자고 제안한 건 누구였습니까?"

"그건."

혼자 생각에 사로잡혀 있었는지 누카다가 예상도 못했다는 듯한 표정을 지었다.

"어, 그건, 스키장 직원에게 말씀드렸어요."

"다시 한번 말씀해 주십시오."

"하아⋯⋯. 상관은 없지만. 코스 밖으로 가자고 말을 꺼낸 건 고토예요."

"그 말에 다른 사람들의 반응은 어땠습니까?"

"시모오카는 장비가 없으니 그만두는 게 낫다고 했어요. 하마즈 씨는 원래 초심자라 코스 밖으로 나가다니 말도 안 되고, 혼자 내려가지도 못한다고 했어요."

"미즈노 씨와 당신은 어땠습니까?"

누카다는 힘없이 웃었다.

"저는⋯⋯ 고토가 한번 말을 꺼내면 굽히지 않는다는 걸 알아서, 잠깐 갔다가 코스로 돌아오면 만족할 테니 그러면 될 거라고 생각했어요. 미즈노도 위험하니 그만두라고 했지만 반쯤 포기한 기색이었고. 시모오카도 결국 설득당했어요."

누카다의 진술은 하마즈가 한 말과 일치했다.

"그리고 어떻게 되었습니까?"

"보드를 타기 시작한 지 얼마 되지 않아 시모오카가 넘어져서 다리를 다쳤어요. 우리 중에서 제일 잘 타는데 백컨트리는 처음이라 익숙하지 않다면서요. 숲속에서 조금 내려갔을 뿐이라 위쪽으로 코스도 보였지만, 모두 스노보드라서 올라가기는 귀찮아 어떻게든 내려가기로 했어요. 조금 상황을 보다가 시모오카도 갈 수 있을 것 같다고 해서 다 같이 다시 내려왔는데, 눈발이 강해져서…… 앞서가던 고토와 미즈노를 놓쳐 버렸어요. 시모오카는 역시 안 되겠는지 구조를 요청해 달라고 했지만 휴대전화 신호가 안 잡혀서, 어쩔 수 없이 저 혼자 내려왔는데 이미 어느 쪽이 산 밑인지도 모르겠더군요. 이대로 가면 죽을 것 같아서 스노보드를 삽처럼 써서 눈구덩이를 파고 그 안에서 하룻밤을 보냈어요."

"눈을 팠습니까. 용케 생각해 냈군요."

누카다는 손에 든 컵을 바라보며 작은 목소리로 대답했다.

"만화책에서 본 적이 있어서……."

누카다는 시모오카의 안위를 걱정했지만 가쓰라와 무라타는 그 문제에 대해 아무 말도 해 줄 수 없었다.

"미즈노 모친의 사고, 사이타마 현경에 조회해 보겠습니다."

수색본부에서 나오자 무라타가 그렇게 말했다.

"맡기겠네."

"반장님. 저 말이 사실이라면 누카다는 어떻게 고토가 사고의 원인이라는 걸 알고 있는 걸까요?"

가쓰라는 짤막하게 대답했다.

"고토의 차에 동승하고 있었겠지."

"……아아."

무라타는 씁쓸한 표정을 지었다.

"뒤에서 미즈노를 비웃은 건 고토 한 사람만이 아니었다는 뜻이군요."

"사토에게 누카다의 진술을 전해. 나는 회의실로 돌아가겠다."

"알겠습니다."

가쓰라는 배속 2년차 부하가 운전하는 차에 올라타 도네 경찰서로 가도록 명령했다. 산간은 일몰이 빨라서 주변은 이미 어두웠다. 헤드라이트 불빛 속에서 싸락눈이 반짝였다. 예보에 따르면 오늘 밤은 기온이 떨어진다고 한다. 시가지를 향해 구불구불한 도로를 내려가면서 가쓰라는 시모오카를 생각했다.

고토와 미즈노가 낭떠러지에서 굴러떨어졌을 때 슈푸르가 남아 있었으니, 산속에는 누카다의 슈푸르도 남아 있었을 것이다. 누카다를 찾아낸 지점에서 슈푸르를 따라가 보면 시모오카를 쉽게 발견할 수 있을 텐데, 실제로는 1시간이 지나도록 시모오카는 발견되지 않았다. 어떠한 이유로 슈푸르가 지워졌거나,

시모오카가 무턱대고 헤매고 다닌 것이리라. 날이 저물면 수색은 중단된다. 그 전에 찾아내지 못하면 시모오카의 생존은 거의 기대할 수 없다. 가쓰라는 결국 고토를 살해한 범인과 그 수법을 알아낼 것이다. 하지만 시모오카의 생사는 손쓸 방도가 전혀 없다. 업무 영역이 아니라고 눈을 감기에는 인간의 목숨은 너무 무겁다.

스마트폰이 울렸다. 액정 화면에 마에바시대학 의학부 기리노의 이름이 표시되어 있었다.

"가쓰라입니다."

'기리노다. 스키장 시신, 상처 부위에 대한 소견만이라도 먼저 듣고 싶다고 했지.'

"부탁드립니다."

'노파심에 말해 두지만 이건 잠정 의견이야. 감정서는 나중에 보내겠네. ……물론 결과가 크게 바뀔 리는 없지만. 메모할 준비는 되었나?'

"예."

말은 그렇게 했지만 가쓰라는 통화 녹음 기능을 켰다. 스마트폰 너머에서 종이 다발을 넘기는 소리가 들렸다.

'상처는 깊이 4.2센티미터. 삼각형에 가깝고 한 변의 길이는 1.5센티미터에서 2센티미터 정도. 끝이 날카로운 삼각기둥이라

고 생각하면 빠를 게야.'

"삼각기둥이란 말씀입니까?"

가쓰라는 무심코 기리노의 말을 따라했다.

"송곳 모양일 가능성은 없습니까? 끝이 가늘고, 뒤로 갈수록 굵어지는 형태라고 볼 수는 없습니까?"

'뭔가 짐작 가는 흉기가 있는 모양이지만……'

기리노는 그렇게 단서를 달고 단언했다.

'그럴 가능성은 없네. 피해자의 목숨을 앗아간 건 날카롭게 다듬은 끝을 제외하면 거의 수직에, 거의 일정한 굵기를 가진 막대기 같은 무언가야. 이미지로는 가느다란 말뚝에 가깝네. ……다만 삼각기둥이라고 말한 건 굳이 표현하자면 그렇다는 뜻임을 유념하게나. 흉기 단면은 적어도 둥글지는 않다는 정도로 받아들이는 게 착오가 적을 거야.'

"……알겠습니다."

'그리고 흉기 끝이 날카롭다고는 해도 나이프처럼 날카로운 건 아닐세. 상처는 몹시 엉망이었어. 흉기는 날카롭게 다듬었다기보다 단순히 뾰족한 모양이라는 편이 이미지에 맞겠군.'

가쓰라의 머릿속에서 조건에 부합하는 흉기가 차례로 떠올랐다가 사라졌다.

'상처 부위에는 압박흔이 있었어. 누군가가 피해자의 목을 압

박한 거겠지.'

"목을 졸랐다는 뜻입니까?"

잠시 침묵이 생겼다. 가쓰라는 기리노 교수가 고토의 시신을
돌아본 걸 거라고 생각했다.

'그런 느낌은 아니야. 단순히 상처를 강하게 눌렀다는 인상일
세. 이건 추측이지만…… 뭐, 지혈한 거겠지. 피해자의 오른손
에는 다량의 혈액이 묻어 있었으니 피해자가 스스로 자기 상처
를 눌렀다고 생각해도 모순되지는 않아. 물론 경동맥이 찢어지
면 조금 누르는 정도로는 출혈을 막을 수 없지. 몇 초 정도는
막았을지도 모르지만.'

가쓰라는 피가 솟구치는 현장을 떠올렸다. 구조 때문에 눈이
엉망으로 짓밟혔는데도 현장에는 대량의 혈흔이 남아 있었다.

'뭐, 상처 소견은 이 정도일세.'

기리노의 말에서 가쓰라는 망설임을 감지했다. 기리노는 아
직 말하지 않은 게 있다.

"그밖에 뭔가 있었습니까?"

그렇게 운을 던져 주자 기리노는 불쾌한 기색을 드러냈지만
딱히 숨기려 하지는 않았다.

'상처 내부에서, 미세한 양이지만 응집된 혈액이 나왔어.'

가쓰라는 그 말의 의미를 파악하지 못하고 잠시 침묵했다.

"……그 말씀은 독극물 반응이 있었다는 뜻입니까?"

피를 굳히는 작용을 하는 독은 가쓰라도 몇 가지 알고 있다. 전화 너머에서 기리노가 동의할 수 없다는 듯이 신음했다.

'독…… 뭐, 넓은 의미로는 독일지도 모르지. 아마도 피일 걸세. 피해자의 상처에 적합성이 없는 혈액형을 가진 사람의 피가 흘러든 걸로 보이네.'

가쓰라는 무심코 전화를 고쳐 쥐었다.

"어째서 그렇게 된 걸까요?"

'모르지.'

기리노가 단호하게 말했다.

'그걸 조사하는 건 내 일이 아니야.'

"……맞는 말씀입니다. 실례했습니다."

'아니, 뭐, 신경 쓰지 말게. 피해자의 혈액형은 A형, RH+야. 따라서 침투한 혈액은 B형 또는 AB형이겠지. 그리고 전신의 골절과 타박상에는 생활반응이 있었네. 낭떠러지에서 떨어졌을 때 생긴 걸로 봐도 무방해. ……이쯤이면 됐나? 시신을 너무 오래 방치할 수는 없어.'

질문할 사항은 그밖에도 얼마든지 있었다. 하지만 기리노는 '그 외에 지금 알아낼 수 있는 사항은 입회한 형사에게 전달하겠네. 그럼.' 하고 전화를 끊어 버렸다.

가쓰라는 스마트폰을 주머니에 도로 넣고 생각에 잠겼다. 혈액 문제는 분명 마음에 걸린다. 하지만 지금 통화 내용에서 더 중요한 점은 상처의 모양, 즉 흉기의 모양에 관한 정보다.

흉기는 단면이 최소한 둥글지는 않은 곧은 막대기인 동시에 끝이 뾰족한 물체. 가쓰라는 눈을 감고 낮에 본 사건 현장을 떠올렸다. 낭떠러지에 기대어 있는 고토의 시체, 엉망으로 짓밟힌 눈, 눈이 쌓이지 않을 정도로 가파른 절벽, 낭떠러지 위로 튀어나와 있던 차양처럼 쌓인 눈…….

사건이 발생한 시간대에는 고토 옆에 미즈노가 있었다. 미즈노의 소지품은 보고를 받았지만 기리노 교수의 소견과 일치하는 물건은 없었다. 그렇다면 미즈노는 어떻게 고토를 찔러 죽였을까? 아니면 미즈노가 범인이라는 예상을 수정할 필요가 있는 걸까?

자동차가 도네 경찰서에 도착하자 운전하던 부하가 "도착했습니다."라고 뻔한 소리를 했다. 가쓰라는 "잠시……."라고 입을 열다가 말을 삼켰다.

"아니, 가지."

가쓰라는 혼자서 차분히 생각할 시간이 필요했지만 그것은 불가능한 일이었다.

회의실에서는 많은 형사들이 많은 정보를 끌어안고 가쓰라를 기다리고 있었다.

가쓰라는 먼저 기리노 교수에게 들은 소견을 형사들에게 전달하고, 젊은 부하에게 스마트폰을 주며 기리노와 통화할 때 녹음한 내용을 타이핑하도록 명령했다. 이어서 형사들에게 차례로 보고를 받았는데, 그 내용은 대체로 현황 보고에 머물러서 사건 해결에 도움이 될 만한 정보는 하나뿐이었다. 미즈노의 두 손에 관한 의사의 진술이다. "미즈노를 담당한 도네 종합병원 정형외과 이즈카 의사의 말에 따르면." 하고 형사가 메모를 보면서 보고했다.

"일단 오른손으로 무언가를 쥐기는 불가능하지만 주상골 골절에 그친 왼손은 어느 정도 동작이 가능했을 거라고 합니다."

"어느 정도라니 무슨 뜻인가?"

"무언가를 세게 쥐거나, 무거운 물체를 들기는 어려웠을 거라고 했습니다."

한차례 보고를 들은 가쓰라는 부하들에게 차례로 식사를 하라고 지시했다. 가쓰라는 미리 준비시킨 달콤한 빵과 카페오레로 5분도 채 걸리지 않는 저녁 식사를 마쳤다.

사이타마시에 갔던 사토가 보낸 보고 메일이 도착했다. 그 보고에 따르면 5인조 스키 손님이 중학교 동급생인 것은 사실로, 이번에만 초대된 하마즈 교카를 제외한 네 사람은 졸업 후에도 그대로 자기들끼리 어울려 다닌 사실을 확인했다고 한다. 고토가 주도적 존재였고, 미즈노와 시모오카는 그것을 거스르지 못하는 구도가 졸업 후 20년 가까이 지나도록 유지되었던 모양이다.

메일에는 미즈노 모친의 사고사 내용도 언급되어 있었다. 사고는 4년 전으로 상대방 레미콘 차량 운전사도 사망했다. 가입했던 보험은 대인 사고는 무제한 보상을 받을 수 있지만 대물 보상은 상한이 있는 상품이라, 미즈노 가에서 거액의 배상금을 내야 했다. 부친은 근심으로 쓰러졌고, 집도 매각할 수밖에 없어 미즈노는 아버지의 간병과 채무 변제에 시달렸다.

발송 시간을 보니 사토가 보고 메일을 작성한 것은 아마도 가쓰라와 무라타가 누카다의 진술을 듣고 있던 시간대라, 당연히 사고 원인이 고토라는 누카다의 진술과 관련된 내용은 없었다. 정보는 이미 전달되었을 테니 사토는 지금쯤 다시 탐문을 하고 있을 것이다. 시계를 보니 19시 전이라 수사 일손을 거두기에는 아직 이른 시각이었다. 가쓰라는 사토에게 전화를 걸었다. 때마침 사토도 짬이 났던지 전화는 바로 연결되었다.

'사토입니다.'

대답하는 목소리가 조금 굳어 있었지만 가쓰라는 개의치 않고 일방적으로 말했다.

"보고는 읽었다. 충분해. 무라타에게 미즈노 모친에 대한 이야기는 들었겠지?"

'들었습니다. ……이쪽 교통과 반응은 좋지 않습니다. 사고로 처리한 과정에 문제는 없었다고 주장하고 있습니다.'

"그렇게 말하겠지. 복잡해질 것 같으면 내게 넘겨. 짧게 말하겠다, 피해자 체내에서 B형 또는 AB형 혈액 흔적이 발견되었다. 관계자 혈액형을 확인해."

'혈액형 말씀이시죠? 알겠습니다.'

"미즈노의 오른손은 팔꿈치 쪽이 부러져 있었어. 잘 쓰는 손이 어느 쪽인지 알 수 있나?"

즉시 대답이 돌아왔다.

'오른손일 겁니다. 야구를 하는 미즈노의 사진을 자택에서 봤는데 오른손으로 던지더군요. 만일을 위해 부친에게도 확인하겠습니다.'

미즈노가 오른손잡이라면 왼손만으로 고토의 옷을 벗기기는 어려웠을 것 같다. 고토가 옷을 벗은 것은 당초 예상대로 체온 저하로 인한 모순 탈의 현상이 틀림없을 것이다.

가쓰라는 말했다.

"그럼 부탁하겠네."

전화를 끊고 다음으로 책상 위 서류를 보았다. 수많은 서류 중에서 감식 보고 문서철을 펼쳐 피해자의 소지품을 정리한 페이지를 찾았다.

가쓰라는 현장 유류품을 전부 살펴보았다. 미즈노 다다시의 소지품도 보고를 받았다. 그중 어느 쪽에도 이게 흉기다 싶은 물건은 없었다. 그렇다면 흉기는 고토가 지니고 있다고 생각할 수밖에 없다. 찾으려는 페이지를 발견하고 꼼꼼히 읽었다.

'현장에 남아 있던 고토의 소지품으로 추정되는 물건으로 니트 모자와 장갑, 넥워머와 고글.'

'고토가 몸에 지니고 있었던 물건으로 의류 일체(내의, 플란넬 셔츠, 스웨터, 면바지, 양말). 스노보드 웨어 상하의. 스키장 이용권(암밴드형). 스노보드. 바인딩. 부츠. 스마트폰. 반지갑(내용물은 현금과 카드류, 2종 운전면허증).'

가쓰라는 유류품 리스트뿐만 아니라 개별 촬영한 사진도 전부 살펴보았다. 어딘가에 끝이 뾰족한 막대기처럼 생긴 부품이 사용된 물건이 없는지 하나하나 검토했다.

30분 후 가쓰라는 회의실 천장을 올려다보며 눈가를 문질렀다. 아무것도 발견할 수 없었다. 고토가 지니고 있던 물건 중에는 이것이 흉기가 아닐까 의심 가는 것조차 없었다. 고토가 그의 소지품에 살해당했을 가능성도, 범인이 흉기를 고토의 소지품으로 위장했을 가능성도 전혀 없다.

고개를 숙여 파일을 넘기며 현장 사진을 보았다. 낭떠러지 밑, 경사면에 기대어 있는 고토의 목에 난 생생한 상처에서 뿜어져 나온 피가 그의 몸 절반을 물들이고 있었다.

"고토는 무엇으로 살해당했나?"

어쩌면 뭔가 근본적으로 착각하고 있는 걸까? 이것은 살인이 아니라 사고, 혹은 자살일 가능성은 없을까? 용의자는 정말 미즈노뿐인가? 놓친 것은 없는가……

오후 11시가 지났다.

도네 경찰서 직원이 유도와 검도 연습을 하는 훈련장에 이부자리를 깔아 주어 가쓰라의 부하들은 대부분 샤워를 하거나 이불 속에 들어가는 등 각자 내일을 위해 에너지를 충전했다.

가쓰라는 회의실에 혼자 있었다. 겨우, 혼자만의 시간을 가질 수 있었다.

범인은 거의 알아냈다. 역시 흉기의 부재만이 이 사건을 끝내지 못하는 유일한 이유다. 가쓰라는 신속하게 적절한 수사 지시를 내려야만 했다.

회의실 전등은 전부 켜져 있어 실내를 환하게 비추었다. 가쓰라는 수사 과정에서 얻은 정보를 사진이고 글이고 닥치는 대로 인쇄해서 주변에 늘어놓았다. 도네 경찰서 형사가 끓여 준 차를 마시며 가쓰라는 말없이 생각에 잠겼다.

문제는 두 가지 경우로 나누어 볼 수 있다.

첫 번째 경우. 흉기는 현장에 있었지만 그것이 흉기라는 사실을 아직 알아차리지 못했다.

두 번째 경우. 흉기는 현장에 없었다.

이론상으로는 흉기가 현장에 있었지만 그것을 발견하지 못했을 경우도 성립한다. 하지만 가쓰라는 그 가능성을 배제했다. 사쿠라이가 이끄는 감식반은 우수하고, 수색에 불리한 특별한 사정도 없었다. 떨어져 있는 물건을 단순히 발견하지 못했다고 생각하기는 어렵다. 그 자리에 있던 물건은 전부 감식반이 찾아냈다는 전제하에 다음 단계로 넘어갔다.

먼저 첫 번째 경우를 생각해 본다. 현장에 있던 물건을 미즈노의 소지품, 고토의 소지품, 그중 어느 것도 아닌 물건, 세 가지로 분류했다.

고토의 소지품 중에 흉기가 될 만한 물건이 없다는 것은 이미 확인했다. 금속제 바인딩이나 어느 정도 무게가 있는 스노보드로 사람을 때리면 죽음에 이르게 할 수야 있겠지만, 날카로운 흉기에 찔려 살해된 이번 사건에는 부합하지 않는다.

미즈노의 소지품 중에서 고토의 물건과 중복되는 것은 제외

해도 된다. 가쓰라는 손에 펜을 들고 미즈노의 소지품 리스트에 차례로 선을 그었다. 스노보드, 바인딩, 웨어, 고글, 니트 모자, 지갑……. 미즈노가 소지하고 고토가 소지하지 않은 물건은 하나뿐이었다.

"귀마개인가."

귀마개 사진을 보았다. 귀를 덮는 부분은 흰색, 연결부는 검은색이다. 여기에 실물은 없지만 메이커와 상품명을 조사한 자료가 있어 컴퓨터로 상품 소개 웹사이트를 확인했다.

좌우 덮개를 연결하는 부분은 얇은 플라스틱 재질이었다. 가령 덮개를 떼어 내고 연결부 끝을 뾰족하게 만든다 해도 그것으로 사람을 찔러 죽이기는 상당히 어려울 것이다. 만약 살해하기에 충분한 굳기와 예리함을 만들어 낸다 해도 상처 모양의 소견과 일치하지 않는다.

"게다가 애초에……."

가쓰라는 중얼거렸다.

귀마개 연결부를 가공해 흉기로 삼았다 치자. 언제, 어떻게 가공했는가?

그 낭떠러지 밑에서 작은 칼이나 커터로 연결부를 가공했을 리는 없다. 이번에는 그 '작은 칼이나 커터 같은 물체'가 발견되지 않았다는 문제나, 미즈노가 두 손을 부상당했다는 문제를 차치하더라도 중대한 모순이 남는다. ……수중에 그런 도구가 있었다면 그것으로 찌르는 게 훨씬 확실하지 않은가!

그렇다면 미즈노가 사전에 귀마개 연결부 끝을 날카롭게 다듬어, 스노보드를 즐기는 동안 남몰래 살인할 기회를 엿보았다고 보면 어떨까?

"말도 안 돼."

누카다 히메코는 미즈노 모친의 죽음에는 고토가 얽혀 있지만, 미즈노는 그 사실을 몰랐다고 진술했다. 이 진술은 신용할 수 없다. 미즈노가 이미 사실을 알고 있었으면서 그렇다는 것을 숨겼을 가능성을 부정할 이유가 없기 때문이다. 하지만 가령 미즈노가 진실을 알고 고토에게 살의를 품었다고 해도, 튼튼하지 못한 플라스틱 흉기를 숨기고 다니며 기회를 엿보았다고 생각하는 것은 너무 비합리적이다. 교살용 끈 같은 물건을 가지고 다니는 게 훨씬 나았으리라.

중요한 점은 고토가 코스 밖으로 나가자고 주장했고, 시모오카가 부상을 입고 누카다가 일행과 따로 움직였기 때문에 고토와 미즈노가 나란히 낭떠러지 밑으로 굴러떨어졌으며, 고토가 부상을 입고 저체온증을 일으켜 착란에 빠진 경위는 아무도 예상할 수 없었다는 사실이다. 그렇기 때문에 미즈노는 낭떠러지 밑이라는 장소에서 유효한 흉기를 사전에 준비할 수 없었다.

미즈노는 즉흥적으로, 아무런 준비도 없이, 아마도 충동적으로 고토를 살해한 것이다.

때문에 흉기는 귀마개가 아니다. 다른 어느 것도 아니다. 미즈노나 고토의 소지품을 가공해 흉기로 만들었다는 생각은 잘못된 판단이고, 흉기는 그 물건들 중에는 없다.

그렇다면 누구의 소지품도 아닌, 현장에 있었던 무언가가 흉기라고 생각할 수는 없을까?

그 의문은 탁상공론이라고 봐도 무방할 것이다. 가쓰라는 그렇게 생각했다. 가령 언뜻 유류품으로 보이지 않더라도 흉기로 사용되었을 가능성이 있는 물건이라면 감식반이 놓쳤을 리 없다. 예를 들어 현장에 떨어져 있던 마른 가지가 흉기였다면 피가 묻은 그 가지는 반드시 눈에 띄었을 테고, 감식반이 회수했을 터였다.

"다시 말해 흉기는 현장에 있었지만 그것이 흉기라는 사실을 알아차리지 못했을 경우는 부정할 수 있다."

혼자뿐인 회의실에서 가쓰라는 그렇게 중얼거렸다.

차를 한 모금 마셨다. 맛있는 차다. 도네 경찰서에는 차를 맛있게 끓이는 경찰관이 있는 모양이다.

노트북을 보니 메일이 도착해 있었다. 사이타마시에 간 사토가 보낸 메일이었다. 보고 내용은 간결했다.

'관계자 혈액형과 주로 쓰는 손을 다음과 같이 보고합니다.

고토 료타 A형 오른손잡이

미즈노 다다시 AB형 오른손잡이

누카다 히메코 B형 왼손잡이

시모오카 겐스케 O형 오른손잡이

하마즈 교카 A형 오른손잡이

이상.'

가쓰라는 바로 보고를 확인했다는 회신을 보내고, 사토가 보고한 내용을 가까이 있던 종이에 메모했다. 자료를 주위에 펼쳐 놓고 생각하는 버릇 때문에 모든 것은 종이에 적혀 있어야 했다.

다시 차를 한 모금 마시고 노트북을 덮었다.

가쓰라는 흉기 소재를 두 가지 경우로 나누었고, 첫 번째 경우를 부정했다. 그렇다면 두 번째 경우는 어떨까? 흉기는 현장에 없었던 게 아닐까?

이 경우 잊어서는 안 될 점은 발자국 문제다. 부하들의 탐문 결과에 따르면 수색대가 낭떠러지 밑에 접근했을 때 주변에 발자국은 없었다고 했다. 수색대는 몇 명씩 뭉쳐서 행동했고, 그들 모두가 낭떠러지 밑으로 이어지는 발자국은 없었다고 말하는 이상 가쓰라는 그 정보는 믿을 수밖에 없다고 생각했다.

다시 말해 고토와 미즈노를 제외하면 누구도 낭떠러지 밑에 다가가지 않았고, 그곳에서 떠나지도 않았다. 때문에 누구도 흉기를 가지고 현장을 떠날 수는 없었다.

엄밀히 따지면 경찰이 도착하기 전에 현장을 벗어난 인물이 있기는 했다. 수색대, 그리고 구조된 미즈노다. 하지만 수색대는 미즈노 구조 작업 외에는 아무것도 반출하지 않았다고 진술했고, 그 진술은 역시 신뢰할 수 있다. 미즈노는 구조 시 담요에 둘둘 말려 들것에 실려 갔고, 현장에서 흉기를 가지고 떠났다 해도 중간에 버릴 수 있는 상태가 아니었다. 도중에 버리지 못했다면 소지품에서 나와야 하는데, 미즈노의 소지품 중에 흉기가 없다는 사실은 이미 확인을 끝마쳤다.

"아무도 가져가지 않았다……, 그런데도 현장에서 흉기가 사라졌다……."

가쓰라의 뇌리에 몇 가지 가능성이 떠올랐다.

낭떠러지 밑이라는 조건을 일단 배제한다면 다른 곳에서 피해자를 살해한 뒤 흉기를 회수하는 것 자체는 불가능하지 않다. 쉽게 본다면 실로 묶은 흉기를 던져서 상대를 찔러 죽인 다음 그 실을 잡아당기기만 해도 현장에 흉기가 없는 상황은 만들어 낼 수 있다. 하지만 배제했던 다른 조건들을 다시 더해 보면 제삼자가 원격 수단으로 고토를 죽이고 흉기를 회수했다는 가설은 황당무계할 뿐만 아니라 있을 수 없는 일이다. 가쓰라는 중얼거렸다.

"밤이었어."

범행 시각은 심야 22시에서 새벽 2시 사이였다. 더군다나 전날 밤 '조모 스노 액티비티' 주변은 구름이 껴서 달빛도 별빛도 침침했다. 그런 상태에서 발자국이 없는 것으로 확인된 범위 밖에서 피해자에게 흉기를 던져 명중시킨다는 건 프로의 기술을 뛰어넘는다. 고토가 낭떠러지에서 떨어진 것 자체가 우연인데, 그런 원거리 무기가 갑자기 튀어나오다니 말도 되지 않는다.

하지만 가쓰라는 신중을 기하며 생각을 가다듬었다. 고토에게 무언가를 '던지는' 건 불가능하다. 그렇다면 '떨어뜨리는' 건 어떨까? 낭떠러지 밑에서 구조를 기다리는 고토에게 낭떠러지 위에서 뭔가 뾰족한 물체를 떨어뜨려 살해했을 가능성은?

"……없어."

가쓰라는 피식 웃었다. 이런 가능성을 검토하는 것 자체가 피로가 쌓이기 시작했다는 증거다.

발자국이 없기는 낭떠러지 위도 마찬가지다. 낭떠러지 위에 있던 것은 슈푸르 두 줄뿐으로, 은폐 공작을 의심할 여지조차 없다.

차를 마시고, 다시 전기 포트로 차를 따랐다.

있을 수 없는 가능성이라고 한다면 미즈노가 낭떠러지 위에서 고토를 살해해 시체를 낭떠러지 밑으로 운반했을 가능성도 마찬가지다. 굴러떨어졌을 때 고토가 살아 있었다는 사실은 기리노 교수의 사법해부로 밝혀졌고, 무엇보다 현장에는 대량의 혈흔이 남아 있었다. 살해 현장은 틀림없이 그 낭떠러지 밑이다, 다른 장소가 아니다.

이로써 제삼자가 다른 장소에서 흉기를 회수했을 가능성도 사라졌다. 하지만 현장에서 흉기를 사라지게 할 방법이 회수 한 가지만 있는 건 아니다. 가쓰라는 찻잔을 내려놓고 펜을 들어 근처에 있던 종이에 휘갈겨 쓰기 시작했다.

'불에 태우기.'

'물에 빠뜨리기.'

'땅에 묻기.'

전부 가쓰라가 지금까지 실제로 목격한, 흉기를 숨기는 수단이다. 살인자는 갖은 방법을 동원해 흉기를 숨기려 한다. 마치 그렇게 하면 죄가 근본적으로 사라진다고 생각하는 것처럼. 이번 사건과 맞아떨어지는 방법이 있을까?

그 무엇도 가능성이 있을 것 같지 않았다. 두 사람의 소지품에는 불을 붙일 도구가 없었고, 현장에서는 타고 남은 재도 발견되지 않았다. 낭떠러지 밑에는 어딘가 실개천이 있는 것 같았지만 물을 찾아 다가간 발자국은 없었다. 매장은 가장 먼저 떠오르는 쉬운 은닉 방법인 만큼 감식과 사쿠라이가 그 가능성을 상정하고 현장검증을 지휘했을 것이다. 그래도 나오지 않았다면 흉기는 눈밭 속에 없었다는 뜻이다.

그렇다면 그 외에 흉기를 사라지게 할 방법이 있을까? 가쓰라는 차를 마시다가 문득 찻잔을 바라보며 펜을 들고 '먹기'라고 썼다.

적어도 불에 태우거나 물에 빠뜨리는 것보다는 가능성이 있어 보였다. 불에 태우거나 물에 빠뜨리는 것과는 달리 먹기만 하는 거라면 몸만 있으면 된다. 하지만…… 가쓰라는 나직하게 신음했다.

"그럴 리가 없어."

미즈노가 미리 흉기를 준비했을 가능성은 이미 부정했다. 그 낭떠러지 밑에서 조달할 수 있고, 고토를 찔러 죽음에 이르게 할 수 있으며, 또한 먹어서 감출 수 있는 흉기가 존재할까?

가쓰라의 시선이 현장을 찍은 수많은 사진들 위를 헤맸다. 눈, 낭떠러지, 고드름, 시체, 발자국…….

먹는다. 몸속에 넣는다.

밤, 그 눈 쌓인 낭떠러지 밑에 존재했으며, 고토의 경동맥을 꿰뚫을 만큼 견고하면서 끝이 뾰족한 무언가. 피.

　부하가 보고한 수많은 정보들이 가쓰라의 사고 속에서 소용
돌이쳤다.

　스마트폰 벨 소리가 울렸다. 심사숙고를 방해받은 가쓰라는
고개를 번쩍 들었다. 발신자는 도네 종합병원에 매달려 있는
부하였다.

　"가쓰라다."

　'반장님, 밤늦게 죄송합니다.'

　"무슨 일이야?"

　'미즈노가 의식을 되찾았습니다. 다만 합병증을 일으켜 중태
입니다. 의사는 섣불리 판단할 수 없는 상태라고 했습니다.'

　가쓰라는 자리에서 일어나 회의실 출입구로 향했다.

　"신문하겠다. 의사를 설득해. 1분이면 된다고 해."

　'알겠습니다.'

　전화를 끊고 바로 다른 부하에게 연락했다. 훈련장에서 동료
들과 모여 자고 있던 신입을 불러냈다.

　"미즈노가 의식을 되찾았다. 병원으로 간다. 운전해."

　허둥거리는 신입의 대답도 듣지 않고 가쓰라는 전화를 끊었
다. 고요한 경찰서에 가쓰라의 발소리가 유난히 크게 울렸다.

자백을 받아 내야 했다. 범죄는 만천하에 드러나야 한다…….
설령 그것이 죽어 가는 자가 저지른 범죄라 해도.

5분 뒤, 가쓰라는 차 안에 있었다. 부하에게 긴급 주행을 명
령해, 사이렌 소리를 들으며 눈 내리는 거리가 붉은색과 검은
색으로 깜빡거리는 광경을 무심히 바라보고 있었다. 도네 경찰
서와 도네 종합병원은 그리 멀리 떨어져 있지 않았다. 초조함
을 느낄 새도 없이 야간 출입구 앞에 차를 세우고 밖에 내리자
부하가 마중을 나와 있었다.

"404호입니다. 안내하겠습니다."

"좋다. 의사 허가는 받았나?"

"예. 동석하겠답니다."

"상관없어."

엘리베이터로 4층으로 올라가서 소등 시간이 지난 병원의 복
도를 서둘러 걸었다. 404호의 리놀륨 바닥 위로 빛이 새어나오
고 있었다. 백의를 걸치고 병실 앞에 서 있던 남자가 눈썹을 찌
푸리며 이름을 말했다.

"주치의 사사오라고 합니다."

"미즈노를 만나야겠습니다."

"상태가 악화되었습니다. 지금은 찬성할 수 없습니다."

"선생님도 함께 들어가시죠. 멈추라고 하면 따르겠습니다.

그럼 되겠습니까?"

"……그러시지요."

"그럼."

사사오가 앞장서서 문을 열었다. 새어 나오는 빛이 더욱 환해졌다.

직접 본 미즈노는 조난으로 체력을 잃어서 그렇게 보이는 것인지, 몹시 비쩍 마른 남자였다. 산소마스크를 쓰고 있다. 수염이 엉망으로 자랐고, 광대뼈가 툭 튀어나왔으며 안색이 창백했다. 미즈노는 실눈을 겨우 떠서 가쓰라를 보았지만 바로 잠든 것처럼 눈을 감았다.

"현경 수사1과 가쓰라다. 고토 료타 살해 사건을 조사하고 있다. 이야기 좀 해 줄 수 있나?"

미즈노는 말을 할 수 있는 상태가 아니었다. 아주 살짝, 호흡으로 가슴이 오르내리는 것과 구별하기 어려울 정도로 작게 고개를 끄덕였다.

"미즈노 다다시. 자네가 고토를 살해했지?"

반응이 없다. 미즈노는 여전히 눈을 감고 있었다.

"자네는 어젯밤 낭떠러지 밑에서 고토의 목덜미를 찔러 살해했다. 그렇지?"

"……."

반응이 없는 건지, 묵비권을 행사하는 건지. 사사오가 가쓰라를 힐끔힐끔 쳐다보았다. 다음 질문에도 반응이 없으면 이 의사는 중단시키려 들 것이다.

단 하나의 질문으로 과녁을 꿰뚫어야 한다. 심야의 산속, 낭떠러지 밑에서, 미즈노 다다시는 무엇을 이용해 고토 료타를 살해했는가? 어째서 그 흉기가 발견되지 않는가? 가쓰라의 뇌리에 회의실에서 썼던 '먹기'라는 글자가 퍼뜩 떠올랐다.

가쓰라는 말했다.

"뼈로 찔렀지?"

오른팔 뼈가 부러졌다. 오른쪽 아래팔 요골 골절. 그 보고는 옳았지만 상세하지는 않았다. 가쓰라는 후회했다. 이송된 미즈노가 수술을 받았다는 보고를 들었을 때 눈치챘어야 했다. 그것은 무슨 수술이었나?

골절 정복술이다. 미즈노의 오른팔은 개방 골절이었다. 뼈가 부러져 살갗을 뚫고 튀어나왔던 것이다……. 마치 말뚝처럼.

골절의 형태는 다양하다. 튀어나온 뼈의 끝이 뾰족했을 가능성을 부정할 재료는, 없다.

뾰족한 뼈가 고토의 목덜미에 파고들어 깊이 박혔다. 고토의 피와 미즈노의 피가 뒤섞여, 상처에 응집반응을 남겼다.

그리고 흉기는 수술로 미즈노의 몸속에 은폐되었다. 발견되지 않는 게 당연했다.

　미즈노가 눈을 떴다. 숨을 크게 들이마시고, 목소리를 쥐어
짜냈다.

　"……아닙니다. 찌르지는 않았어요."

　그 눈꼬리가 살짝 처졌다. 웃은 것이다.

　"꽂힌 거죠."

　그 한마디를 간신히 한 미즈노는 기나긴 숨을 토해 냈다.

　그 낭떠러지 밑에서 무슨 일이 있었는지, 정확한 진실을 알
길은 없다. 알 수 있는 것은 고토가 모순 탈의를 일으킬 정도로
착란상태였다는 사실, 미즈노의 모친이 고토의 잘못으로 사망
했다는 사실, 그리고 미즈노의 오른팔 뼈가 몸 밖으로 튀어나
왔다는 사실이다. 고토와 미즈노가 다툰 것도 사실일 것이다.
그 다툼에서 고토의 목덜미를 자기 팔뼈로 힘껏 찔렀는지, 아
니면 미즈노의 말대로 뼈가 꽂히고 만 것인지. 그것은 영원히
알 길이 없다.

　개방 골절은 상처가 크게 벌어지기 때문에 감염증을 유발하
기 쉬운 데다가 타인의 혈액은 강력한 감염원이 된다. 미즈노
가 합병증을 일으킨 것은 부러진 뼈가 고토의 혈액에 닿았기
때문이 아닐까……. 입증할 길이 없는 추측이므로 서류에 쓰지

는 않았지만 가쓰라는 그렇게 생각했다.

오다 지도관의 동의를 얻어 가쓰라는 마에바시 지방재판소에 미즈노의 체포영장을 청구했지만 도망칠 우려가 없다고 판단해 기각되었다. 미즈노는 침대에서 일어나지 못하고 11일의 투병 끝에 패혈성 쇼크로 사망했다. 검찰은 피의자 사망으로 불기소 결정을 내렸고, 고토 료타 살해 사건 수사는 종료되었다.

시모오카 겐스케는 조난 이틀 뒤 자력으로 산에서 내려왔다. 고토의 죽음을 안 시모오카는 누카다와 마찬가지로 "들켰구나!"라고 외쳤다고 한다.

현경 수사1과 가쓰라 팀 형사들은 상사가 밤사이 자기들을 제치고 사건을 해결했다는 소식을 들었다. 그들은 가쓰라를 좋은 상사라고 생각하지는 않지만, 가쓰라의 수사 능력을 의심하는 사람은 단 한 명도 없다.

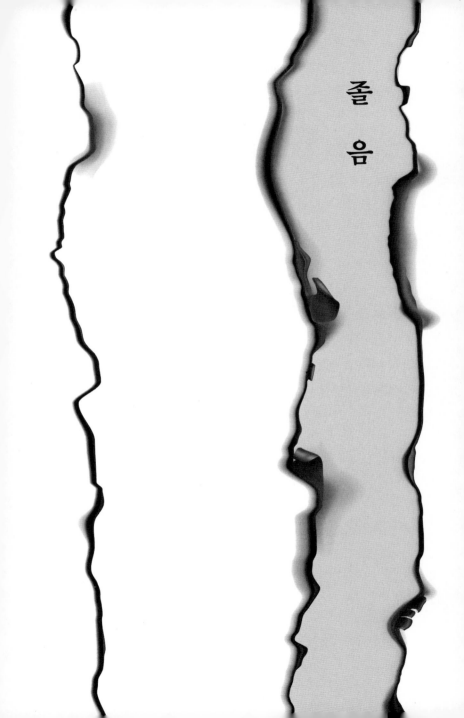

졸

음

9월 3일 오후 4시 15분경, 군마현 후지오카시 기타히라이에서 강도치상 사건이 발생했다. 피해자는 자택에서 혼자 사는 가나이 미요코(76세)로, 두개골 함몰 골절이라는 중상을 입고 쓰러져 있는 것을 이웃에 사는 딸이 발견했다. 실내가 엉망이었고 자치회비를 넣어 두었다는 봉투가 비어 있었던 점에서 도둑의 범행으로 추정했다. 감식 결과 실내에서는 미량의 혈흔이 발견되었고, 그 혈액의 양은 피해자가 머리를 구타당했을 때 튄 것으로 보아도 모순은 없다고 판단했다. 한편 혈액 반응이 나오는 흉기가 발견되지 않아 범인은 미리 준비한 흉기를 사용했거나 현장에 있는 물건으로 범행을 저지른 후 흉기를 들고 떠난 것으로 보였다.

피해자는 후지오카 중앙 병원으로 이송되었지만 의식불명의 중태로, 혐의가 강도치상에서 강도치사로 언제 바뀌어도 이상하지 않은 중대 사건이었다. 즉시 수사본부가 설치되었고 현경본부 형사부 수사1과에서 가쓰라 경부가 이끄는 수사팀이 후지오카시로 파견되었다. 수사본부는 유사 전과가 있는 자들을 중심으로 피의자 파악에 나섰고, 특별히 혐의가 짙은 세 사람을 찾아냈다. 그중 한 명이 다구마 류토(39세)였다.

다구마는 젊었을 때부터 날치기를 되풀이했다. 31세 때 마에바시시에서 스쿠터를 타고 날치기를 하다가 피해자에게 중상을 입혀 징역 7년이라는 실형 판결을 받았다. 출소 후에는 후지오카시로 이사했지만 일정한 직업은 없고 속도위반으로 두 번 교통 위반 고지를 받았다. 민가에 침입해 강도짓을 하는 수법은 다구마의 성향과는 다르지만 피해자의 머리를 내리친 폭력성은 피의자 중에서도 다구마와 가장 크게 부합했다. 다구마를 비롯한 용의자들에게는 24시간 체제로 감시가 붙었고, 동시에 현장 주변 탐문과 방범 카메라 정밀 조사도 진행되었다.

9월 5일 오전 3시 12분, 가쓰라는 수사본부가 설치된 관할서 휴게실에서 잠에 곯아떨어져 있었다. 콩나물시루같은 휴게실에는 수사1과 형사들의 코골이 소리가 가득했다. 어떠한 악조건에서도 깊이 잠들 수 있는 것은 비단 가쓰라만이 아니라 많은 형사들이 업무상 익힐 수밖에 없는 특기다. 그리고 그들은 기상 시간도 이르다. 관할서 형사가 흔들어 깨우자 가쓰라는 대번에 잠에서 깼다.

관할서 형사가 말했다.

"다구마가 사고를 냈습니다."

가쓰라는 상체를 일으키고 머리맡에 두었던 안경을 썼다.

"무사한가?"

"잘 모르지만 즉사란 소식은 못 들었습니다. 미행하던 형사가 구급차와 교통과를 호출했습니다. 교통과는 이미 출발했습니다."

교통과라는 말에 가쓰라는 교통사고임을 알았다.

"어떤 사고인지 들었나?"

"아이마 교차점에서 다구마가 모는 왜건 차량과 상대의 경차가 충돌했습니다. 사고 상대도 생명에 지장은 없습니다."

가쓰라는 고개를 끄덕이고 자기 옷차림을 살폈다. 잠옷이 있을 리 만무해 입고 있는 셔츠는 구깃구깃했다. 넥타이를 풀며 지시를 내렸다.

"소방서에 다구마가 실려 간 병원을 조회해서 두 명을 보내. 경찰서 앞에 차를 준비하도록. 운전사는 지리에 밝은 관할서 형사가 좋겠군."

"알겠습니다."

형사가 빠른 걸음으로 물러나자 가쓰라는 빳빳하게 다린 셔츠로 갈아입었다. 넥타이도 고쳐 매고 재킷을 걸치고 휴게실을 나섰다.

창밖을 보니 반달이 환히 빛나고 있었다. 달빛이 밝혀 주는 하늘은 구름이 적었다. 날씨는 감식 효율을 크게 좌우한다. 사건 발생 소식이 들어오면 먼저 하늘을 보는 것이 가쓰라의 습관이었다.

경찰서에서 사고 현장까지는 차로 약 10분 거리였다. 관할서 형사에게 운전을 맡기고 가쓰라는 현장에 대한 기초 지식을 들었다.

후지오카시 교외에 있는 아이마 교차점은 동서로 뻗은 254번 국도와 남북으로 뻗은 지방도가 만나는 곳이다. 도로는 둘 다 편도 1차선이지만 국도 쪽에는 좌회전 차선이 그려져 있다. 형사는 차량용과 보행자용 신호등이 둘 다 있다고 했다.

경찰관이 관내 정보를 숙지하는 것은 당연하지만 교통과라면 또 몰라도 형사과 직원이 교외 교차점 상태까지 파악하고 있다니 드문 일이다.

"잘 아는군."

가쓰라가 그렇게 말하자 운전석 형사가 앞을 똑바로 보면서 대답했다.

"집이 그 부근이라서요."

"사고가 잦은가?"

"그 정도는 아니지만 도로가 좁은데 주택이 많고, 한밤중에도 물류 트럭 같은 게 다녀서 신호는 24시간 기본 삼색 신호로 작동합니다. 현재 교차점 부근에서 공사 중입니다."

순찰차는 시가지를 빠져나가 농지와 민가가 뒤섞인 평지를 달렸다.

"이제 곧 아이마 교차점입니다."

형사가 말했다. 길이 왼쪽으로 완만하게 휘더니 앞쪽에 눈부신 투광등이 나타났다. 길 한쪽을 막고 도로 공사를 하고 있는 것이다. 공사용 신호가 붉게 빛나고 있었고 파란 불로 바뀔 때까지 40초가 걸린다고 표시되어 있었다.

사이렌을 울리며 붉은 경광등을 켜면 경찰 차량은 빨간 불이 들어온 교차점에 진입할 수도 있다. 하지만 공사용 신호는 무시할 수 없다. 법적으로 보면 공사용 신호에 강제력은 없고, 순찰차가 아니더라도 무시한다고 위법은 아니지만 단순히 위험하기 때문이다. 대기 시간, 가쓰라는 간판에 적힌 공사 정보를 읽었다. 하수도 공사인 듯했다.

신호가 바뀌었다. 공사 현장을 빠져나가자 밤의 어둠 속에 신호등과 사고 처리 차량의 붉은색 등이 보였다. 교차점 안에서 경차가 옆으로 쓰러져 있고 왜건 차량이 전봇대를 정면으로 들이박고 있었다. 반사재를 몸에 붙인 교통과 직원이 경광봉을 휘두르며 차를 막았다. 가쓰라는 차창을 열고 물었다.

"수고가 많다. 본부 수사1과 가쓰라다. 현장 상황은?"

대번에 교통과 직원의 표정이 긴장으로 굳었다.

"차량에 타고 있었던 건 양쪽 다 운전자 한 사람뿐이라 함께 구급 이송했습니다. 수사본부 형사와 협력해 구호와 현장 보존, 교통정리를 하고 있습니다. 감식반은 지원을 기다리고 있습니다."

교통과 직원은 이어서 교차점에 접한 편의점을 가리켰다.

"차는 저기 주차장에 두십시오."

그 안내에 따라 가쓰라를 태운 차는 편의점 주차장으로 들어갔다. 편의점 안에서 젊은 점원이 강 건너 불구경하듯 사고 현장을 보고 있었다. 가쓰라는 손목시계를 확인했다. 현장 도착 시각은 오전 3시 28분이었다.

덥지도, 춥지도 않은 밤이었다. 여름의 여운이 남아 있는 계절의 심야, 열기와 냉기가 뒤섞여 밖은 졸음이 찾아올 정도로 뜨뜻미지근했다. 현장에 남은 두 대의 사고 차량 중 왜건 차량이 가쓰라의 눈에 익었다. 수사본부 회의 때 받은 자료에 실려 있던 다구마의 자가용이다. 전봇대에 정면충돌한 왜건 차량은 앞 유리창에 거미줄 모양의 금이 간 정도로 그리 크게 망가지지는 않았다. 다른 경차는 옆으로 쓰러져 있어 가쓰라의 위치에서는 바닥밖에 보이지 않았다. 도로 가장자리에는 덮개가 없는 도랑이 있고 물이 세차게 흐르고 있었다.

사복형사가 가쓰라 앞으로 달려왔다. 다구마를 미행하던 형사는 2인 1조였는데 그중 한 명이었다. 서로 눈짓 인사만 나누고 가쓰라가 단도직입적으로 물었다.

"사고 순간을 목격했나?"

형사 역시 불필요한 말은 덧붙이지 않았다.

"아니요. 공사 현장이 시야를 막아 보이지 않았습니다."

"사고 전 상황은?"

"오전 2시 29분, 다구마가 자택 아파트를 나섰습니다. 저 왜건 차량을 타고 근처 편의점에서 주먹밥과 음료수를 샀습니다. 그 후 교외 방면으로 차를 몰아, 저희는 300미터 정도 거리를 유지하며 미행을 계속했습니다."

"300미터?"

약간 거리가 있다. 형사가 설명을 덧붙였다.

"앞뒤로 다른 차가 달리지 않는 외길이라 미행을 들키지 않으려면 거리가 필요했습니다. 지원을 요청했지만 합류 전에 이런 사태가. 사고 발생은 오전 3시 10분 정각이었습니다."

그렇게 말하며 형사는 사고 현장을 힐끔 보았다. 사이렌 소리가 가까워지더니 순찰차에서 교통과 지원 인력이 우르르 내렸다. 사고 처리 차량이 도착한 시점에서 현장 보존이나 교통정리 일손은 어느 정도 확보되었을 테니 교통 감식 담당 직원들을 태운 차량이리라.

가쓰라의 스마트폰이 울렸다. 화면에는 부하의 이름이 표시되어 있었다.

"가쓰라다."

잔뜩 낮춘 쉰 목소리가 들려왔다.

'무라타입니다. 다구마는 히라이 병원으로 이송되었습니다. 지금, 도착했습니다.'

"다구마의 용태는?"

'생명에 지장은 없다고 합니다만 그 이상의 대답은 거부당했습니다. 신문은 자제해 달라고 하니 경상은 아닌 것 같습니다.'

상대가 경찰이라도 의사가 환자의 동의 없이 부상이나 질병에 관한 정보를 말하는 일은 기본적으로 범죄에 해당된다. 그래도 물으면 대답해 주는 의사도 없지는 않지만, 수사관계사항 조회서를 내밀어 비밀유지 의무 위반이 아니라는 면책 사항을 보장해 주는 게 통상적인 절차다.

"바로 조회서를 보내도록 하지. 그대로 붙어 있어."

'알겠습니다.'

"다구마와 충돌한 상대도 같은 병원으로 실려 갔나?"

'그렇습니다. 이름은 미즈우라 리쓰지, 29세. 이쪽은 경상입니다. 주소도 확보했습니다.'

"알겠네. 다구마의 감시를 우선하도록."

'알겠습니다.'

가쓰라는 전화를 끊고 조금 안도했다. 다구마의 사망으로 사건이 미해결 상태로 끝나는 결말은 피할 수 있을 것 같다. 무엇보다 사고로 사망자가 발생하지 않아 다행이었다.

가쓰라는 스마트폰을 주머니에 넣고 두 대의 사고 차량을 뚫어져라 쳐다보았다. 옆으로 쓰러진 경차 위에서 신호등이 노란 불로 바뀌었다가 빨간 불로 바뀌었다.

"교차로 신호 위반 사고겠군."

사복형사가 대답했다.

"방금 전에도 말씀드렸지만 저희는 사고 순간은 보지 못했습니다. 하지만 상황으로 볼 때 거의 틀림없을 겁니다. 그런데 왜 물으십니까?"

형사는 의아하다는 듯 눈썹을 찌푸렸다. 이 형사는 관할서 형사로, 이번 수사본부에서 처음 가쓰라 밑에 들어왔다. 가쓰라는 그에게 눈길도 주지 않고 말했다.

"신호 교차점에서 발생한 신호 위반 사고다. ……현시점에서 다구마를 강도치상으로 체포할 결정적 근거는 없어."

형사는 아차 하는 표정을 지었다. 한 박자 늦게 가쓰라의 생각을 이해한 것이다.

임의수사에는 한계가 있다. 강도치상 사건의 수사본부로서는 다구마를 체포해 조사하고 싶지만 전과가 있다는 이유만으로는 당연히 체포할 수 없다. 하지만 지금 사고가 발생했다. 사고는 무릇 발생해서는 안 될 불행한 일이지만 일어난 이상 수사본부에는 절호의 기회다. 형사가 말했다.

"위험운전치상죄입니까?"

가쓰라는 사고 현장에서 눈을 떼지 않았다.

"다구마가 8년 전에 체포되었을 때 작성한 조서를 보았나?"

"예, 봤습니다."

"처음에는 기세가 등등했지만 조사가 진행되자 눈에 띄게 위축되었다. 그자는 신문을 받을 때 능청스럽게 둘러댈 만큼 똑똑하지도, 간이 크지도 않아."

교통사고 당사자라는 것만으로 다구마를 통상 체포*해 구류

● 체포영장에 의한 체포

하기는 어렵다. 하지만 이 사고의 원인이 신호 무시라면 위험운전치상죄를 따질 여지가 있다. 위험운전치상죄는 중죄로, 당당하게 체포영장을 청구할 수 있다.

신호 무시로 위험운전치상죄를 적용할 수 있는 것은 운전사가 신호가 빨간 불인 것을 알면서 의도적으로 무시한 경우에 국한된다. 이번 경우 그 정도로 증명하기는 어려워 가령 송치를 하더라도 기소에 이르기는 어려울 것이다. 하지만 중요한 점은 체포하면 다구마의 신병을 확보할 수 있다는 사실이다.

때문에 문제는 다구마가 과연 신호를 무시했는지, 바로 그것이 관건이었다. 빨간 불인가, 파란 불인가.

가쓰라는 문득 시선을 돌렸다. 다구마를 미행한 형사는 2인 1조였다.

"다른 형사는 어쨌지?"

"교통과를 도와 도로를 봉쇄하고 있습니다. 부를까요?"

"부탁하네."

사복형사가 스마트폰으로 동료를 불렀다. 얼마 지나지 않아 똑같이 사복을 입은 형사가 교차점에서 달려왔다. 가쓰라는 두 사람에게 명령했다.

"사고를 목격한 자가 없는지 탐문하도록. 이런 시간이라 통행인을 기대할 수는 없지만 편의점 점원, 그리고 하수도 공사

관계자도 뭔가 봤을지 모른다.”

두 형사는 뭔가 대꾸하고 싶은 것처럼 잠시 입을 다물었다. 교통사고는 교통과 관할이다. 이미 눈앞에서 교통과가 사고 처리에 착수해 감식 작업도 시작되었다. 그것을 무시하고 탐문을 시작하면 나중에 말이 나올 게 뻔했다. 하지만 형사들의 망설임은 찰나도 되지 않았다. 그들은 지시를 따를 뿐, 그로 인한 알력을 해결하는 것은 상사, 이번 경우로 보면 가쓰라가 할 일이다.

“알겠습니다.”

“다녀오겠습니다.”

그렇게 대답하고 두 사람은 가쓰라 곁에서 떠났다. 그 모습을 지켜보지도 않고 가쓰라는 스마트폰을 꺼내 수사본부의 실질적인 지휘관인 오다 지도관에게 전화를 걸었다.

다구마의 사고 소식은 이미 들었으리라. 새벽 4시가 가까운 시간이었는데도 오다는 바로 전화를 받더니 불필요한 서설 없이 물었다.

“다구마가 사고를 일으켰다면서? 무사한가?”

“생명에 지장은 없다는 보고를 받았습니다.”

그리고 가쓰라는 용건을 단도직입적으로 말했다.

“다구마의 교통사고, 저희 수사본부가 담당하고자 연락드렸습니다.”

오다가 망설이는 기색이 느껴졌다.

"도로교통법으로 잡을 생각인가? 강도치상은 다구마가 범인이라고 결론 난 게 아니야. 대담한 수단을 쓰기에는 시기상조 아닌가?"

"물론 다른 피의자도 병행해서 조사할 겁니다."

"형사과 수사본부가 가로채면 교통과가 좋아하지 않을 텐데."

경찰관은 담당 사안이 늘어나는 것을 기뻐하지 않는다. 하지만 자기가 담당해야 할 사안을 다른 부서에 빼앗기는 것은 그 이상으로 싫어한다.

가쓰라는 눈썹 하나 까딱하지 않았다.

"그야 그렇겠지요."

전화 너머에서 한숨 소리가 들렸다.

"……감식은 어쩌고? 교통 감식에는 전문 지식이 필요한데 수사본부에는 교통과 사람이 없어."

가쓰라는 투광기 불빛에 의지해 길 위의 흔적을 찾는 제복 경찰관을 보았다.

"현재 진행 중인 감식 보고서를 인수하겠습니다."

"정보는 교통과에 모으라고 하고, 사건은 형사과에서 담당하겠다는 말인가?"

"그리고 필요하다면 교통과에는 감식 지원도 부탁하고 싶습니다."

전화 너머에서 목소리가 잠시 끊겼다.

"쓸 수 있는 수단은 전부 쓰겠다는 소리군. 좋다. 서장에게는 내가 말해 두지."

"잘 부탁드립니다."

"반드시 성과를 내도록."

전화가 끊겼다.

가쓰라는 밤하늘을 올려다보았다. 감식 작업과 현장검증, 진술 청취를 하기 전에는 어느 차가 어느 방향에서 달려왔는지도 모른다. 가쓰라는 현장을 확인해 문제를 파악하고 방침을 정해 명령을 내렸다. 현장에서 더 할 일은 없었다. 가쓰라는 일단 경찰서로 돌아갔다.

관할서 회의실을 수사본부로 쓰고 있다. 경비 절감을 위해 조명을 일부만 켜서 실내가 어두침침했다.

가쓰라는 거기서 탐문 결과를 기다리며 히라이 병원 앞으로 다구마의 상태를 조회하는 서류를 작성했다. 수사관계사항 조회서 작성에는 소속장의 결재가 필요하지만 가쓰라는 후지오카시로 보낸 형사들을 지원하기 위해 미리 직인을 찍은 서류를 몇 장 지참했다. 두 통을 작성해 관할서 형사를 통해 병원에서

계속 다구마를 감시하는 무라타에게 보냈다. 곧 전화로 보고가
들어왔다.

'무라타입니다. 조회서를 받았습니다.'

"의사가 알려 주던가?"

'예. 구두로 말씀드려도 되겠습니까?'

가쓰라는 이미 종이와 펜을 준비했다.

"그래. 읽어 주게."

'예. 히라이 병원 오시마 의사에게 문의한 결과, 다구마의 부
상은 흉골과 늑골 골절로, 혈흉을 함께 일으켜 긴급 배액관*을
시술했다는 답을 들었습니다. 다구마는 입원한다고 하는데, 입
원 기간은 대답해 주지 않았습니다.'

흉골 골절은 교통사고에서 안전띠를 매지 않았을 때 흔히 볼
수 있는 부상으로, 핸들에 가슴을 부딪쳐 발생하는 경우가 많
다. 혈흉은 흉강 내에 피가 고이는 상태를 말한다. 가쓰라는 의
학을 공부한 적이 없어서 증상의 경중은 판단할 수 없지만 오
랜 세월 쌓은 경험으로 혈흉 때문에 흉강을 절개하는 수술을
하지 않았다면 위중하지는 않을 거라고 짐작했다. 그래도 다구
마는 며칠 움직이지 못할 것이다.

● 몸속에 고여 있는 혈액이나 공기를 밖으로 배출시키는 관

"알겠네. 미즈우라는?"

'오른쪽 어깨관절 탈구로, 응급치료를 받고 교통과에서 조사 받은 뒤 이미 귀가했다고 합니다.'

"택시인가?"

'그건 모릅니다. 의사에게 들은 바는 없습니다.'

미즈우라가 귀가한 것은 어쩔 수 없는 일이었다. 원래 교통 사고는 한시라도 빨리 현장에서 검증해야 하지만 현장검증은 사고 당사자가 모두 참석하는 것이 원칙이다. 다구마가 입원한 이상 검증은 뒤로 밀린다.

"알겠네. 이번 건은 수사본부가 담당한다. 의사의 허가가 나 오는 대로 다구마에게서 사고 상황을 알아내도록."

전화 너머에서 당혹스러워하는 기척이 느껴졌다.

'교통사고 상황 말씀이십니까?'

무라타는 군마현에서도 정예 요원이 모인 수사1과 소속 형사 다. 당연히 진술 청취에는 익숙했지만 교통사고 처리에 관여한 경험은 거의 없었다.

"할 수 있겠나?"

가쓰라가 묻자 대답은 빨랐다.

'하겠습니다.'

"좋아. 진척이 있으면 보고하게. 날이 밝으면 교대 인원을 보내지."

전화를 끊었다.

관할서 형사가 커피를 끓여 왔다. 이 형사 역시 잠을 못 자서 얼굴에 피로한 기색이 짙었다. 가쓰라는 형사를 비교적 쉽게 하는 타입이다. 수면 부족은 실수를 낳고, 실수는 수사 실패를 의미한다고 믿고 있다. 그렇지만 지금은 눈앞의 지친 형사를 쉬게 할 수는 없었다. 무슨 일이 생길지 모르는 지금, 바로 움직일 수 있는 형사를 한 명은 확보해 둘 필요가 있다.

머그 컵 한 잔의 커피를 다 마시기 전에 아이마 교차점에 남겨 두고 온 형사들이 돌아왔다. 시각은 오전 5시를 바라보고 있었다. 두 형사도 안색이 나빴다. 어젯밤 22시에 다구마 감시를 교대한 뒤로 제대로 쉬지도 못했을 터였다. 가쓰라는 책상 위로 깍지를 끼고 보고를 재촉했다. 형사 하나가 말했다.

"먼저 사고 상황을 보고드립니다. 저희가 미행했을 때 다구마는 동서 방향으로 뻗은 254번 국도를 시속 50킬로미터 정도로 서쪽을 향해 주행하고 있었습니다. 아이마 교차점 약 100미터 앞에서 하수도 공사 때문에 다구마를 시야에서 놓쳤습니다. 저희는 공사 신호에도 걸렸습니다."

가쓰라는 눈썹을 찌푸렸다. 그 표정을 알아차리지 못한 형사가 말을 이었다.

"그 사이 다구마가 운전하는 왜건과 미즈우라가 운전하는 경차가 교차 지점에서 충돌했습니다. 미즈우라의 경차가 남북 방향으로 뻗은 지방도를 달렸던 것은 틀림없습니다만, 진행 방향은 확실하지 않습니다."

가쓰라가 말했다.

"미행 차량이 공사 신호에 걸렸다는 보고는 받지 못했는데."

형사가 움츠러들더니 고개를 숙였다.

"죄송합니다."

미행 차량만 공사 신호에 걸렸을 경우 아이마 교차점에서 사고가 없었다면 아마 형사들은 다구마를 놓쳤을 것이다. 일반적으로 차량 한 대로 하는 미행이 어렵다고는 해도 이것은 실책이라 할 수 있다.

하지만 가쓰라는 그 이상 다른 말은 하지 않았다. 가쓰라의 침묵을 지켜본 형사가 다음 말을 이었다.

"사고 차량을 확인했지만 다구마의 왜건, 미즈우라의 경차, 둘 다 블랙박스가 없었습니다."

"……그랬나."

가쓰라에게 그것은 나쁜 소식이었다. 군마현 등록 차량의 블랙박스 설치율은 최근 데이터로 40퍼센트 전후, 사고를 일으킨 두 대 다 설치하지 않았다 해도 특별히 운이 없었다고 할 수는 없다. 하지만 이번만큼은 가쓰라도 불운을 원망하고 싶었다.

하지만 아무리 원망해도 없는 건 없다. 통상 수사로 진실을 알아내는 수밖에 없다. 실제로 형사는 탐문을 진행하고 있었다.

"하수도 공사 현장에서 교통 안내를 하던 남성이 사고를 목격했습니다. 가마타 데루오, 57세. 주소도 확보했습니다. 가마타는 공사 때문에 설치한 편도 교행 구간을 왜건 차량이 빠져나갔고, 그대로 빨간 신호에 아이마 교차점으로 진입하더니, 브레이크를 밟았지만 남쪽에서 교차점으로 진입한 차량과 충돌했다고 증언했습니다."

가쓰라는 여전히 침묵하고 있었다.

다른 형사가 말했다.

"이쪽도 목격자가 있었습니다. 현장 교차점에 접한 편의점 점원입니다. 이름은 고가 히사시, 27세. 혼자 근무하고 있는데 엔진 소리가 나더니 바로 브레이크 소리가 들렸고, 이어서 큰 소리가 났다고 합니다. 반사적으로 계산대에서 몸을 내밀어 교차점을 보니 충돌한 차가 보였고, 동서 방향 신호가 빨간 불, 남북 방향 신호가 파란 불이었다고 증언했습니다."

가쓰라는 손에 든 종이에 십자가를 그었다. 종이 위쪽에 'N'이라고 썼다. N은 북쪽을 뜻한다. 그리고 십자가가 만나는 점의 오른쪽 밑에 동그라미를 그렸다.

"편의점 위치는 여기였지? 북쪽을 바라보는."

"그렇습니다."

"계산대 위치에서 신호등은 보이나?"

"예. 고가의 진술대로 몸을 내밀 필요는 있지만 사고 현장도 신호등도 시야에 들어옵니다."

"방범 카메라는 있나?"

"주차장을 찍는 것까지 포함해 일곱 대가 있습니다. 녹화 데이터의 임의 제출을 요구했지만 고가는 아르바이트생이라 점장의 허락 없이 자기 판단으로는 제출할 수 없다고 거절했습니다. 점장은 오전 6시부터 출근한다고 합니다."

"……그런가."

가쓰라는 의자 등받이에 몸을 깊이 묻었다. 가마타와 고가, 두 사람의 증언은 전부 다구마가 신호를 무시하고 교차점에 진입했다는 것을 의미하고 있다. 실로 바라 마지않는 증언이다.

우뚝 서 있는 두 형사에게 가쓰라가 말했다.

"다음 지시는 나중에 내리지. 지금은 쉬게."

형사는 회의실에서 나갔다. 가쓰라는 그대로 어두침침한 회의실에 한참 남아 있었다.

오전 7시, 서장 가와무라가 출근했다.

가와무라는 수사본부 부본부장에 해당하지만 실제로는 오다 지도관이 지휘를 맡기 때문에 가와무라가 주도적으로 수사에 관여하는 경우는 적다. 하지만 이번에는 형사과 수사본부에서 다구마 사고를 담당하기 위해 가와무라가 교통과를 설득했다. 그 인사차 가쓰라는 오다 지도관을 따라 서장실로 향했다.

서장실 앞에서 가쓰라와 오다는 초로의 경찰관과 마주쳤다. 가쓰라는 그가 이곳 교통과장이라는 사실을 눈치챘다. 교통과장은 가쓰라를 알아보더니 눈썹 하나 까딱하지 않고 묵례를 하고 지나갔다. 오다가 서장실 문을 노크하자 "들어오게."라는 대답이 들려왔다. 책상 너머에서 의자 깊숙이 앉은 가와무라도 역시 잠을 제대로 못 잤는지 눈 밑이 거뭇했다.

"조정에 힘써 주셔서 인사드리러 왔습니다."

오다의 말에 가와무라는 거추장스럽다는 듯이 손을 저었다.

"그래서 어떤가, 잡을 수 있을 것 같은가?"

"목격 증언을 확보했습니다. 상세 보고는 가쓰라가."

오다의 말에 가쓰라는 부하가 수집한 증언을 서장에게 전달했다. 가와무라는 보고를 받는 동안 계속 고개를 주억거렸다.

"블랙박스는 아쉽게 됐어. 하지만 그만한 증언이 있다면 문제는 없겠지."

"현재 방범 카메라 데이터를 회수하려고 부하를 보냈습니다.

시각이 확실하니 데이터 정밀 조사에 오랜 시간은 걸리지 않을 겁니다."

가쓰라가 그렇게 보고를 마치자 가와무라는 만족스러운 듯 한층 크게 고개를 끄덕였다.

"잘 알겠네. 이것으로 다구마를 잡을 수 있겠군."

"아니요."

가쓰라는 그렇게 대답했다.

"사실관계 조사도 병행하겠습니다. 다행히 오늘은 토요일이라 집에 있는 주민들도 많겠지요."

가와무라가 눈썹을 찌푸렸다.

"방범 카메라 정밀 조사는 필요하지. 감식 보고서도 기다려야겠지. 하지만 사실관계 조사라니 뭔가? 현장 증언 이상으로 뭐가 필요하단 말인가?"

"별건체포라고 해도 실수해서는 안 됩니다. 신중을 기하겠습니다."

"그야 당연히 그래야 하네만."

그렇게 말하며 가와무라는 책상 위 서류를 의미 없이 뒤적거렸다. 그리고 가쓰라와 시선을 맞추더니 한숨을 쉬었다.

"말할 필요도 없지만 당연히 체포해야 할 상황에서 용의자를 풀어 줄 수는 없어. 교통과도 그래서야 사건을 양보한 보람이 없을 걸세."

"알고 있습니다."

"그럼 됐네. 수사로 돌아가도록."

"예, 실례하겠습니다."

오다와 가쓰라는 서장실에서 물러나 회의실로 향했다.

오전 4시에는 텅 비어 있던 회의실은 심각한 표정의 형사들로 가득 차 있었다. 히라이 병원에서 다구마를 감시하는 형사와 편의점 방범 카메라 데이터 임의 제출을 요구하러 간 형사를 제외한 수사본부 전원이 회의 때문에 모인 것이다.

현경 본부에서 파견 나온 형사는 전부, 관할서 소속으로 수사본부에 동원된 형사도 절반 이상이 경찰서 안 훈련장이나 형사과에서 숙식하고 있다. 표정에 활기가 넘치는 형사는 한 명도 없다. 졸린 눈을 뜨려고 그런 건지, 차를 벌컥벌컥 마시는 사람도 한두 명이 아니었다.

관할서 형사가 가쓰라에게 다가와 서류를 내밀었다. 어젯밤 미즈우라 리쓰지를 진술 청취한 기록이었다.

교통과에서 받은 것이리라. 가쓰라는 회의에 앞서 서류를 재빨리 훑어보았다.

오다가 수사 회의 시작을 알렸다.

형사들은 먼저 다구마 이외의 용의자에 대한 미행 결과, 현장 주변 탐문 결과를 보고했다. 이쪽은 특별한 수확은 없었다. 오다는 이어서 오늘 새벽 발생한 교통사고에 대해 알렸다. 다구마의 신호 무시 의혹이 농후할 경우 위험운전치상죄로 신병을 확보하는 방침도 설명했다.

필요한 연락 사항 전달을 마친 오다는 가쓰라에게 주도권을 넘겼다. 가쓰라는 마이크를 가까이 끌어당겼다.

"들은 바와 같다. 또 새로운 정보가 들어와 공유하겠다. 다구마와 충돌한 미즈우라 리쓰지는 시내 슈퍼마켓 '호미타야'에서 근무하고 있다. 교통과는 어디까지나 교통사고 당사자로 보고 조사했으므로 가족 관계 등은 불명. 어젯밤 9시경 친구 집에 놀러 갔다가 돌아오는 길에 사고를 당했다고 진술하고 있다. 음주 검사에서 알코올은 검출되지 않았다. 미즈우라는 자기가 교차점에 진입했을 때 신호는 파란 불이었다고 진술하고 있다. 그것이 사실인지 수사를 실시한다."

회의장이 술렁거렸지만 가쓰라는 지시를 이어 나갔다.

"다른 용의자의 미행, 현장 주변 탐문도 계속하면서 동시에 다구마 체포를 위해 배치를 변경하겠다. 지금 호명하는 사람은 사고 수사를 맡아 주길 바란다."

그렇게 탐문조에서 두 명, 미행조에서 한 명을 빼내 가쓰라는 사고 수사에 네 명을 붙였다. 이어서 편의점 방범 카메라 정밀 조사에는 두 사람을 배정했다.

"그리고 증언한 유도원 가마타 데루오, 편의점 점원 고가 히사시, 이 두 명도 조사하도록. 다구마에게 불리한 증언을 할 이유가 없는지, 신중하게 수사를 진행할 것."

증언한 사람과 피의자 사이에 특별한 관계가 있는지 조사하는 것은 일반적인 절차이기는 하다. 하지만 지금 수사 회의 석상에는 알게 모르게 당혹스러운 분위기가 가득했다. 가와무라와 마찬가지로 형사들 역시 결정적인 증언을 확보했는데 가쓰라가 그 이상으로 무엇을 바라는지 이해할 수 없었던 것이다.

하지만 반대 의견은 나오지 않았다. 오다가 회의실을 둘러보며 명령했다.

"좋다. 시작하도록."

형사들이 일제히 자리에서 일어섰다. 시간은 8시가 지났다.

조용해진 회의실에는 가쓰라를 비롯해 지도관 등 수사 간부만 남았다. 이윽고 다른 간부들은 나갔지만 가쓰라는 다시 자료와 보고서를 꼼꼼히 살펴보고 있었다.

8시 반에 사고 현장 근처 편의점에서 형사가 돌아왔다. 편의점 점장은 6시에 가게에 출근했을 터였다. 다시 말해 이 형사는 녹화 데이터를 입수하기까지 2시간 반 가까이 걸렸다는 뜻이 된다. USB를 제출하면서 형사가 변명조로 말했다.

"아침 손님이 많아 점장이 시간을 낼 수 없었습니다."

아이마 교차점 편의점은 간선 도로변에 있어 아침 식사를 사러 오는 운전자가 많았을 거라는 사실은 짐작하기 어렵지 않다. 가쓰라는 부하를 독려하지도, 질타하지도 않았지만 형사는 다시 말을 이었다.

"오늘 아침 근무는 입하부터 계산까지 점장 혼자 했습니다. 점장이 부인에게 도움을 청해 계산대를 맡겨서 겨우 이야기를 나눌 수 있었습니다."

가쓰라는 형사의 얼굴을 슬쩍 쳐다보았다.

"계산을 할 수 있다는 건 점장의 부인도 점원인가? 그렇다 해도 아침 시간대에 점장이 혼자 근무한 이유는 뭐지?"

"임산부입니다. ……저희는 기다리겠다고 했습니다만."

가쓰라는 고개를 끄덕였다.

"알겠다. 탐문조에 가세하도록."

형사들이 회의실에서 나가자 가쓰라는 관할서 형사에게 USB를 건네 영상 판독을 담당하는 형사에게 전해 주라고 지시했다. 가쓰라의 스마트폰이 울렸다. 병원에서 다구마에게 붙어 있는 무라타의 연락이었다.

"가쓰라다."

'다구마를 인터뷰해도 된다는 허락을 받았습니다. 진술 청취를 시작하겠습니다.'

가쓰라는 잠시 고민하다가 책상 위에 놓인 자료를 힐끔 보았다. 도착을 기다리는 자료 중 방범 카메라 데이터는 들어왔지만 감식 보고서는 아직 오지 않았다. 당장 할 일은 없다.

"나도 입회한다. 기다려."

'……알겠습니다.'

전화 너머에서 무라타가 떨떠름한 표정을 짓는 게 눈에 보이는 듯했다. 상사가 진술 청취에 입회하면 형사는 일하기 거북해진다. 그것을 알면서도 가쓰라는 부하가 사람을 만날 때 가급적 입회한다.

사람의 표정을 보고, 목소리를 듣고, 인간상을 대략적으로 파악한 다음, 가쓰라는 그 모든 것을 의심한다.

히라이 병원은 경찰서에서 겨우 100미터 남짓한 거리였다. 걸어가도 되는 거리였지만 가쓰라는 관할서 형사에게 명령해 차를 몰도록 했다. 무언가 긴급사태가 발생했을 때 가까운 곳에 차가 없는 사태는 피해야 한다.

다구마의 입원실은 일반 병동 4층이었다. 무라타와 합류한 가쓰라는 먼저 진찰실에서 담당 의사의 설명을 들었다.

의사는 젊은 남자였지만, 형사과 사나이들을 상대하면서도 당당하게 할 말을 했다.

"환자는 휠체어에 태우겠습니다. 상당한 통증을 느끼므로 과도한 부담은 주지 않도록 해 주십시오. 처치 때 생긴 개구부가 아직 아물지 않아 흔들기라도 하면 출혈 우려가 있습니다."

가쓰라는 의사의 얼굴을 보았다. 어딘지 모르게 무표정하고 눈두덩이 묵직했으며 뺨도 부어 있었다. 경찰들 사이에서도 흔히 보는 종류의 얼굴이다. 제대로 쉬지 못했으리라.

의사의 말에 무라타가 순순하게 끄덕였다.

"주의하겠습니다."

"진술 청취는 면회실에서 하시지요. 제가 같이 있어도 되겠습니까?"

무라타가 한마디 하고 싶은 눈빛을 보냈지만 가쓰라는 반응하지 않았다. 따로 지시할 필요도 없다고 생각했기 때문이다. 무라타는 의사에게 미안하다는 듯이 말했다.

"그건 어렵겠습니다."

"알겠습니다."

의사는 별로 개의치 않고 그렇게 대답했다.

"그럼 뭔가 상태가 급변하면 바로 부르십시오. 장소는 간호사가 안내해 줄 겁니다."

토요일의 병원은 사람들이 적어, 바쁘게 복도를 오가는 간호사들 외에는 노인 환자들뿐이었다. 간호사를 따라 복도를 걸어가면서 무라타가 목소리를 낮추어 가쓰라에게 물었다.

"폭넓게 질문할까요?"

"사고 조서를 받아 내."

"알겠습니다."

　안내하는 간호사에게는 두 사람의 대화가 들렸어도 무슨 뜻인지 몰랐을 것이다. 무라타는 강도치상 사건에 대해 떠봐야 하느냐고 물었고, 가쓰라는 교통사고 진술 청취로만 국한하라고 지시한 것이다.

"이쪽입니다."

　간호사가 걸음을 멈추었다.

　면회실은 태양 빛이 쏟아지는 야외 공간이었다. 테이블과 의자가 몇 세트 있고, 음료 자동판매기와 정수기가 놓여 있다. 따스한 연주황색과 베이지색이 섞인 바둑판무늬 바닥, 천장에는 종이로 만든 고리 장식이 달려 있다. 창가에서 휠체어에 앉아 퉁명스러운 표정으로 뺨을 괴고 있는 사람이 다구마였다.

　무라타가 간호사를 보며 난처한 표정을 지었다. 바람이 잘 드는 개방 공간에서 수사 이야기를 하는 것에 본능적인 경계심을 느낀 것이다.

"벽이 있는 방은 없습니까?"

간호사 역시 난처한 기색이었다.

"환자를 위해서도 그편이 낫다고 생각하는데, 빈방이 없습니다. 1인실을 내어 드릴 수도 없고요."

면회실에 다른 사람들이 접근하지 못하도록 고지가 되었는지 주변에는 문병객도 환자도 없었다. 가쓰라는 무라타에게 말했다.

"어쩔 수 없지."

"……예."

두 사람은 모서리가 둥근 목제 테이블을 사이에 두고 다구마와 마주 앉았다. 무라타가 클립보드를 들고 물었다.

"안녕하십니까. 자세한 사고 상황을 확인하겠습니다. 먼저 성명과 생년월일과 주소를."

다구마는 관찰하는 눈빛으로 형사를 바라보았다.

"다구마 류토."

그는 이름을 말하고 생년월일과 주소도 대답했다.

8년 전 체포 당시 자료와 비교해 다구마는 당연히 나이를 먹었다. 조금 살이 찐 것 같기도 하다. 탁한 눈은 자료 사진과 똑같았다. 가쓰라는 다구마의 목소리를 처음 들었다.

무라타는 진술 청취를 이어 나갔다.

"직업은?"

"구직 중."

"사고에 이른 경위를 말씀해 주시지요."

다구마의 진술은 대강 다음과 같았다.

그는 오전 2시 반에 자가용 왜건 차량으로 자택을 출발, 후지오카 시내의 편의점에 들른 다음 국도로 들어가 문제의 도로를 서쪽으로 주행했다. 현장에 진입한 것은 오전 3시경으로 자동차 속도는 시속 50킬로미터 정도였다고 한다.

사고 조서 작성에 전념하라는 명령을 받았음에도 무라타는 다구마에게 물었다.

"그렇게 늦은 밤에 어디에 갈 작정이었습니까?"

"낚시야."

다구마는 빈정거리는 웃음을 보였다.

"민물낚시. 일찍 나가야 하거든."

"허, 뭐가 잡힙니까?"

"곤들매기. 차에 쌓아 둔 낚싯대 봤지?"

"낚싯대 말인가요."

무라타의 눈빛이 순간 날카로워졌다. 낚싯대 확인을 빌미로 차량 내부 수색 동의를 요구할 수도 있다고 생각했기 때문이다. 하지만 가쓰라는 계속 침묵했고, 무라타는 그것을 '정지'라는 지시로 받아들였다. 무라타는 사고로 화제를 돌렸다.

"그래요. 2시 반부터 3시경, 국도를 시속 50킬로미터로 달리고 있었다. 그리고?"

"그다음은 더 할 말 없는데."

다구마는 몹시 아프다는 듯이 얼굴을 찌푸렸다.

"공사 신호등이 파란 불이라 그대로 달렸어. 교차점 신호등도 파란 불이었으니 운이 좋다고 생각하면서 그대로 달려갔지. 그랬더니 왼쪽에서 갑자기 경차가 튀어나오는 거야. 브레이크를 밟았지만 늦었지. 어떻게든 피하려고 핸들을 오른쪽으로 꺾은 게 잘못이었어. 상대방에게 부딪히고 차가 미끄러져서 전봇대에 박았지. 구급차가 와서 실려 갔고. 그게 다야."

형사가 펜을 놀리던 손을 멈추었다.

"신호등은 파란 불이었다?"

"그래."

그렇게 말한 다구마는 흠칫 놀란 듯 눈을 번쩍 떴다.

"아, 알겠다. 보아하니 상대도 파란 불이라고 주장하는군? 거짓말이야!"

"상대방 진술 내용은 말씀드릴 수 없습니다만. 참고로 다구마 씨, 당신 쪽 신호가 파란 불이었다고 증명할 수 있는 건 뭔가 없습니까? 블랙박스나."

"그런 건 내 차에 없어. 어차피 이미 확인한 것 아니야? ……아야야.”

다구마는 가슴을 누르며 등을 굽혔다. 이번에는 정말 통증이 치달은 것 같았다. 식은땀을 흘리며 고통스러운 숨을 몰아쉬면서도 거칠게 말했다.

“잘 들어, 제대로 조사해! 내 쪽이 파란 불이었어, 근성 있게 똑바로 조사해! 속도위반만 잡지 말고 가끔은 도움이 되라고! 아야야!”

흥분한 다구마는 잘 굴러가지도 않는 혀로 욕설을 퍼부었지만 무라타는 그를 얼러 가며 상세한 점들을 확인해, 필요한 내용은 전부 받아 냈다.

가쓰라가 경찰서로 돌아가자 교통과에서 감식 보고서가 도착해 있었다. 그리 두껍지는 않다.

가쓰라는 회의실 앞쪽에 놓인 책상에서 보고서를 훑어보았다. 기록은 꼼꼼했고 일단 보기에 눈에 띄는 실수는 없었다. 그리고 지금까지 가쓰라가 얻은 증언과 모순되는 감식 결과는 나오지 않았다는 사실을 알 수 있었다.

다시 말해 다구마의 왜건 차량은 제한속도 50킬로미터인 국도를 서쪽으로 달렸고, 미즈우라의 경차는 제한속도 40킬로미터인 지방도를 북쪽으로 달리고 있었다. 아이마 교차점에 진입했을 때, 왜건 차량을 탄 다구마가 브레이크를 밟았다. 브레이크 흔적의 길이로 시속을 역산할 수는 있지만 이번 사고의 경우 왜건 차량은 제동 중간에 경차와 충돌했기 때문에 흔적이 끊겨 정확한 수치는 계산할 수 없다. 한편 경차에 타고 있던 미즈우라가 브레이크를 밟은 흔적은 발견되지 않았다.

미즈우라의 경차 옆면에 다구마의 왜건 차량이 충돌해 경차는 옆으로 넘어갔고, 왜건 차량은 도로 북쪽 전봇대에 충돌했다. 충돌 후 움직임으로 부자연스럽지는 않다. 또한 병원에서 검사한 알코올 반응 결과, 다구마의 호흡에서도 알코올은 검출되지 않았다.

감식 보고서상으로는 다구마를 위험운전치상죄로 의심할 이유는 무엇 하나 찾을 수 없다. 가쓰라가 생각에 잠겨 있는데 관할서 형사가 다가와 보고했다.

"편의점 방범 카메라 정밀 조사를 마쳤습니다."

"그래."

"다구마의 왜건 차량은 외부에 설치된 한 대에만 찍혔습니다."

형사는 책상 위에 영상을 인쇄한 자료를 내려놓았다. 방범 카메라 해상도가 높아 다구마의 왜건 차량 번호판부터 운전석에 앉은 다구마의 얼굴까지 판별할 수 있었다. 사진 속에서 다구마는 오른손 하나로 핸들을 쥐고 있었다.

"오전 3시 10분 정각에 찍혔습니다. 교통과에 협조를 요청해 왜건 차량 속도를 계산했는데 시속 50킬로미터에서 55킬로미터 사이로, 갑작스러운 가속이나 감속 정황은 보이지 않는다고 합니다."

"신호는 어땠지? 정지선은 찍혔나?"

형사의 대답이 조금 늦었다.

"아니요. 둘 다 찍히지 않았습니다."

형사는 방범 카메라에 신호등이 찍히지 않은 것이 자기 책임이라도 되는 듯 시무룩하게 대답하더니 다시 약간 기운을 되찾고 말했다.

"하지만 사고를 목격했을 가능성이 있는 인물은 찾아냈습니다. 이걸 봐 주십시오."

새 인쇄물이 책상 위에 쌓였다. 거기에는 화면 오른쪽으로 달려가는 하얀 승용차가 찍혀 있었다.

"왜건 차량이 화면에서 사라진 7초 후에 이 차가 동쪽으로 달려갔습니다."

가쓰라는 인쇄물을 집어들었다.

"운전자가 사고를 봤을 가능성이 있겠군."

"예. 카메라에 찍힌 번호판을 바탕으로 차량 소유자를 조사했습니다. 오카모토 나리타다, 52세입니다."

그 정보를 듣고도 가쓰라는 인쇄물에서 눈을 떼지 않았다.

오카모토가 탄 승용차가 아이마 교차점을 동쪽으로 달려갔다면 다구마를 미행하던 형사의 차량과 마주쳤을 것이다. 아마 형사들이 공사 신호로 발이 묶여 있던 타이밍이리라. 형사들이 공사 신호를 기다리는 사이에 반대 방향에서 오는 차량을 기억하고 있었다면 그 차량의 운전자가 사고를 목격했을 가능성도 짐작했을 터였다.

반대편 차선을 지나간 차량이 있었다는 단순한 사실을 일일이 기억하기는 어렵다. 신경을 곤두세워야 하는 미행이라는 작업 중에는 더욱 그러하다. 그렇다 해도 오카모토의 승용차가 지나간 것을 기억하지 못한 형사들이 앞으로 이번 수사에서 중요한 임무를 맡을 일은 없을 것이다.

관할서 형사를 보내고 가쓰라는 전화 지시로 탐문조 한 팀을 오카모토의 자택으로 보냈다.

일단 보고의 파도가 끊겼다. 가쓰라는 오전 3시 넘어 최초 사고 소식을 들은 이후로 식사를 하지 못했다. 아침 식사를 대신할 달콤한 빵과 카페오레를 눈 깜짝할 사이에 배 속에 집어넣고 다시 자료를 살펴보았다.

다구마를 직접 만나 본 가쓰라는 두 가지 사실을 확신했다.

가나이 미요코의 자택에 침입해 피해자를 구타하고 현금을

96

탈취한 강도치상범은 다구마 류토다.

가쓰라는 9월 3일 강도치상 사건을 우발적인 범행으로 보았다. 돈이 있을 것 같아 침입했다. 사람이 있었으니 때리고 달아났다……. 흉악한 범죄지만 너무 단순하고 난폭해서 상습범의 소행 같지 않았다. 범인이 용의주도해서 감식으로 유력한 증거를 찾아내지 못한 것이 아니라 단순히 운이 좋았던 것이라고 추측했다.

다구마를 만나 그 목소리를 들은 가쓰라는 어린애 같은 목소리라고 생각했다. 가쓰라는 절도범죄 수사반에 속했던 적은 없지만 그래도 몇 명의 상습 절도범과 접촉한 경험이 있다. 그들은 그렇게 세상에 불만을 가진 아이 같은 목소리를 내지 않았다. 다구마는 가쓰라가 생각하는 범인상과 일치했다.

하지만 동시에 가쓰라는 이런 확신도 가졌다. 아이마 교차점 사고에서 다구마는 신호를 무시하지 않았다. 다구마는 가쓰라의 눈을 속일 수 있을 만큼 탁월한 거짓말쟁이가 아니다. 적어도 다구마가 봤을 때 신호는 파란 불이었던 것이다.

하지만 그것은 증언과 모순된다. 공사장 현장에서 교통 안내를 하던 가마타와 편의점 점원 고가는 둘 다 다구마 쪽 신호가 빨간 불이었다고 주장하고 있다.

물론 실제로는 빨간 불이었던 신호를 다구마가 파란 불로 착각했을 가능성도 없지는 않다. 계속 속이는 사이 자기가 한 거짓말을 진짜라고 믿는 경우는 흔하다. 이번 사례도 그런 경우에 해당될까?

이번 사안에서는 이상한 점이 두 가지 있다.

먼저 심야 3시 넘어 교외에서 발생한 자동차 사고에서 목격 정보가 대번에 두 건이나 들어온 점이다. 목격자 가마타와 고가는 둘 다 현장 근처에서 일하고 있어 사고 목격이 부자연스럽지는 않다. 하지만 그래도 이렇게 빨리 증언을 확보할 수 있었다는 사실이 가쓰라는 아무래도 마음에 걸렸다. 목격자를 찾는 일은 원래 훨씬 더 품이 드는 작업이다. 고생하지 않은 것은 아니지만 이번에는 지나치게 수월했다.

또 한 가지, 가쓰라가 기묘하다고 생각하는 점은 증언이나 진술로 미루어 볼 수 있는 다구마의 운전 태도다.

다구마는 어째서 **그렇게 운전했을까?**

스마트폰이 울려 가쓰라의 사고가 중단되었다. 탐문조 형사의 연락이었다. 전화를 받자 어쩐지 뿌듯한 목소리였다.

'반장님, 목격자를 발견했습니다.'

가쓰라는 펜과 종이를 가까이 끌어당겼다.

"말해."

'현장 교차점 부근에 사는 남성이 자택 창문으로 사고를 봤습니다. 가미카와 쇼스케, 20세, 대학생입니다. 오전 3시경, 브레이크 소리에 이어 충돌음이 나서 창밖을 보니 두 대의 자동차가 충돌해 있었고, 동서 방향 신호가 빨간 불이었다고 합니다. 상세한 조서는 지금 미야시타가 작성 중입니다.'

동서 방향 신호라면 다시 말해 다구마 쪽 신호다. 지금까지의 증언과 일치한다.

가쓰라는 오늘 새벽, 현장 교차점에 도착했을 때 2층 불빛이 켜져 있는 집이 있었다는 사실을 떠올렸다. 누가 오전 3시에 깨어 있어도 딱히 부자연스럽지는 않다. 실제로 가쓰라도 그 시간에 깼다. 하지만 수사라면 확인해야 할 사항이 있다.

"가미카와는 그 시간에 뭘 하고 있었나?"

'컴퓨터 게임을 하고 있었다고 합니다. 〈빌롱 투 어스〉라는 게임으로, 친구와 함께 했다고.'

경찰관은 폭넓은 지식을 보유해야 한다. 어떤 잡학이라도 업무에 도움이 된다. 가쓰라도 세상의 일반적인 기준으로 보면 박식하다고 할 수 있다. 다만 그런 가쓰라도 형사가 조사한 게임의 이름은 몰랐다. 메모를 하면서 명령했다.

"가미카와가 사용하는 닉네임은 알아냈나?"

'확인했습니다. 어……'

수첩을 넘기는 소리가 스마트폰 너머에서 들려왔다.

'아울 베이스입니다.'

가쓰라는 철자를 몇 차례 되물어 가며 'owl-base'라는 닉네임을 메모에 기록했다.

'가미카와는 인터넷 친구와 함께 상당히 어려운 게임을 했던 것 같습니다. 집중해야 하는데 사고 때문에 망했다는 말을 했습니다.'

"망했다고 했나?"

'예, 아, 아니요. 정확히는 졌다고 했습니다.'

"그래. 가미카와 증언이 맞는지 조사하도록."

'알겠습니다.'

통화를 마친 가쓰라는 바로 다른 형사를 불렀다. 온라인으로 범죄를 모의하거나 계획하는 경우가 해마다 증가하고 있다. 형사는 현장에서 발로 뛰니까 인터넷은 멀리해도 된다고 주장하는 시대는 이미 지났지만 그래도 모든 형사가 정보화사회에 정통한 것은 아니다. 가쓰라가 전화로 부른 부하는 가쓰라 팀에서도 특히 인터넷 수사에 뛰어난 형사였다.

'예, 사카키노입니다.'

"지금 상황은 어떤가?"

'강도 피해자 자택 주변에서 탐문을 진행하고 있습니다.'

"교통사고 현장 부근에서 목격자가 나왔다. 온라인 게임을 하

다가 브레이크 소리에 이어 충돌음이 나서 밖을 보았다고 하는
군. 〈빌롱 투 어스〉라는 게임을 하고 있었다는데 지식이 있나?"

'예, 압니다.'

"목격자의 사건 당시 행동을 조사하겠다. 돌아와서 인터넷상
의 흔적을 추적해 주게."

'……알겠습니다.'

전화를 끊었다. 그 순간, 가쓰라는 참을 수 없는 졸음과 현기
증을 느꼈다. 수사본부에 속한 형사들은 사건 해결까지 제대로
쉴 수 없다. 물론 가쓰라도 마찬가지다. 가쓰라는 관할서 형사
에게 진한 녹차를 부탁했다.

오후 4시, 수사 회의가 열렸다. 가와무라 서장은 수사본부에
서 하는 모든 회의에 참석하는 것은 아니지만 이번에는 오다
지도관 옆에 앉아 있었다.

먼저 다구마를 제외한 피의자들에 대한 보고가 시작되었다.
강도치상 사건의 세 피의자 가운데 한 명의 알리바이가 성립한
다는 사실이 판명되었다. 해당 피의자는 사건 당일 기혼 여성
과 밀회를 나누느라 가나가와현 나나사와 온천에 가 있었다.
이로써 유력한 피의자는 두 명으로 좁혀졌다.

회의 후반은 아이마 교차점 사고의 목격자와 그 증언 내용에

대한 보고였다. 먼저 편의점 점원 고가에 대한 자료가 배포되었다. 뒷조사를 한 형사가 의자에서 일어섰다.

"고가 히사시는 상해 전과가 있습니다. 23세 때 도쿄 신주쿠에서 술에 취한 남성 여러 명과 문제를 일으켜 상대를 밀쳤는데 쓰러진 상대가 쇄골 골절이라는 중상을 입어 체포되었습니다. 기소당해 징역 2년 6개월, 집행유예 4년이라는 유죄판결을 받았습니다."

형사들이 살짝 흥분한 가운데 가쓰라는 책상 위에 깍지 낀 손을 올리고 입을 굳게 다물고 있었다.

"사건 후 근무하던 식품 가공 회사에서 해고당해, 그 후로 여러 직장을 옮겨 다니다가 2년 전부터 야간제로 히라이미나미 고등학교에 다니며 아르바이트와 학업을 병행하고 있습니다. 지금 편의점에서 하는 아르바이트는 친척 소개로 들어갔는데, 점장 스즈키 다이스케는 고가의 전과를 알고 있고 그에 대한 불신감을 숨기지 않았습니다. 의리가 있는 상대가 소개했고 일손도 부족해서 어쩔 수 없이 고용하고 있다고 공언했습니다. 다구마 류토, 미즈우라 리쓰지와의 관계는 현재까지는 발견되지 않았습니다. 이상입니다."

보고를 끝내려는 형사에게 가쓰라가 물었다.

"고가의 어제 근무표는 알고 있나?"

형사는 수첩을 뒤지더니 멋쩍게 대답했다.

"예, 확인했습니다. 고가는 어제 오전 6시부터 오후 2시까지 근무했습니다. 그 후 다시 오후 10시부터 오전 6시까지 근무했습니다."

회의장이 술렁거렸다. 가쓰라는 메모했다.

"알겠다. 다음."

두 번째 형사가 일어나서 보고를 시작했다.

"공사 현장 교통정리원 가마타 데루오는 후지오카 시내에서 주로 금속 제품을 판매하는 잡화점 '가마타 상점'을 운영하고 있습니다. 배우자 가마타 유키요에게 확인한 바로는 거래처가 도산해 자금 운용이 어려워 이번 달 말까지 27만 엔을 입금하지 못하면 어음이 부도 처리된다고 합니다. 가마타는 자금을 마련하려 애쓰는 한편으로 밤에는 교통정리원 아르바이트를 하며 부족한 금액을 메우려고 했던 것 같습니다."

형사는 자료를 넘겼다.

"가마타의 근무 태도는 평판이 좋지 않았습니다. 그저께 오전 5시경, 공사 신호가 빨간 불인데도 상호 교행 구간에 진입한 차량이 있어 자칫 정면충돌 사고가 날 뻔했습니다. 증언에 따르면 가마타는 이 차량 쪽으로 주의신호를 보내지 않았고, 현장 감독은 가마타를 다른 인부로 교체해야 한다고 생각하고 있습니다. 가마타는 어제 오후 11시부터 현장에서 근무했습니다. 다구마, 미즈우라와 관계 여부는 알 수 없습니다."

가쓰라가 아무 질문도 하지 않는 것을 확인한 형사가 의자에 앉았다.

세 번째 형사는 복사본을 제때 만들지 못했는지 자리에서 일어나 자료를 나눠 주기 시작했다. 그 자료에는 하얀 자동차가 찍힌 방범 카메라 영상 사진이 붙어 있었다. 모두에게 자료가 전달된 후, 형사가 보고를 시작했다.

"현장 부근 편의점에 설치된 방범 카메라에 사건 직후 지나가는 하얀 프리우스가 찍혔습니다. 번호판을 바탕으로 운전사를 찾아가 사고에 대해 물어본 후, 사고 전후 상황을 목격했다는 증언을 확보했습니다. 자동차 소유주는 오카모토 나리타다, 52세, 직업은 의사로 근무처는 후지오카 중앙 병원, 소속은 구급과. 9월 3일 오전 9시에 근무를 시작해 당일 밤에는 병원에서 숙직, 이튿날 9월 4일도 계속 근무했고 오늘 5일 오전 2시 반에 퇴근했습니다. 비밀유지 의무로 자세히 말해 주지는 않았지만 아무래도 상당히 까다로운 환자를 줄줄이 맡았던 것 같습니다. 오늘은 오전 7시부터 다시 근무하는데 인수인계를 위해 6시 반에 출근했습니다."

신음이 흘러나왔다. 2시 반에 퇴근했다가 6시 반에 출근, 오카모토의 근무 형태는 형사들과 상통하는 바가 있었다.

"이하 오카모토의 증언을 보고하겠습니다. 오전 3시경, 귀가하려고 국도를 동쪽으로 달려 아이마 교차점에서 파란 불일 때 직진했다. 교차점 동쪽 약 100미터 위치에 있는 공사 신호가 빨간 불이라 정차했는데 브레이크 소리에 이어 충돌음이 들렸고, 백미러로 확인하니 아이마 교차점에서 충돌한 차가 보였다. 신호등은 빨간 불이었다."

아이마 교차점 동쪽에서 정차했던 오카모토가 사고 직후에 본 신호는 동서 방향 신호였을 것이다. 다시 말해 오카모토의 증언 역시 다구마가 신호를 무시했음을 시사하고 있다.

"오카모토가 일하는 후지오카 중앙 병원은 강도치상 사건 피해자인 가나이 미요코가 이송된 병원인데, 가나이와 오카모토 사이에 특별한 관계는 찾아내지 못했습니다. 다구마, 미즈우라와의 접점도 현재는 없어 보입니다. 이상입니다."

가와무라는 놀란 기색으로 말했다.

"그러니까 오카모토는 근처에서 사고가 났는데 구조 활동을 하지 않았단 말인가?"

"그런 것 같습니다. 구조할지 망설였지만 지나가던 차에서 사람이 내려 도와주는 것을 보고 그대로 집으로 돌아갔다고 했습니다."

가와무라는 불만스럽게 신음했다. 가와무라는 생활안전부를 중심으로 종사해 온 경찰관으로, 범죄 검거나 사고 방지는 말할 것도 없지만 피해를 최소화하려는 의식이 강하다. 오카모토가 구조하지 않은 결과 사망 사고로 발전했을 가능성도 있었다……. 그렇게 생각한 것이다. 하지만 의사가 근무시간 외에 부상자를 자발적으로 구조하지 않은 행동은 범죄가 아니다. 보고된 오카모토의 과도한 업무를 생각하면 윤리적으로 문제가 있었다고 생각하는 것조차 미안할 정도다. 결국 가와무라는 짧은 신음을 끝으로 다른 말은 더 하지 않았다.

가쓰라가 물었다.

"오카모토의 자동차에 블랙박스는 있었나?"

별로 기대하면서 던진 질문은 아니었다. 있었다면 가장 먼저 보고했을 것이기 때문이다. 아니나 다를까 형사는 이렇게 대답했다.

"있었지만 전방 촬영 타입입니다. 사고는 오카모토의 자동차 후방에서 나서 찍히지 않았습니다."

그것으로 오카모토에 대한 보고는 일단 끝났다.

다음 형사가 자료를 손에 들고 의자에서 일어섰다.

"현장 부근 민가에서 사고를 목격한 인물이 있었습니다. 가미카와 쇼스케, 20세, 대학생……."

형사의 보고는 가쓰라가 전화로 들은 것과 같은 내용이었다. 즉 게임을 하던 중 사고 소리를 듣고 창밖을 보았더니 다구마 쪽 신호가 빨간 불이었다는 증언이다. 목격 증언에 이어 형사는 가미카와에 대해 설명했다.

"가미카와는 군마 대학 3학년인데 모친의 말에 따르면 올해 들어 거의 학교에 가지 않고 계속 자택 컴퓨터로 게임만 하고 있답니다. 집안에 틀어박혀 있는 것은 아니고 편의점에는 종종 가지만 깨어 있는 시간이 불규칙해 아침 6시에 일어날 때도 있고 저녁까지 잘 때도 있어서, 오전 3시에 게임을 했어도 이상하지는 않다고 합니다. 가미카와 쇼스케와 다구마, 미즈우라 사이의 접점은 발견하지 못했습니다."

일반적인 탐문에 이어 인터넷 수사를 담당했던 사카키노가 보고를 시작했다.

"가미카와 쇼스케는 〈빌롱 투 어스〉라는 온라인 게임에서 아울 베이스라는 닉네임으로 활동했습니다. 〈빌롱 투 어스〉는 미국에서 제작한 게임으로 각각의 플레이어가 도시국가를 운영해 다른 플레이어와 협력하거나 서로 전쟁을 벌입니다. 가미카와는 이 게임 안에서 클랜 리더, 즉 여러 플레이어로 이루어진 팀의 대표를 맡고 있습니다."

설명을 따라가지 못하겠는지 회의장에 있는 형사들 대다수가 어리둥절한 표정을 지었다. 사카키노는 아랑곳없이 가쓰라 한 사람을 향해서 보고를 이어 나갔다.

"가미카와가 이끄는 팀 '피프스 칼럼'은 어제 다른 팀과 대규모 전투를 치렀고, 패배했습니다. '피프스 칼럼' 멤버가 사용하는 게시판에 전투 도중에 가미카와의 지휘가 끊겨서 공격 타이밍을 놓쳐 패했다는 불만 글이 여럿 올라왔습니다. 그에 대해 가미카와는 집 근처에서 커다란 사고가 나서 안전을 확인하느라 지휘를 제때 하지 못했다고 설명했습니다."

형사가 말을 멈추자 가쓰라가 물었다.

"그 패배라는 건 몇 시경의 일인가?"

"오전 3시 15분경입니다."

오전 3시 10분에 발생한 교통사고 때문에 안전을 확인했다는 가미카와의 증언과 시간적으로는 모순되지 않는다. 가쓰라는 메모를 하며 또 질문했다.

"'피프스 칼럼'은 여러 플레이어로 구성되어 있다고 했는데 구체적으로는 몇 명인지 알 수 있나?"

"휴면 멤버도 있는 것 같아 확실하지는 않습니다. 웹사이트에서는 100명이라고 소개하고 있습니다."

사카키노는 지금 생각났다는 듯이 덧붙였다.

"멤버의 국적은 다양합니다. 확인된 것은 미국, 브라질, 싱

가포르, 폴란드, 인도 멤버입니다. 가미카와는 어젯밤 '전쟁'에 대비해 과거 이틀간 멤버 개개인에게 상세한 지시를 내렸던 것 같습니다."

"지시를?"

가쓰라가 눈썹을 찌푸렸다.

"그만큼 다양한 나라에 흩어져 있는 멤버들에게 어떻게 지시를 내렸지?"

"온라인 수사만으로는 단정 짓기 어렵지만 게시판에 남아 있는 글로 판단하건대 주로 실시간 채팅을 사용했던 것 같습니다. 사용 언어는 영어입니다."

가쓰라는 "알겠네."라고 짤막하게 말했다. 회의는 끝을 향했다.

날이 저물어 간다. 회의실에서 수사를 지휘하는 가쓰라의 휴대폰에 연락이 들어왔다. 군마 현경 본부 형사부 수사1과장 니토베 시로의 전화였다.

니토베는 가쓰라의 수사 결과를 수사 지도관을 통해 전부 보고받는 입장이다. 명목상으로는 수사본부 부본부장이지만 같은 시기에 이세사키시에서 살인 사건이 발생해 그쪽 지휘에 전념하고 있어 후지오카시 수사 현장에는 아직 와 보지 못했다.

니토베가 가쓰라에게 지시를 내릴 경우, 지도관을 통하는 게 정상이다. 니토베가 직접 전화를 거는 것은 이례적이라 할 수 있다.

니토베의 목소리에는 불쾌한 기색이 역력했다. 하지만 니토베가 가쓰라에게 이야기할 때는 늘 그렇다. 니토베는 가쓰라를 거북해했다.

과장까지 승진한 니토베는 부하들이 자신에게 충실하기를 요구한다. 달리 말하면 니토베는 예스맨만 곁에 두기 좋아하고, 충심으로 하는 진언보다 노골적인 아첨과 추종을 좋아했다. 경찰이라는 상명하복 조직에서 윗사람이 까마귀는 하얗다고 하면 아랫사람은 맞는 말씀이옵니다, 하고 따르는 것이 올바른 자세라고 믿기 때문이다.

하지만 그런 니토베의 부하 중에 그의 안색을 살피는 형사는 거의 없다. 니토베 스스로가 자기 기분이나 맞추는 형사와 유능한 형사를 비교해 보고 후자만 수사1과로 데려오기 때문이다. 어딘가 한 명쯤, 심복으로 삼을 만한 유능한 형사가 없는지 간절히 바라면서 니토베는 결국 자기 뜻을 제대로 알아주지 않는 실력주의 집단을 조직해 왔다. 때문에 니토베는 부하들을 대할 때 늘 심기가 불편하다.

니토베가 물었다.

'어째서 다구마를 체포하지 않나?'

가쓰라는 즉시 대답했다.

"수사를 완벽하게 마치지 못했습니다."

'목격 증언이 나왔다고 들었네. 몇 건인가?'

"네 건입니다."

스마트폰 너머에서 니토베가 순간 침묵했다. 니토베 또한 실력으로 승진을 거듭한 경찰관이다. 심야 3시에 발생한 교통사고에 네 건의 목격 증언이 있었다는 말을 듣고 운이 좋았다고 기뻐하지는 않는다.

'조금 많군. 목격자는 어떤 사람들인가?'

"하수도 공사 교통정리원, 현장 근처 편의점 점원, 귀가 중이었던 의사, 게임을 하던 대학생입니다."

'흠……'

니토베는 스스로도 자기가 하는 말을 믿지 않는 듯한 목소리로 뒷말을 이었다.

'확실히 드문 일이군. 하지만 있을 수 없는 일은 아니잖나. 네 명의 증인이 나란히 위증할 이유라도 있다면 얘기는 달라지겠지만. 다구마를 내버려둔 이유는 그것뿐인가?'

"아니요."

수사를 진행하면서 얻은 정보 하나가 작은 모순을 일으키고 있다. 강도치상이라는 중죄에 비하면 몹시 사소하지만, 엄연히 존재하는 문제였다.

"다구마는 시속 50킬로미터로 주행하고 있었습니다."

'현장 제한속도는?'

"50킬로미터입니다."

스마트폰 너머로 니토베의 신음이 들려왔다.

'······그런가.'

다구마를 미행한 형사는 앞뒤로 다른 차가 보이지 않는 외길이라 미행할 때 거리를 멀찍이 두었다고 했다. 다시 말해 앞을 달리는 차에 가로막힌 것이 아니라 다구마는 자신의 의지로 제한속도를 지켰던 것이다.

평소에도 다구마가 교통법규를 잘 지킨다는 뜻은 아니다. 다구마는 징역을 마친 뒤 이미 두 번이나 속도위반으로 붙잡혔다. 그런데 어째서 굳이 오늘 새벽에만 안전 운전을 의식했을까?

"다구마는 경찰을 경계했을 겁니다. 교통 단속으로 경찰과 접촉하기 싫어서 제한속도를 준수했겠지요."

그런 판단 때문에 가쓰라는 다구마가 신호를 무시했다고 생각할 수 없었다.

짜증스러운 목소리가 돌아왔다.

'체포를 늦추는 이유가 그건가? 일리는 있군. 하지만 증언은 어쩌고?'

"믿을 수 없습니다."

'어째서지? 네 명이 나란히 거짓말을 할 합리적인 이유가 뭔가?'

바로 그 점이 가쓰라가 그날 계속 고민한 문제였다. 교통정리원 가마타와 편의점 점원 고가가 나란히 다구마에게 불리한 증언을 한 이유는 무엇인가? 의사 오카모토와 대학생 가미카와도 똑같은 내용의 증언을 한 이유는 무엇인가?

뭔가 놓치고 있는 점이 있다. 하지만 그것을 밝혀내지 못한다면 증언은 사실로 취급할 수밖에 없다. 형사가 목격자를 찾아내 받아 온 진술을 묵살할 수는 없다. 가쓰라는 경찰관이다. 범죄 사실을 확인하고, 범인을 지목하는 증언이 진실이라고 인정된다면 마땅히 다음 절차를 밟아야만 한다.

하지만 가쓰라는 확신하고 있었다. 다구마를 위험운전치상죄로 체포하면 그것은 오인 체포가 되리라.

니토베의 목소리에 가쓰라의 궁지를 기뻐하는 기색이 묻어났다.

'아이러니하군, 가쓰라. 그러니까 자네는 다구마를 체포하지 않기 위한 사실 검증을 하고 있는 거야. 수사가 성과를 거두어 체포하지 않게 된다면 자네는 수사본부의 시간과 인원을 낭비한 꼴이 되는 셈이지. 설마 잊지는 않았겠지만 수사본부의 목적은 강도치상 사건의 해결이네. 교통사고를 위해 수사1과를

보낸 게 아니야. 반나절을 주지. 그 사이에 증언의 신빙성을 무너뜨리지 못하면 체포영장을 요구해.'

그렇게 말하더니 가쓰라의 대답도 듣지 않고 전화를 끊었다.

니토베가 마련해 준 반나절이라는 시간은 가쓰라의 예상보다 길었다. 지금 당장 체포하라고 해도 저항하기 어려운 상황이었다.

회의실에는 많은 형사들이 출입한다. 전화도 걸려 온다. 휴일 해 질 녘, 아직 밤이라고 하기에는 이른 시간인데 끌려온 취객의 고함이 경찰서 안에 울려 퍼졌다. 이런 환경 속에서 가쓰라는 자료와 마주했다.

니토베의 말은 옳다. 교통정리원, 편의점 점원, 대학생, 의사, 이 네 사람에게는 **보이지 않는 연결 고리가 있을 터**였다. 그게 무엇일까?

가쓰라는 먼저 문제를 두 가지 경우로 나누었다. 네 명의 증언이 진실이었을 경우와, 거짓이었을 경우다. 가쓰라는 전자의 가능성을 거의 고려하지 않았지만 만약 전자의 경우라면 굳이 검토할 필요도 없이 문제는 존재하지 않는다. 네 사람이 한 선의의 증언을 바탕으로 다구마를 체포하면 교통사고 문제는 그것으로 끝난다. 때문에 가쓰라는 후자의 경우만 고민해 보았다.

네 명의 증언으로 다구마는 불리해졌다. 먼저 고려할 점은 네 사람이 다구마에게 악감정을 가지고 있어 위증으로 그를 모함하려 할 가능성이다. 하지만 네 사람 모두 다구마와 아무런 접점도 발견되지 않았다. 게다가, 가쓰라는 생각했다. 가령 다구마와 네 사람 사이에 개별적으로 아직 발견되지 않은 원한이 있다고 해도 이번 같은 상황이 벌어질 리는 없다. 목격자가 각자의 이유로 다구마를 모함하는 거짓말을 했다면 허위 내용은 저마다 달랐을 텐데, 증언 내용이 큰 틀에서 일치했기 때문이다.

반대의 경우도 마찬가지다. 네 명의 증언은 미즈우라를 유리하게 만들었지만 목격자 모두가 미즈우라를 감싸려 했다고 생각하기는 어렵다.

다시 말해 '다구마 혹은 미즈우라와 접점이 있다'는 네 명의 목격자가 가진 연결 고리가 아니다. 다구마, 미즈우라와 상관없이 그들은 위증한 것이다. 하지만 그럴 수가 있을까? 무엇이 그들에게 거짓말을 하게 했나? 위증 동기는 네 사람이 전부 같을지도 모르고, 저마다 다를지도 모른다. 하지만 어쨌거나 뭔가 이유는 있을 것이다.

가쓰라는 네 사람의 증언을 정리했다. 엄밀히 말하면 교통정리원 가마타와 나머지 세 사람이 같은 것을 보지는 않았다. 가마타는 다구마의 왜건 차량이 '아이마 교차점에 빨간 불일 때 진입해 브레이크를 밟았지만 남쪽에서 교차점에 들어온 차량과 충돌'한 것을 보았다. 나머지 세 사람은 브레이크 소리와 충돌음을 듣고 교차점을 보았다. 충돌 순간을 보았다고 증언한 것은 가마타뿐이다. 그 사실이 중요할까?

"……아니."

가쓰라는 그렇게 중얼거렸다. 법정 다툼에서는 목격한 시점이 사고 순간인지 직후인지에 따라 의미가 완전히 달라진다. 하지만 다구마 체포 여부를 검토하는 현시점에서 양쪽에 특별한 차이가 있을 것 같지는 않다. 다만 발생한 일들의 순서 사이에는 어쩌면 뭔가 숨어 있을지도 모른다.

근처에 있던 종이를 끌어당겨 가쓰라는 오늘 새벽에 있었던 일을 시간 순서대로 나열했다.

(1) 다구마, 자택을 나서다. 형사가 미행을 시작하다.

(2) 다구마, 아이마 교차점 동쪽 약 100미터 지점 공사 신호를 파란 불일 때 통과하다.

(3) 미행하던 형사, 빨간 공사 신호에 걸려 정차하다.

(4) 서쪽으로 달리던 다구마의 차량, 편의점 방범 카메라에 찍히다.

(5) 동쪽으로 달리던 오카모토의 차량, 편의점 방범 카메라에 찍히다.

(6) 오카모토, 빨간 공사 신호에 걸려 정차하다.

(7) 다구마와 미즈우라, 아이마 교차점 안에서 충돌하다. 가마타가 목격하다.

(8) 고가, 가미카와, 오카모토가 사고 현장을 목격하다.

(9) 공사 신호가 파란 불로 바뀌어 미행하던 형사가 출발했다가 사고를 발견하다.

(10) 미행하던 형사, 현장 안전 확보와 인명 구조 및 신고를 하다.

(11) 구급대와 교통과가 도착(전후 순서 불명). 다구마, 미즈우라 이송되다.

(12) 가쓰라가 현장에 도착. 탐문을 지시하다.

(13) 가마타와 고가의 목격 증언을 확보하다.

가쓰라는 완성한 시간표를 보며 사고 발생부터 증언을 확보하기까지 상당한 시간이 걸렸다는 사실을 알아차렸다. 표로 보면 (7)부터 (12)까지 탐문은 실시하지 않았다. 사고 발생은 오전 3시 10분, 가쓰라의 현장 도착이 3시 28분이었다.

보통 목격 증언 수집은 쉬운 일이 아니다. 심야 3시에 발생한 사고라면 더욱 그렇다. 그런데도 네 건이나 되는 목격 증언이 쉽게 모인 기묘한 상황이 가쓰라는 계속 마음에 걸렸다. 하지만 그 부자연스러움의 뒤에는 또 한 가지 중대한 위화감이 깔려 있었다.

일반적으로 여러 목격자의 증언이 일치하는 경우는 드물다. 과거 사건에서 가쓰라는 세 명의 목격자에게 현장 테이블에 남아 있던 물건을 기억하는지 질문한 적이 있다. 그 대답의 다양성은 놀라웠다. 한 사람은 테이블 위에 파란 상자와 연필이 있었다고 대답했고, 한 사람은 녹색 상자와 만년필이 있었다고 대답했으며, 한 사람은 청록색 상자와 바람총이 있었다고 대답했다. 그래도 그 경우는 목격 증언이 비교적 비슷한 범위에 드는 편이었다.

인간의 관찰력과 기억력은 불확실하다. 때로는 엉터리가 되고, 때로는 정확해진다. 가쓰라는 두 사람의 목격자 증언이 일치한다고 의문을 품지는 않는다. 세 사람이 하는 말이 똑같다면 조금 의심한다. 그리고 네 사람이 완전히 똑같은 증언을 했다면, 무턱대고 믿을 수 없다.

증언이 부자연스럽게 일치하는 경우에 생각할 수 있는 가능성은 두 가지다. 목격자들이 입을 맞추었거나, 주워들은 소문을 말하고 있는 것이다.

세간의 관심이 집중되는 사건을 수사하는 경우, 들어오는 증언의 대부분은 주워들은 이야기다. 텔레비전이나 신문, 인터넷에서 보도한 내용을 마치 자기 눈으로 본 것처럼 증언하는 사람은 의외로 많고, 시간이 흐를수록 그런 사람은 늘어난다. 하지만 그것은 보도되지 않거나 시간이 경과하지 않은 경우에 허위 증언이 발생하지 않는다는 의미는 아니다. 이번의 경우, 사건 발생으로부터 탐문 개시까지 20분 남짓한 시간 동안 그런 일이 발생한 게 아닐까?

그렇다면 정보의 오염은 어디에서 시작되었나? 바꿔 말하면 소문의 출처는 어디인가?

가쓰라는 가까이 있던 형사를 불렀다.

"편의점 방범 카메라를 체크해."

형사는 의아하다는 듯 말했다.

"정밀 조사는 마쳤습니다만."

"외부를 찍은 카메라 말고 내부 카메라다. 사고 발생 후 고가가 근무를 마칠 때까지, 가게 안에 들어온 손님을 전부 알고 싶다. 손님의 행동을 알 수 있는 장면은 전부 프린트해. 신속히, 확실하게 조사하도록."

"알겠습니다. 바로 하겠습니다."

형사가 종종걸음으로 회의실을 나갔다. 가쓰라가 문득 창밖을 보니 이미 밤이었다.

달콤한 빵과 카페오레로 점심인지 저녁인지 알 수 없는 식사를 마치고 부족한 영양소를 비타민제로 보충했다. 이어서 가쓰라는 목격자를 직접 만난 형사에게 경찰서로 돌아오도록 지시했다. 사건 관계자의 얼굴 사진을 입수하는 것은 수사의 기본이지만 사고 목격자의 사진까지 확보하지는 않는다. 목격자의 얼굴을 아는 것은 탐문을 담당한 형사뿐이기 때문이다.

지시를 내리고 인원을 확보하고 나니 시간이 떴다. 대기 명령을 받은 형사들과 가쓰라는 그저 말없이 자료가 도착하기를 기다렸다.

아무도, 아무 말도 하지 않았다. 가쓰라와 부하들은 편하게 잡담을 나누는 사이도 아니었고, 시시한 농담으로 기분을 전환하기에 그들은 너무 지쳐 있었다.

가쓰라는 묵묵히 자료를 다시 살폈다. 강도치상 사건 자료, 혐의가 짙은 피의자들의 자료, 오늘 새벽에 발생한 사고 자료⋯⋯. 이미 구석구석 훑어본 자료를 가쓰라는 꼼꼼히 다시 읽었다. 이제 와서 자료를 읽는다고 새로운 발견을 기대하는 것은 아니다. 단순히 집중력을 잃지 않으려는 행동이다.

가쓰라는 오전 3시경 사고 보고로 깼지만 사실 지난밤 일을 어느 정도 마치고 휴게실로 물러난 것이 오전 1시 반이었다. 지난 사흘 동안 가쓰라는 4시간 정도밖에 못 잤다. 이번 수사에서 가쓰라는 스스로 생각해도, 남이 보기에도 심하게 무리하고 있었다.

강도상해 피해를 입은 가나이 미요코는, 상속한 집은 번듯했지만 생활은 검소했다. 자택에는 현금을 거의 두지 않았던 것으로 보인다. 즉 범인은 강도 행위로 돈을 거의 손에 넣지 못했다. 때문에 연속 범행을 저지를 가능성이 충분했다. 가쓰라가 평소답지 않게 강행군을 계속하는 이유는 오로지 그 가능성을 저지하기 위함이다. '다음'은 살인일지도 모른다.

하지만 형사는 사람이고, 무리에도 한계가 있다. 지금 정신을 놓으면 분명 잠들고 말 것이다. 몽롱한 뇌를 카페인으로 질타하며 가쓰라는 방범 카메라 조사 결과를 기다렸다.

방범 카메라에는 가마타, 오카모토, 가미카와가 찍혀 있을 것이다. 가마타는 편의점 바로 근처 공사 현장에서 밤새 일했다. 오카모토는 통근할 때 편의점 근처를 지난다. 가미카와는 원래 그 근처에 산다. '왜건 차량이 빨간 신호일 때 교차점에 진입해서 사고가 났다'는 스토리는 그 편의점에서 퍼졌다고 생각해도 무방하다.

하지만 어째서? 가쓰라도 편의점은 종종 이용하지만 점원과 잡담을 나눈 적은 한 번도 없다. 사고 정황에 대한 소문이 편의점에서 퍼졌다면 애초에 그 이유는 무엇인가? 편의점에서 얼핏 들은 소문을 자기가 직접 목격했다고 형사에게 증언할, 대체 어떤 이유가 그들에게 있었단 말인가?

폭력이나 다름없는 졸음이 가쓰라를 덮쳤다. 미간을 힘껏 문지르며 겨우 졸음을 몰아냈을 때, 가쓰라는 자신이 질문의 답을 알고 있다는 사실을 깨달았다.

"그런가……."

가쓰라가 그렇게 중얼거렸을 때, 회의실 문이 열렸다. 방범 카메라 체크를 맡긴 형사가 프린트 몇 장을 손에 들고 들어왔다.

"반장님, 여기 있습니다."

그렇게 말하며 형사는 화면을 인쇄한 종이를 책상에 펼쳐 놓았다. 대기하고 있던 형사들을 손짓으로 불러 함께 확인했다.

형사가 새우등에 머리가 희끗한 남자를 가리키며 말했다.

"이건 오카모토로군요."

다른 형사는 비쩍 마른 젊은 남자를 가리켰다.

"가미카와입니다. 틀림없습니다."

가쓰라는 가마타의 얼굴을 모르지만 카메라에 찍힌 손님들 가운데 누가 가마타인지 바로 알 수 있었다. 반사재가 붙은 유니폼을 입고 있었기 때문이다. 하지만 형사는 일단 신중하게 사진을 들여다보며 말했다.

"각도가 나쁘지만…… 가마타와 몹시 흡사합니다."

가쓰라는 고개를 끄덕이며 손목시계를 보았다. 시각은 오후

8시를 바라보고 있었다. 아직 심야라고 할 수는 없다.

"좋다. 바로 목격자들과 다시 접촉하도록."

형사들이 당혹스러운 표정을 지었다. 그중 한 명이 가쓰라에게 물었다.

"접촉해서 무슨 질문을 할까요?"

"사실은 무엇을 보았는지, 무엇을 보지 못했는지. 가마타 청취에는 나도 동행하겠다."

20분 뒤. 가쓰라는 후지오카 시내 잡화점 '가마타 상점'에 있었다. 밤이 찾아와 조용해진 상점가 한쪽에서 가마타가 운영하는 가게의 셔터도 이미 닫혀 있었다. 가게 안쪽과 2층이 주거 공간이었다. 가쓰라와 가마타는 1층 거실에서 마주 앉아 있었다. 가마타의 아내로 보이는 여성이 창백한 얼굴로 아무 말도 듣고 싶지 않다는 듯 2층으로 올라가 버렸다. 그러는 편이 가쓰라도 편했다.

57세라는 나이로 상상되는 모습보다 가마타는 훨씬 늙어 보였다. 경찰관은 사람의 얼굴을 보고 연령을 추측하는 훈련을 받는다. 하지만 가쓰라는 아무 정보 없이 봤다면 가마타 데루오를 60세 이상으로 보았을 거라고 생각했다.

가마타는 형사들과 시선을 마주치려고도 하지 않고 힘없이 말했다.

"차도 내드리지 못하고…… 죄송합니다."

형사가 싹싹하게 대답했다.

"아뇨, 괜찮습니다. 저희야말로 불쑥 찾아와 죄송합니다. 실은 가마타 씨가 목격한 사고에 대해 다시 한 번 말씀을 듣고 싶어 찾아왔습니다."

가마타가 어딘가 도움을 바라는 눈빛으로 벽시계를 보았다.

"10시부터 교통정리원 일이 있어서…… 너무 오래 계시면 곤란한데……."

"금방 끝납니다."

"게다가 사고에 대한 건 오늘 아침 말씀드린 게 전부입니다. 저는 교통정리원으로 일하고 있고, 그래서…… 그 왜건 차량이 교차점으로 들어간 거고요."

"그때 신호는 어땠습니까?"

가마타는 고개를 숙이고 쥐어짜듯이 대답했다.

"빨간 불이었습니다."

형사가 가쓰라를 보았다. 오늘 새벽, 가마타가 어떤 식으로 목격 증언을 말했는지 가쓰라는 모른다. 다만 지금 말하는 태도로 보면 아무리 둔한 형사라도 가마타가 거짓말을 하고 있다는 사실을 꿰뚫어 볼 수 있다.

가쓰라가 말했다.

"처음 그렇게 말한 건 편의점 점원이었습니까? 아니면 당신이었습니까?"

가마타가 얼굴을 붉히며 시선을 한곳에 두지 못했다. 땀이 나는 것도 아닌데 얼굴을 문지른다. 그래도 가마타는 이렇게 말했다.

"무슨 말씀이신지…… 저는 그저, 눈으로 본 대로…….."

"예. 눈으로 본 대로 말씀해 주셨으면 합니다. 이건 중요한 문제입니다, 가마타 씨."

"저는 이 눈으로 똑똑히."

가쓰라가 숙련된 형사도 위압하는 시선으로 가마타를 지그시 쳐다보았다.

"아니요. 당신은 보지 않았습니다."

"저는 현장에 있었습니다."

"맞습니다. 그리고 당신은 **졸고** 있었지요."

시내의 다른 장소에서 나머지 세 명의 목격자도 똑같은 말을 듣고 있을 터였다.

가마타는 어음 부도를 막기 위해 낮에는 가게를 운영하며 돈을 변통하려 애썼고, 밤에는 교통정리원 아르바이트를 했다. 체력이 유지될 리 만무해, 정리원으로서의 업무 태도는 평판이 나빴다. 한 번만 더 실수하면 교체될 것이다. 그렇게 되면 다음 일자리를 찾을 수 있다는 보장이 없다. 오전 3시, 가마타는 피로에 절어 졸음에 지고 말았다……. 그리고 그것을 누구에게도 들켜서는 안 되었다.

고가는 전과라는 낙인 때문에 어쩔 수 없이 직장을 전전했다. 친척 소개로 편의점 아르바이트를 하며 인생을 반전시키려고 야간제 고등학교를 다니고 있지만 고가의 전과를 아는 편의점 점장은 틈만 보이면 고가를 해고할 심산이다. 어제부터 오늘까지의 근무시간은 형사들도 술렁거릴 정도로 가혹했다. 오전 3시, 고가는 피로에 절어 졸음에 지고 말았다……. 그리고 그것을 누구에게도 들켜서는 안 되었다.

가미카와는 온라인에서 대형 세력의 리더로, 게임 속 '전쟁'에서 승리하기 위해 다른 플레이어를 지휘하고 있었다. 실시간 채팅으로 지시를 내렸다고 하지만 팀 멤버는 전 세계에 있었고, 세상에 시차가 있는 이상 가미카와는 밤낮 구분 없이 계속 지시를 내려야 했을 터였다. 그리고 정작 중요한 순간에 그에게 이미 집중력은 남아 있지 않았다. 오전 3시, 가미카와는 피로에 절어 졸음에 지고 말았다……. 그리고 그것을 누구에게도 들켜서는 안 되었다.

오카모토는 구급과 의사로 끔찍할 정도의 격무에 시달리고 있었다. 인명을 다루는, 극도의 집중력이 필요한 장시간 근무 끝에 오카모토는 겨우 일을 마치고 귀갓길에 올랐다. 공사용 신호에서 정차했다가 신호가 파란 불로 바뀌는 짧은 찰나, 오카모토가 순간적으로 의식을 잃었다 해도 어쩔 수 없는 일이다. 하지만 그것은 졸음운전이라는 중대한 교통 위반이다. 오전 3시, 오카모토는 피로에 절어 졸음에 지고 말았다……. 그리고 그것을 누구에게도 들켜서는 안 되었다.

그래서 그들은 거짓말을 했다. 자기는 졸지 않았다, 깨어 있었다고 주장하기 위해 '그 신호는 빨간 불이었다'는 정보에 달려들었다.

가마타가 고개를 떨구었다.

"……죄, 죄송합니다. 마가 꼈습니다. 사고 직후에 이거 큰일이다 싶어서. 조느라 아무것도 보지 못했다고 하면 잘리겠지요. 그래서 점원이 뭔가 봤다면 사고 내용을 물어보려고 편의점으로 달려갔습니다. 그런데 점원도 봤는지 안 봤는지 영 우물쭈물하더니 어떤 사고였는지 거꾸로 물어보기에, 차마 보지 못했다는 말은 못 하고……. 그래서 덜컥 빨간 신호였다고 말해 버렸습니다. 점원은 잘못한 게 없어요. 처음에 그렇게 말한 건 바로 저였습니다."

고가는 가마타의 거짓말을 듣고 자기도 형사에게 그대로 대답했다. 가미카와와 오카모토 역시 자기도 사고를 보았다고 주장하기 위해 편의점에서 고가에게 어떤 사고였는지 물었으리라. 혹은 고가가 일하다 졸았다는 실수를 숨기려고 손님들에게 일부러 사고 이야기를 했을지도 모른다.

가마타는 눈물을 뚝뚝 흘렸다.

"돌이킬 수 없는 짓을 했습니다. 형사님, 이건 죄가 됩니까?"

탐문에 거짓으로 대답한 사람에게 죄를 묻는다면 유치장이 아무리 많아도 부족할 것이다. 하지만 가쓰라는 일부러 냉엄하게 대답했다.

"가마타 씨 행동에 달렸습니다. 실제로는 무엇을 보았는지 알려 주십시오."

"무엇을 보았느냐고 하셔도……."

가마타는 당혹스러운 기색으로 말을 흐리다가 허공을 노려보며 말했다.

"저는 공사 간판에 기대어 아주 잠깐, 잠들었던 것 같습니다. 큰 소리에 깨서 교차점에서 사고가 났다는 걸 알아차렸을 때는 10초인가 20초, 어쩌면 30초쯤 지났을지도 모르겠습니다. 제가 본 건 뒤집힌 자동차와 전봇대를 박은 왜건 차량, 왜건 차량에서 기어나온 운전사가 도랑 옆에 쓰러지는 모습이 전부입니다."

"……왜건 차량 운전자가 차에서 기어나와 도랑 옆에 쓰러졌다는 말씀이지요?"

그 말투에 주눅이 들었는지 가마타가 또 고개를 떨구었다. 하지만 이윽고 고개를 들고 똑똑히 끄덕거렸다.

"예. 틀림없습니다."

가쓰라는 옆에 있던 형사에게 명령했다.

"아이마 교차점 도랑을 조사해. 지금 당장. 다구마가 뭔가를 버렸다."

1시간 뒤, 도랑 하류에서 금속제 트로피가 발견되었다. 트로피에 각인된 글에서 22년 전 가나이 미요코가 후지오카시 미술 전시회에서 우수상을 거머쥐었을 때 받은 상임을 알 수 있었다. 이튿날 아침에는 트로피 받침대에서 혈액 반응이 검출되었고, 또한 흐르는 물에 노출되었음에도 다구마의 지문까지 검출되었다.

수사본부는 9월 7일 오전 9시 3분, 강도치상 혐의로 다구마 류토를 체포했다.

아이마 교차점에서 발생한 사고는 목격자가 없어 수사에 난항을 겪었지만 끈질긴 탐문 조사에 미즈우라 리쓰지가 스마트폰에 한눈을 팔다가 빨간 신호였던 교차점에 진입했다고 자백했다. 다만 입증이 어려워 미즈우라는 도로교통법 위반으로 6점의

벌점 및 벌금형을 받는 데에 그쳤다.

　현경 수사1과 니토베 과장은 한동안 심기가 불편했다. 교통사고 수사에서 강도치상 사건 범인을 체포하기에 이른 가쓰라의 수사 수법이 마음에 들지 않았기 때문이다. 하지만 니토베의 심기가 나쁜 것은 늘 있는 일이라 당사자인 가쓰라도 니토베가 평소보다 저기압이라는 사실을 눈치채지는 못했다.

　가나이 미요코는 9월 8일에 의식을 되찾았다. 그 후 회복이 순조로워 진술 청취에도 적극적으로 응하고 있다.

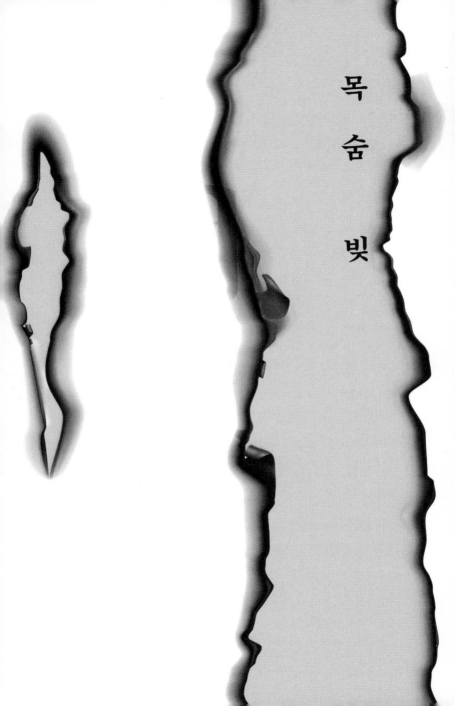

목
숨
빛

녹음 기록에 따르면 최초 신고자는 110번에 신고했을 때 이렇게 물었다.

'저, 잘못 봤을지도 모르지만, 정말 잘못 본 것 같지만 만약에 틀리면 체포당하기도 하나요?'

신고자가 혼란스러워하거나 불안을 느끼는 일은 흔하다. 통신지령실 담당 경찰은 부드러운 화법으로 상대를 달래며 이야기를 끌어내려 했다. 신고자는 거듭 망설이다가 겨우 말했다.

'팔 같은 게 떨어져 있는데요. 그게…… 사람 팔 같은 게.'

7월 12일 오전 11시 2분, 캠핑이나 하이킹에 안성맞춤인 맑은 날이었다.

신고 장소는 군마현 하루나 산기슭에 있는 '기스게 회랑' 노상이었다. 가장 가까운 경찰서도 거리가 있어 출동 지령을 받은 지역과 경찰관이 도착하기까지 51분이 걸렸다. 신고자인 핫토리 히로(28세)는 발견 현장에서 500미터쯤 떨어진 캠핑장 '하루나 숙영지' 사무소로 이동해 있었고, 경찰관들은 먼저 그와 접촉해 현장 안내를 부탁했다.

'기스게 회랑'은 습지대에 걸쳐 있는 전체 5킬로미터에 이르는 원형 데크 산책로였다. 여름 야생화가 아름답기로 유명한 경승지로 이 시기에는 가족 방문객들로 북적거린다. 핫토리가 안내한 곳은 산책로 시점에서 10분가량 들어간 지점으로, 핫토리 외에도 '사람 팔 같은 물체'를 인식한 행락객 몇 명이 데크 위에 무리 지어 있다가 도착한 경찰관을 보고 안도한 표정을 지었다. 그들 중 하나가 "저기입니다." 하고 수풀을 가리켰다.

인체를 발견했다는 신고는 한 해에 몇 건은 들어온다. 그 대부분이 인형이나 야생동물 사체를 잘못 본 것이다. 하지만 이번 사건에서는 현장 출동한 경찰관이 즉시 지원을 요청했다.

한여름에 짙푸르게 뻗은 갈대밭에 숨어 있는 것은, 부패하기는 했지만 분명 사람의 위팔이었기 때문이다.

인체 발견 신고로부터 90분 만에 하루나 산기슭을 관할하는 다카사키 미노와 경찰서에 특별수사본부가 설치되었고, 현경 수사1과 가쓰라 팀이 파견되었다.

발견된 위팔은 오른팔이었다. 원래 고즈케 신문 6월 30일자 조간에 싸여 있었는데 야생동물이 뜯어 먹다가 노출됐고, 발견에 이른 것으로 보였다. 즉시 마에바시대학 의학부로 이송해 이튿날 법의학 교실 기리노 교수가 특별수사본부에 소견을 제출했다. 그 보고서에 따르면 부패 진행 정도로 보아 절단된 지 일주일가량 경과한 것으로 보이며, 부패 정도가 심하고 야생동물이 뜯어 먹은 탓에 상처의 생활반응을 확인할 수 없어 잘린 시점이 생전인지 사후인지 판단할 수 없다고 했다.

발견된 부위가 상완골이었던 점은 수사본부에 행운으로 작용했다. 일반적으로 뼈를 통해 연령이나 혈액형을 알 수 있지만, 몇 가지 특징적인 부위로는 그 이상의 정보도 도출할 수 있다. 상완골의 경우 주인의 신장이나 성별을 밝혀내는 방법이 확립되어 있다. 팔의 주인은 신장 175센티미터 전후, 40세에서 60세 사이의 남성으로 추정되었고 혈액형은 A형이었다.

가쓰라는 팔의 주인이 살아 있을 가능성을 고려해 지역의 모든 병원에 최근 오른팔을 잃은 인물의 치료 여부를 조회했다. 추정되는 특징과 일치하는 인물이 없는지 행방불명자 신고 상황을 확인하도록 하는 한편, 이튿날 아침부터 산을 샅샅이 뒤지기 위해 각 경찰서에 지원을 요청했다.

사건은 저녁때부터 뉴스에 나오기 시작했다. 군마현에서도 굴지의 인기 관광지에서 훼손된 인체가 발견되었다는 사실은 사람들의 엽기적인 흥미를 자극했고, 인터넷에는 근거 없는 억측이 잔뜩 퍼졌다.

밤이 되자 몇 가지 성과가 나오기 시작했다. 군마현 소재 병원에 팔을 잃은 환자는 오지 않았다는 보고가 들어왔다. 신장 175센티미터에 해당하는 행방불명자는 다수 존재해, 그 목록을 뽑았다.

20시가 지났을 때 기리노 교수가 가쓰라에게 전화를 걸었다.

'상완골 말단부에서 금속에 의한 찰과상을 발견했네.'

경찰서 회의실에서 가쓰라는 왼손으로 스마트폰을 들고 오른손으로 메모했다.

"그건, 뼈로 금속을 긁었다는 뜻입니까?"

'가능성은 있어. 하지만 더 단순하게 해석한다면 금속이 뼈를 긁은 거겠지. ……쉽게 말하자면, 뭐, 톱일 거야.'

가쓰라를 비롯해 특별수사본부는 발견된 오른쪽 위팔을 두고 사건성이 있다고 단정하지는 않고 있었다. 현장은 정비된 행락지이긴 하지만 도시 지역은 아니다. 사고나 병으로 사망한 행락객의 시체를 야생동물이 뜯어 먹고, 위팔만 사람들 눈에 띄어서 운반되었을 가능성도 부정할 수 없었기 때문이다. 하지만 찰과상의 흔적이 발견돼 상황은 바뀌었다.

가쓰라는 오다 지도관에게 연락해 사건성이 크다고 보고했다.

이튿날 아침, 하루나 산기슭 캠핑장에는 100명이 넘는 경찰관과, 비슷한 숫자의 보도진이 모여들었다.

발견된 오른쪽 위팔이 인위적으로 절단되었다는 정보는 오전 10시에 열린 기자회견에서 처음 발표될 예정이다. 그렇지만 이만한 기자들이 모여든 것은 정보가 새어 나갔기 때문이라고 가쓰라는 생각했다. 수사에 지장을 주지 않는 범위에서 정보를 흘리고 기자들과 관계를 쌓는 것은 경찰 상층부가 맡는 역할 중 하나다.

수색에는 군마 현경이 보유한 경찰견이 전부 투입되었다. 계절은 한여름이다. 수색을 개시한 8시부터 이미 강렬한 햇볕이 내리쬐었고, 광대한 하루나 산기슭에 100명 남짓한 인원은 턱없이 부족해서, 수색용 지팡이를 든 경찰관들은 너나 할 것 없이 표정을 잃었다. 수색 목적은 오른쪽 위팔 주인의 신원을 특정할 수 있는 물품 발견, 아울러 다른 부위는 없는지 찾는 것이었다.

가쓰라는 수색 성과를 낙관하지 않았지만 동시에 비관하지도 않았다. 팔을 자른 누군가가 이 하루나 산기슭에 오른쪽 위팔만 버리고 다른 부위는 완전히 다른 장소로 가져갔다고 생각하기는 어렵다. 그만큼 신중했다면 정비된 데크 산책로에서 발견될 위치에 위팔을 버릴 리 없다. 동시에 산은 너무나 웅대해서 사람 시체 정도는 쉽사리 숨겨 줄 만큼 험했다.

그렇다, 시체는 나올 것이다……. 하지만 어째서? 누군지는 몰라도, **어째서 시체를 토막 냈을까?** 그 이유를 알아내지 못하면, 설령 모든 부위를 찾아내고 피의자를 알아내도 이 사건의 진상은 보이지 않을 것이다. 가쓰라는 결국 모든 것은 이 '어째서'로 귀결될 것이라고 예감했다.

수색을 개시할 때 원래 훈시는 필요하지 않다. 현장 지휘관이 시작하라고 하면 시작한다. 하지만 이번에는 특수수사본부 부본부장인 다카사키 미노와 경찰서의 서장이 특별히 주의 사항을 전달했다. 서장은 '기스게 회랑'을 포함한 하루나산 일대는 현립 공원으로 지정되어 있어 경찰 출입을 금지하는 것은 아니지만 동식물을 불필요하게 해치지 않도록 배려가 필요하다고 훈시하고, 수색에 임하는 경찰관들에게 철저하게 수색하되 아무것도 훼손하지 말라고 명령했다. 이어서 오다 지도관이 개시를 명령하자 경찰관들은 습지로 전진했고 신문사와 잡지사 카메라맨이 셔터를 눌렀다. 가쓰라는 경찰 차량 안에서 연락을 기다렸다.

최초 보고는 15분 만에 바로 들어왔다. 사람 종아리로 보이는 부위가 발견되었다고 했다. 오다 지도관이 즉시 감식반을 현장으로 보냈다. 가쓰라가 연락책으로 가까이 남겨 둔 형사가 팔짱을 끼고 말했다.

"이건, 나오겠네요."

그 말대로 발견 보고는 오전 중에만 네 건에 이르렀다. 발견된 것은 전부 하반신으로, 허벅지와 종아리로 나뉘어 절단되어 있었고 종아리에는 발, 소위 말하는 발목 아래쪽도 남아 있었다.

오후에는 몸통이 발견되었다. 목과 사지는 연결부에서 절단되어 있었고 부드러운 내장과 둔부를 포함하는 부위인 만큼 짐승들이 뜯어 먹은 흔적이 가장 현저했다. 곧이어 발견된 오른쪽 아래팔에는 손도 남아 있었지만 부패가 진행되어 지문 감정은 불가능했다.

그리고 기나긴 여름 해도 저물어 오늘 수색은 여기까지인가 싶은 순간에 가장 중요한 부위가 발견되었다는 보고가 무선으로 들어왔다. 무전기에서 들려오는 경찰관의 목소리에는 피로와 흥분이 묻어났다.

'있었습니다. 머리입니다.'

오다가 바로 물었다.

"얼굴은 판별할 수 있나?"

'아니요. 상당히 뜯어 먹혔습니다.'

"치아는 어떻지?"

'훼손한 흔적은 없습니다. 남아 있습니다.'

치아가 결정타가 되었다. 즉시 치아 모양을 기재한 보고서를 작성해 지역 병원 치과의에게 조회했고, 치료 흔적과 조합해 이튿날 오전 중에는 시신의 신원을 판명했다.

노스에 하루요시(58세). 아들 노스에 마사루(29세)가 열흘 전에 행방불명으로 신고했다.

노스에 하루요시는 다카사키 시내에서 도장업체 '노스에 페인트'를 운영하며, 사무소와 주거지를 겸한 가옥에서 마사루와 둘이서 살고 있었다. 아내와는 3년 전에 이혼했고 마사루 외에 자녀는 없다. 하루요시의 부친은 2년 전에 사망, 모친은 다카사키 시내에 살고 있지만 요양 보호 대상으로 지정되어 유료 노인 요양원에 입소해 있다.

가쓰라는 먼저 '기스게 회랑'이나 '하루나 숙영지' 주변의 방범 카메라 영상을 전부 확인하도록 부하들에게 명령했다. 그리고 자신은 수사1과 부하를 이끌고 노스에의 자택으로 향했다.

가쓰라가 직접 찾아가는 이유는 물론 마사루를 만나기 위함이다. 원래 피해자의 유족은 시신의 신원 확인을 위해 경찰서 또는 병원으로 오기에 가쓰라는 그곳에서 유족을 볼 수 있다.

하지만 이번에는 사체 손상이 심해서 유족에게 보여 주면 패닉에 빠질 것이 예상되었고, 마침 다른 수단으로 신원이 확인이 되어 수사진은 마사루에게 전화로 상황을 전하는 데에 그쳤다. 수사는 물증을 기반으로 진행하지만 사건을 저지르는 것은 사람이다. 가쓰라는 사람의 인상으로 수사 방침을 정하지는 않지만 그래도 항상 사람을 보는 것에서 수사를 시작한다.

노스에의 자택은 다카사키시 북부에 있었다. 오래된 동네인지 주택가 가운데에 다다미 가게나 전기용품점, 자전거 가게처럼 사람들의 생활과 밀접하게 얽힌 가게들이 여기저기 보였다. '노스에 페인트' 역시 평범한 민가들 사이에 자연스럽게 있었다. 2층짜리 주택으로 1층이 작업장인 것 같았다.

피해자의 성명은 이미 기자회견에서 발표되어 노스에의 집 앞에는 취재진이 모여 있었다. 관할서 경찰관이 호루라기와 손짓으로 기자들을 밀쳐 내 가쓰라 일행이 차를 세울 공간을 만들어 주었다. 일단 가쓰라를 포함해 세 명만 차에서 내렸고 나머지는 차 안에서 대기했다.

차에서 내린 가쓰라 일행에게 아직 경험이 부족한 듯한 기자가 "수사 전망은 어떻습니까?"라고 물었다. 가쓰라는 물론, 형사들도 일절 입을 열지 않았다. 앞장선 부하 무라타가 초인종을 누르자 바로 대답이 들려왔다.

"예."

"경찰입니다. 사건 경과를 말씀드리러 찾아왔습니다."

찰칵, 자물쇠가 열리는 소리가 났다.

"······들어오세요."

초췌한 얼굴이 맞이해 주었다.

마사루는 장신에 체격이 좋고 면도도 깔끔하게 했다. 반팔 실내복을 입고 있었지만 보기 흉하지는 않았다. 가쓰라는 마사루의 눈동자 속에서 감흥 없는 무언가를 읽어 냈다. 이런 눈동자를 가진 사람을 가쓰라는 여럿 알고 있다. 너무 지쳐서, 무언가에 기대하기를 포기한 사람의 눈이다. 이런 눈은 범죄자들에게서도, 그렇지 않은 사람들에게서도 찾아볼 수 있다.

사건 유족의 자택을 방문할 때는 먼저 영정 앞에서 조의를 표하는 경우가 많다. 하지만 이번에 가쓰라는 그러지 않았다. 노스에 하루요시의 시신은 토막 나서 마에바시대학 법의학 교실로 이송되었으니 장례식은 며칠 후에나 치를 수 있으리라. 지금 영정 앞에서 손을 모아 봤자 기만일 뿐이다. 가쓰라 일행은 거실로 짐작되는 공간으로 안내받았다. 여분이 없는지 가쓰라가 앉을 방석밖에 없었다. 어떻게 해야 하나 막막한 표정을 지은 마사루가 겨우 정신을 차리고 중얼거렸다.

"아아, 그렇지. 차를······."

무라타가 손을 들어 말렸다.

"아닙니다, 신경 쓰지 마세요. 바로 설명드리겠습니다."

마사루가 자리에 앉은 후 무라타가 현재까지 알아낸 사실을 설명했다. 마사루는 하루나 산기슭의 토막 살인 시체가 아버지라는 사실을 이미 받아들인 것 같았다. 착란을 일으키지도 않고, 비탄에 젖는 기색도 없이 그저 멍하니 중얼거렸다.

"그럼, 역시 아버지였군요."

무라타가 대답했다.

"유감이지만, 틀림없습니다."

마사루는 한숨을 쉬었다. 그것이 어떤 성격의 한숨이었는지 가쓰라는 판단하기 어려웠다. 마사루가 말했다.

"번거롭게 해 드렸네요. 시신은 언제쯤 돌려받을 수 있습니까?"

"사법해부 중이라 확실히 말씀드릴 수는 없습니다. 며칠 내로 돌려드릴 수 있을 겁니다."

"알겠습니다. 알게 되면 말씀해 주십시오. ……장례식을 준비해야 하니."

무라타는 고개를 끄덕이며 몸을 살짝 내밀었다.

"그래서 말입니다만, 마사루 씨. 이런 때에 송구스럽지만 사건으로 전환되었으니 몇 가지 여쭙고 싶습니다. 아버님을 심하게 원망했던 사람이나, 적이라고 할 만한 사람으로 짐작 가는 인물은 없습니까?"

마사루는 역시 난처한 표정으로 더듬더듬 대답했다.

"아버지는…… 흔히 말하는 살가운 성격은 아니었습니다. 손님 상대로도 태도가 나빠서 종종 일이 끊겼을 정도니까요. 단골 술집에서도 사람들에게 시비를 걸어, 출입을 금지한 가게도 있습니다."

거기까지 말한 마사루는 잠시 생각에 잠기듯 말을 끊었다.

"……아버지를 싫어했던 사람은 많았을 거예요. 하지만 죽일 정도로 미워했던 사람은 모르겠습니다. 아니, 어쩌면 술김에 누구를 때리거나, 맞았을지도 모르지만, 그래서 아버지가 돌아가셨다고 해도……."

마사루는 눈길을 떨어뜨리고 조금 자학적으로 웃었다.

"토막을 낼 만큼 미움을 산 일은 없었을 겁니다."

무라타는 고개를 끄덕이며 메모를 하고 다른 질문을 했다.

"그렇다면 교제 상대는 있었습니까?"

"글쎄요. 없었을 겁니다."

"금전 문제는?"

"그건 있었을 겁니다. 돈 관리를 못 하는 사람이었어요. 하지만 빚쟁이가 쳐들어오는 일은 없었습니다."

마사루의 대답은 명쾌했다. 무라타는 펜을 놀리며 두 번 고개를 끄덕였다.

"아버님 주변에 트러블이 없었는지 조사해도 되겠습니까?"

마사루가 처음으로 의아한 표정을 지었다.

"조사라고 하면……?"

"일기나 수첩에 뭔가 적혀 있을지도 모릅니다. 장부나 통장도 보여 주신다면."

마사루는 미소를 지었다.

"아아. 가택수색이라는 건가요? 물론 상관없습니다. 편하게 하세요."

만약 마사루가 거부하면 수사는 까다로워졌을 것이다. 노스에 자택의 수색영장은 이미 발부 받았지만 마사루의 동의를 얻지 않고 수색을 강행하면 마사루가 비협조적인 태도로 돌아설 가능성도 충분히 예상할 수 있었다. 난관을 쉽사리 통과하자 무라타가 순간 긴장이 풀린 듯한 표정을 지었다. 마사루의 마음이 바뀌기 전에 처리할 생각인지, 무라타는 "고맙습니다. 그럼."이라고 하더니 그 자리에서 스마트폰을 꺼냈다.

"동의를 얻었습니다. 시작하십시오."

얼마 지나지 않아 차 안에서 대기하고 있던 형사들이 집에 들어왔다. 영장 제시와 가택수색 지휘는 부하들에게 맡기고, 가쓰라는 입을 다문 채로 가만히 마사루와 마주 앉아 있었다.

무라타가 표정을 누그러뜨리며 자연스럽게 물었다.

"그런데 마사루 씨는 계속 가업을 돕고 계셨습니까?"

생각보다 많은 형사들이 들어와서 그런지 마사루는 아연한 기색이었지만 질문에는 솔직하게 대답했다.

"아니요. 이제 2년쯤 되었습니다."

"그렇다면 전에는 다른 일을?"

"예. 후쿠오카에서 IT 엔지니어로 일했습니다."

"이쪽으로 돌아온 건 아버님께서 불러들인 건가요?"

마사루는 고개를 숙이고 대답했다.

"그런 건 아닙니다. 제 얘기는 아무래도 상관없지 않나요?"

마사루는 그렇게 말하고는 피식 웃었다.

"……아아, 그런가. 저를 조사하는 거군요. 좋습니다. 그럼 말씀드리겠는데 도쿄에서 대학을 졸업한 후 후쿠오카에서 일하다가 마음이 병들어서요. 회사를 그만두고 3년 정도 집에 얹혀살다가 재작년부터 겨우 경리 업무 정도는 도울 수 있게 되었습니다. 병원 이름과 담당 의사도 알려드릴까요?"

무라타는 침통한 표정을 지으면서도 해야 할 말을 했다.

"괜찮으시다면 부탁드리겠습니다."

마사루가 얼굴을 붉혔지만 말투는 온화함을 잃지 않았다.

"'시로카와 클리닉'의 시로카와 선생님입니다."

무라타는 펜을 놀려 그 이름을 기입했다. 그리고 헛기침을 하고 말투를 조금 심각하게 바꾸었다.

"마사루 씨. 힘들겠지만 이것만큼은 확인해야 합니다. 마사루 씨는 이번 달 3일에 행방불명자 신고를 했는데 그 전후 사정을 말씀해 주십시오. 아버님이 사라진 건 3일이었습니까?"

마사루는 딱히 반발하지 않고 대답했다.

"아니요. 1일이 휴일이라 저는 마에바시에 있는 친구 집에 놀러 갔습니다. 그대로 함께 술집에 갔고, 밤에는 그 친구 집에서 잤어요. 다음 날은 가게를 열기 전 7시쯤에 돌아왔는데 집에 아무도 없더군요. 휴대전화에 문자를 보냈는데 답장이 없었습니다. 이상하다 싶었지만 아버지가 답장을 하지 않는 건 흔히 있는 일이라 유난을 떠는 것 같아서요. 3일이 되어서도 돌아오지 않아서 아버지가 자주 가던 가게에 확인해 봤는데 1일부터 오지 않았다고 해서 신고했습니다."

"아버님이 자주 갔다는 그 가게 이름은?"

"확인한 곳은 '이나모리'와 '마루타카야'입니다. 단골집이 더 있었을지도 모르지만 저는 모르는 바라."

"혹시 모르니 마에바시에 사는 친구분 성함과 연락처를 부탁드립니다."

"아라카와 유토입니다."

마사루는 스마트폰을 확인해 무라타에게 아라카와의 주소와 전화번호도 알려 주었다. 떳떳한 태도였다.

가쓰라는 마사루의 협조적인 자세가 지나치게 협조적이라고 할 수 있을지 고민했다. 가족이 사망한 사건에서 당일 행동을 묻는데 냉정하게 대답하고, 망설임 없이 친구 연락처까지 알려 주는 유족은 많지 않다. 슬픔에 대못을 박는 질문에 충격을 받고, 한탄하거나 화를 내는 등 어떠한 반응을 보이는 경우가 대부분이다. 하지만 사람은 천차만별이다. 마사루가 아버지의 죽음을 깊이 슬퍼하지 않는 것처럼 보여도 경찰에 협조하는 것이 그 나름의 애도 표현이라고 해석할 수도 있다. 한편으로 가쓰라는 마사루가 하루요시의 외동아들이라는 사실도 잊지 않았다. 다시 말해 하루요시가 사망했을 경우 유산 상속인은 마사루 한 사람뿐이다.

수색하던 형사가 거실로 들어와 가쓰라에게 눈짓을 보냈다. 가쓰라는 "잠시 실례."라고 말하고 일어나 형사와 함께 복도로 나갔다.

형사는 장갑 낀 손에 서류 다발을 들고 있었다.

"하루요시의 방에 방수 코트와 지팡이, 배낭이 있었습니다."

"산인가?"

"예. 신발장에는 등산화도 있었으니 틀림없는 것 같습니다.

그리고 이런 서류가."

서류는 전부 A4 복사지로, 손으로 쓴 차용증이었다. 각각의 금액은 만 엔, 2만 엔, 많아도 5만 엔에 그쳤지만 양이 많았다. 빌린 사람은 전부 노스에 하루요시였고 빌려준 사람은 '미야타무라 아키히코'라고 적혀 있었다. 가쓰라는 차용증을 몇 장 뒤적이다가 중얼거렸다.

"날짜가 없군."

형사가 허를 찔린 듯 놀랐다.

"아, 예."

가쓰라는 형사의 미덥지 못한 대답에 대꾸하지 않고 마사루가 있는 거실로 돌아갔다. 무라타가 하루요시의 교우 관계를 거듭 물어보고 있었는데, 대화가 끊긴 틈을 타서 가쓰라가 불쑥 물었다.

"마사루 씨. 미야타무라 아키히코라는 이름을 아십니까?"

마사루는 눈썹을 찌푸렸다.

"미야타무라……라고 하셨나요? 죄송합니다, 모르겠는데요."

"아버님은 그 인물에게 몇 차례에 걸쳐 돈을 빌렸던 것 같습니다."

그 말을 들은 마사루가 "아아." 하고 중얼거렸다.

"그 사람, 그런 이름이었군요. 그 사람이라면 알 것 같습니다. 그렇게 몇 번이나 돈을 빌린 줄은 몰랐지만요."

"어떤 관계입니까?"

마사루는 당혹감을 감추지 못했다.

"실은 잘 모릅니다. 가끔 집에 찾아왔어요. 아버지 친구일 텐데, 아버지는 그 사람을 마구 부려 먹었습니다. 아버지는 그 녀석은 자기를 거역하지 못한다고 했고, 제가 봐도 그 사람은 뭔가 비굴해 보여서……. 그 이상은 모릅니다."

거기까지 말하고 마사루는 자신감을 잃은 듯 목소리가 작아졌다.

"아아, 하지만 그 사람이 미야타무라 씨가 맞는지는 모르겠습니다. 잘못 안 거라면 죄송합니다."

"얼굴 사진을 보면 판별할 수 있겠습니까?"

"모르겠습니다. 아마 어려울 것 같습니다. 똑바로 본 적이 없어서요."

가쓰라는 고개를 끄덕이고 화제를 바꾸었다.

"그런데 아버님은 등산을 하셨습니까?"

마사루는 이번에는 확실하게 끄덕였다.

"예. 하지만 무릎을 다쳐서 몇 년 전에 그만두었습니다."

노스에 자택 수색에서 가쓰라 일행은 '노스에 페인트' 거래처나 재무 상황, 하루요시가 연하장을 주고받았던 상대 등 많은 정보를 얻었다. PC 데이터나 잡다한 서류 다발은 분석에 시간이 걸려서 마사루의 동의를 얻어 경찰서로 가져갔다.

최대 수확은 하루요시의 스마트폰이었다. 하루요시의 잠자리 머리맡에 충전 케이블에 연결된 상태로 놓여 있었다. 다만 마사루는 하루요시가 사용하는 비밀번호를 몰라서 휴대전화 데이터를 바로 확인할 수는 없었다.

가쓰라는 하루요시의 관계자 전원을 탐문하도록 명령했고, '미야타무라 아키히코'도 상세히 조사하도록 지시했다. 당장 그날 안에 전과 데이터 조회는 마쳤지만 동명의 인물이 과거에 체포되었다는 기록은 나오지 않았다. 시내에서 진행하는 수사와 병행해 하루나산 수색도 계속되고 있었다.

지난 이틀간의 수색에서 노스에 하루요시로 추정되는 유해가 연달아 발견되었다. 지금까지 발견된 몸통과 하반신, 오른팔, 머리에 이어 왼쪽 아래팔이 발견되었다. 수색 중에 완전히 다른 인물, 노인으로 추정되는 인골이 발견되는 해프닝도 있었지만 이쪽은 완전히 백골 상태라 당장은 이번 사건과 아무 상관이 없어 보였다.

현장 수색 첫날에 발견된 유해 부위의 해부 소견은 이미 거의 완성되었지만 두개골만은 치아 기록 작성 때문에 치과의에게 보낸 영향으로 해부가 늦어졌다. 그날 가쓰라의 업무는 겨우 도착한 두개골에 대한 구술 기록 자료를 읽는 것부터 시작되었다. '사람의 두부. 해부대에 깔린 시트 위에 천장을 올려다보는 자세로 안치되어 있음. 머리카락은 짧은 스포츠머리. 제1경추, 즉 두부와 경부가 접하는 부분에서 절단되어 있음. 절단면에 찰과상이 확인됨. 오른쪽 눈은 소실되었고 왼쪽 눈은 큰 부상이 확인됨. 입술 주변에 자잘한 상처. 전체적으로 부패가 현저해 손가락으로 누르면 침출액이 새어 나오며……'

가쓰라는 그 소견을 읽으며 편의점에서 사 온 빵으로 아침 식사를 했다. 절단에 사용한 것으로 보이는 도구는 역시 톱인 듯했고, 눈과 입술의 상처는 산새들이 쪼아 먹은 것으로 보인다는 소감은 이미 기리노에게 직접 들었다. 정식 감정서 제출은 며칠 걸리겠지만, 기리노는 발견된 유해를 부위별로 사법해부를 실시하고 있는 탓에 너무 바빠서 당분간 감정서를 쓸 시간이 없을 것이다.

관계 각처를 조사해 하루요시의 사람 됨됨이는 어느 정도 윤곽이 잡혔다. 아침 수사 회의에서 지금까지 수집한 정보가 한데 모였다.

하루요시에게 일을 맡겼던 리폼 공사 의뢰인은 "외벽 도장을 부탁했는데 이미지와 딴판인 색을 칠했다. 항의하자 죽여 버리겠다고 하더라."라고 진술했다.

또한 동종업자는 "죽은 사람 험담을 하고 싶지는 않지만 그리 양심적인 회사는 아니었어요. 제대로 배운 것도 아니면서 자존심은 세서 어울리기 까다로웠지. 전에는 그 정도는 아니었는데."라고 말했다.

하지만 하루요시에 관한 코멘트로 수사진을 가장 술렁이게 만든 내용은 텔레비전에서 나왔다. 낮 시간, 지친 형사들이 적당한 메뉴로 재빨리 끼니를 때우고 있는 회의실에 사건을 보도하는 프로그램이 흘러나왔다. 거기서 얼굴이 모자이크 처리된 노인이 목소리를 낮추고 사건에 대해 이렇게 말한 것이다.

"거기는 말이지. 영 좋지 않아. 아비는 주정뱅이고, 아들은 고향을 버렸다가 돌아왔거든. 뭐, 부자간에 싸우는 소리도 자주 들렸어. 요란한 싸움 소리가."

형사들의 신음과 탄식이 회의실을 채웠다.

사건이 발생했을 때 관계자에 대한 나쁜 소문을 신나게 퍼뜨리는 사람은 드물지 않다. 하지만 보통 이 정도로 피해자나 유족에게 나쁜 인상을 주는 코멘트는 방송국이 내보내지 않는다. 그런데 방송에 나오고 말았으니 일종의 사고다. 다카사키 미노와 경찰서에 "아들이 수상하다.", "아들을 체포해라."라는 전화가 쉴 새 없이 걸려 오게 되었다.

오후, 가쓰라는 회의실에서 보고를 받았다. 시내 등산용품점을 찾아간 관할서 형사가 미야타무라의 이름을 찾아낸 것이다.

"미야타무라 아키히코도 등산 애호가로, 중년이라고는 하는데 연령이나 직업은 현재 파악 중입니다. 시내 등산용품점 '이자와 스포츠' 사장 이자와 도시오가 노스에, 미야타무라를 둘다 알고 있었습니다. 이자와에 따르면 피해자는 조난당한 미야타무라를 구조한 적이 있다고 합니다."

가쓰라는 책상 위에 손을 얹고 깍지를 꼈다.

"상세히."

"이자와도 과거에 노스에 하루요시에게 조금 들은 게 다라, 상세 내용은 불확실합니다. 몇 년 전, 아이와 함께 다니가와다케를 오르던 미야타무라가 조난당할 뻔했을 때 지나가던 노스에 하루요시가 구조한 모양입니다. 미야타무라는 본인뿐만 아니라 아이의 목숨도 구해 준 은혜를 잊지 않고 그 이후 노스에 하루요시와 교류하게 되었다고 합니다."

교류라는 말에는 미야타무라가 하루요시에게 돈을 빌려주게 되었다는 뜻도 포함되리라. 가쓰라가 물었다.

"이자와는 미야타무라의 연락처를 알던가?"

"상품을 배송한 적이 있어 주소와 집 전화번호를 받아 두었다고 합니다."

"좋다. 그 주소로 찾아가."

관할서 형사에게 지시를 내린 가쓰라는 누마타 경찰서에 연락했다. 다니가와다케 경비대가 그곳 소속이다.

다니가와다케는 군마현 굴지, 일본에서도 손꼽히는 험산으로 과거에는 연간 서른 명에 이르는 사망자가 나왔다.

때문에 군마 현경은 일반 산악 조난 구조대가 발족하기 훨씬 전에 다니가와다케 경비대를 조직했다. 경비대장과 전화 연결이 되자 가쓰라는 단도직입적으로 물었다.

"본부 수사1과 가쓰라입니다. 하루나 산기슭 시체 유기 건입니다만, 미야타무라 아키히코라는 이름이 나왔습니다. 다니가와다케에서 노스에 하루요시가 미야타무라를 구조했다는 정보가 나왔는데 그쪽에 기록이 있습니까?"

경비대장은 말수가 적은 남자였다.

"기억납니다. 조사해 보겠습니다."

다니가와다케 경비대의 응답은 신속했다. 20분 후에는 특수수사본부 앞으로 조회 회답서가 팩스로 들어왔다.

'6년 전 9월 23일 오전 11시 40분경, 다니가와다케에서 조난 사고 발생. 미야타무라 아키히코(당시 38세)와 가나에(당시 14세) 부녀가 굴러떨어져 중상을 입고 소지품을 분실. 스마트폰을 가방에 넣어 두었던 미야타무라 부녀가 구조도 요청하지 못하고 꼼짝 못 하고 있을 때, 우연히 지나가던 노스에 하루요시(당시 52세)

가 응급치료를 실시함.

하루요시는 다니가와다케 경비대에 구조를 요청했지만 가나에는 출혈이 멎지 않아 체온 저하로 위험한 상태였음. 하루요시는 아키히코에게 음식물과 연료를 주고 혼자 가나에를 구조할 작정으로 등에 업고 하산하기 시작. 오후 1시 31분, 본 경비대가 노스에 하루요시와 미야타무라 가나에를 발견. 미야타무라 가나에는 신속히 이송하였음. 오후 2시 7분에는 미야타무라 아키히코도 발견해 들것에 실어 하산 조치.'

가쓰라는 이 조난 사고 뉴스를 본 기억이 없었다. 특별수사본부에서는 노스에와 미야타무라의 이름을 기억하는 사람이 아무도 없었으니, 이 조난은 당시 사건으로 발전하지 않아 보도도 되지 않았으리라.

가쓰라는 보고서를 손에 들고 중얼거렸다.

"미야타무라가 노스에를 은인으로 여기는 건 당연해. 노스에는 은혜를 빌미 삼아 수차례 돈을 요구했다⋯⋯. 이것도 말은 돼. 하지만⋯⋯."

어째서 노스에 하루요시의 시신을 절단해 하루나 산기슭 사방에 뿌려 놓았는지, 그 이유로 연결되지는 않는다.

뭔가가 부족하다.

토막 시체의 이름을 알아낸 지 사흘이 지났지만 하루요시를 깊이 증오하는 인물은 과거 리폼 공사 때 의도와 다른 색이 나와 다투었던 의뢰인 도쿠야스 고이치로(57세) 외에는 나오지 않았다.

도쿠야스는 다카사키 시내에서 오키나와 요리점을 운영하는데 경영은 안정적이고 최근 2호점을 냈다. 외벽 페인트칠로 인한 트러블도 4년 전 일이라 지금은 다른 업자가 도쿠야스가 원하는 대로 집 벽을 연보라색으로 칠해 주었다. 가쓰라는 어떠한 가능성도 쉽게 버리지 않지만, 페인트칠 문제는 살인 동기로는 너무 작고 시간도 많이 흘렀다. 특별수사본부는 도쿠야스를 수사 대상에서 제외했다.

단골 술집에서 지속적으로 문제를 일으키는 하루요시를 다들 꺼리기는 했지만 그것이 살의로 발전할 정도로 깊은 관계를 쌓은 상대는 발견되지 않았다. 하루요시는 늘 혼자 마셨고, 누군가에게 시비를 걸고 혼자 돌아갔다. '노스에 페인트' 경영은 어려워서 실적 개선 전망은 보이지 않는 상태였다. 하루요시가 죽은 지금, 회사는 1개월도 버티지 못할 것이다. 마사루는 집에 빚쟁이가 온 적은 없다고 했지만 하루요시는 회사 차입금뿐만 아니라 개인에게도 빚을 져서, 그 총액은 420만 7천 엔에 이른다. 하지만 하루요시가 돈을 빌린 대상은 전부 군마 현지사 또는 재무국장에게 인가를 받은 민간 대출업자로, 빚을 갚지 못한다고 정식 독촉도 하지 않고 하루요시를 살해할 거라고 생각하기는 어려웠다. 종합적으로 볼 때 노스에 하루요시는 오래된 마을에서 생활을 기반으로 한 장사를 하면서, 인간관계가 희박한 삶을 살았다고 할 수 있다. 현재 판명된 그런 정보 가운데 단 하나의 예외가 미야타무라 아키히코와의 관계였다.

'이자와 스포츠'에서 확보한 주소지로 찾아간 형사가 전화로 미야타무라는 이미 이사했다고 보고했다. 주민등록표를 조사하니 이사 간 곳이 다카사키 시내라, 형사는 그대로 미야타무라를 쫓겠다고 했다.

가쓰라는 노스에 하루요시와 미야타무라 아키히코의 관계를 아는 사람이 없는지 다시 철저히 탐문하도록 지시했다. 그리고 오후에 부하 사토가 스마트폰에 연락을 했다. 가쓰라가 전화를 받자 사토는 담담하게 보고했다.

'반장님. 노스에 하루요시의 모친이 미야타무라의 이름을 기억하고 있었습니다.'

"하루요시의 모친이라고?"

가쓰라는 회의실 책상 위에 펼쳐 둔 서류 한 장을 집어들었다. 노스에 하루요시의 모친 유코는 82세였다. 요양 등급 2등급으로 요양원 '후카자와'에 들어가 있다. 요양 등급 2등급이라면 사고력, 기억력 감퇴 증세가 있을 터였다.

"신빙성은 있나?"

상사가 보고를 의심하는데도 사토의 목소리에 굴욕을 느끼는 기색은 없었다.

'모르겠습니다. 어느 정도 말이 되는 내용을 들었으니 보고 드리겠습니다.'

신빙성은 가쓰라 쪽에서 판단하라는 뜻이다. 가쓰라는 펜과 종이를 가까이 끌어당겼다.

"좋다, 보고해."

'하루요시는 노스에 유코에게 산에서 사람을 구해 줬다는 말을 했습니다. 그 이야기를 하면서 하루요시는 미야타무라라는 남자를 구해 주었는데, 그가 자기에게 크게 고마워하고 있어서 무슨 말이든 들어준다고 했답니다.'

가쓰라는 펜을 움직이지 않았다. 거기까지는 이미 아는 내용이다.

사토가 보고를 이어 나갔다.

'유코는 이것으로 마사루도 걱정 없겠다고 했습니다.'

가쓰라는 잠시 생각에 잠겼다. 하루요시에게 미야타무라라는 이용하기 좋은 존재가 생겼다고 해서 어째서 마사루 걱정이 사라지는가? 말이 되는 것 같으면서도 되지 않는다.

"그게 무슨 뜻인가?"

'모르겠습니다. 다만 노스에 유코는 마사루가 사람들과 잘 어울리지 못하는 게 걱정이라고 했습니다. 좋은 사람이 있으면 결혼시키고 싶다, 그러면 걱정 없겠다고. 그것이 노스에 유코의 희망인지, 하루요시가 유코에게 한 말인지는 확실하지 않습니다.'

가쓰라는 손에 쥔 펜을 허공에 들고 있다가 뒤늦게 종이에 사토의 보고 내용을 기록했다. 수사에서 모든 정보를 추적할 수는 없다. 도쿠야스 고이치로를 수사선에서 제외한 것처럼, 추적할 필요 없는 의혹은 버리지 않으면 수사는 난관에 봉착한다. 하지만 지금 가쓰라는 사토의 보고를 손자를 염려하는 노인의 푸념이라고 흘려 버릴 수 없었다. 가쓰라는 이렇게 말하고 통화를 끊었다.

"알겠다. 계속해서 관계 각처를 조사하도록."

저녁이 되자 노스에 자택에서 가져온 서류와 통장을 분석하던 팀에서 보고가 들어왔다. 담당 형사는 으스대는 기색도 없이 보고했다.

"반장님. 노스에 하루요시에게 생명보험이 있었습니다. 재작년 8월, 아들 마사루를 수령인으로 하는 사망보험금 천만 엔짜리 보험에 가입했습니다. 다만 압수한 증거 속에서 보험증서는 찾지 못했습니다."

"천만 엔이라."

가쓰라는 손에 든 자료를 보며 그렇게 중얼거렸다. '노스에 페인트'는 빚투성이로 집까지 저당 잡혔고, 마사루는 요양원 '후카자와' 이용 요금도 내야 한다. 아마 끝까지 내지 못하고 집에서 돌보게 될 것이다. 하지만 천만 엔이 있으면 회사는 포기하더라도 집은 남을 테고, 당장은 요양원 비용도 낼 수 있다. 가쓰라가 명령했다.

"마사루에게 확인해 보도록. 보험에 대해 알고 있었는지."

형사는 즉시 회의실에서 나갔다. 그 뒷모습을 지켜보며 가쓰라는 이것은 필요한 확인 작업이지만 동시에 의미 없는 확인이라고 생각했다. 마사루가 알고 있었다고 대답하든, 몰랐다고 대답하든, 그 말이 사실인지 확인할 방법이 없다. 틀림없는 사실이라고 말할 수 있는 것은 하루요시의 죽음으로 마사루가 이익을 얻는다는 것뿐이다.

보고가 일단 끊기자, 가쓰라는 시간이 생겼다.

가쓰라는 점심을 먹지 못했다. 책상 위 달콤한 빵으로 손을 뻗는다. 그때 전화가 울렸다. 스마트폰 액정에 표시된 것은 미야타무라의 행방을 추적하도록 명령한 형사의 이름이었다. 가쓰라가 전화를 받자 힘찬 목소리가 들려왔다.

'반장님! 미야타무라의 현주소, 현장에서 확인했습니다.'

"그래."

가쓰라는 그 보고에 그리 기뻐하지 않았다. 미야타무라의 현주소는 주민등록표로 이미 밝혀졌다. 하지만 형사의 보고는 그것으로 끝나지 않았다.

'시내에 있는 공동주택 다무라 장입니다. 집주인에게 물어 근무처도 알아냈습니다. 미야타무라는 클리닝 회사 화이트 컴퍼니 공장에서 일하고 있습니다. 게다가 13일부터 결근 중이고, 집에도 돌아오지 않고 있습니다!'

"뭐?"

가쓰라는 스마트폰을 다른 손으로 바꿔 들었다. 13일은 '기스게 회랑'에서 노스에 하루요시의 오른쪽 위팔을 발견한 그다음 날이다.

"알겠다. 미야타무라의 사진을 입수해."

'알겠습니다.'

가쓰라는 통화를 끊고 특별수사본부가 총력을 기울여 미야타무라의 행방을 추적할 수 있도록, 수사 방침 변경 허가를 오다에게 요청했다.

미야타무라 아키히코(44세)는 사이타마현 도코로자와시에서 태어났다.

고등학생 때까지는 도코로자와시의 학교에 다니다가, 교토의 대학으로 진학해 법학을 공부했다. 졸업 후에는 보험 대리점 '오이즈미 보험'에 취직해 우수한 영업 성적을 올렸지만, 6년 전 퇴직해 여기저기 일자리를 옮겨 다닌 끝에 3년 전부터 클리닝 회사 '화이트 컴퍼니' 공장에서 일하고 있다. '화이트 컴퍼니'에서 그의 평판은 훌륭했다. 옛날에 아팠던 영향으로 힘든 일은 못 하지만 눈치도 빠르고 성품도 온화해 그를 나쁘게 말하는 사원은 없었다.

아내 도요오카 유미(41세)와는 10년 전에 이혼했고, 딸 가나에(20세)의 친권은 미야타무라가 갖고 있었다. 가나에는 현재 도쿄에서 대학을 다니고 있다. 미야타무라 아키히코의 양친은 도코로자와시에 살고 있고, 부친 가즈히코(68세)는 식료품 수입 회사에, 모친 사토코(62세)는 우체국에서 근무하고 있다.

전과 없음. 소유 차량은 흰색 미니밴. 일시 정지 의무 위반 기록 있음.

기묘한 긴장감이 특별수사본부를 감쌌다.

하루나 산기슭에서 발견된 토막 시체는 세상에 큰 충격을 안겼다. 언론은 연일 경찰 상층부가 흘리는 작은 정보에 커다란 지면을 할애해 보도하며, 예년 같았으면 가족 관광객으로 들끓었을 '기스게 회랑'은 돌아다니는 사람도 없고 군마현 전체에서 관광객들의 숙박 예약 취소가 이어지고 있었다. 경찰이 '사정을 아는 것으로 추정되는 남자'를 쫓고 있다는 사실이 보도된 후에도 노스에 마사루가 아버지를 죽이고 토막 내서 버렸다는 주장은 인터넷에서 사라지지 않았다.

특별수사본부는 미야타무라 아키히코의 사진을 입수했다. 현경이 전폭적으로 지원하고 있다. 경시청, 타 지역 경찰에게도 협조를 요청했다. 이런데도 만약 미야타무라의 신병을 확보하지 못한다면 특수수사본부의 체면은 엉망이 된다.

가쓰라는 체면은 따지지 않는다.

감식 결과, 노스에 자택 욕실에서 대량의 혈액 반응이 나왔다. 검시관 스도는 욕실에서 혈액 반응이 나오는 것은 흔한 일이지만 그 양으로 볼 때 범인은 노스에 하루요시를 자택 욕실에서 절단했다고 봐도 무방하다고 했다.

마에바시시에 사는 아라카와 유토는 7월 1일에 노스에 마사루가 놀러 왔음을 인정했다. 오전 11시경, 미리 약속한 대로 마사루가 아라카와의 집을 찾았고, 함께 영화를 보러 갔다고 했다. 점심을 먹고 영화를 한 편 더 보고, 서점과 옷 가게를 구경하다가 밤에는 술집에서 쌓인 이야기를 나누었다. 아라카와의 집에는 손님용 방이 있어, 마사루는 그곳에서 묵었다고 했다. 아라카와와 동거하는 가족도 그 내용을 뒷받침하는 증언을 했다.

같은 날, 노스에 자택에서 1킬로미터 떨어진 마트 방범 카메라에 비옷과 톱, 비닐 백을 사는 미야타무라의 영상이 찍혔다. 다른 가게에서는 양손용 전지가위를 사는 모습도 찍혔다. 미야타무라가 소유한 경차는 집 주차장에 있었는데, 차 안에서 혈액 반응은 나오지 않았지만 스도가 말하길 '피 냄새'가 났다고 한다. 검시관의 주관적 의견은 증거가 될 수 없지만, 가쓰라는 스도가 냄새를 맡았다고 한다면 분명 피 냄새였을 거라고 생각했다.

'기스게 회랑' 주변에 방범 카메라는 없었지만 차량 번호 자동 판독 시스템에 미야타무라의 차가 하루나 산기슭으로 이어지는 국도를 지나간 기록이 남아 있었다. 날짜는 7월 1일, 오후 10시 21분. 통행량은 거의 없는 시간대다.

수사를 진행할수록 미야타무라가 범인이라는 증거가 모여들었다.

특별수사본부 안에서는 미야타무라 범인설에 이의를 제기하는 이도 있었다. 미야타무라는 딸과 함께 노스에 하루요시에게 목숨을 빚졌다. 그런 상대를 살해하다니 앞뒤가 맞지 않다는 것이다. 가쓰라는 그 의견은 귀담아듣지 않았다. 두 사람에게는 깊은 인연이 있었다. 타인이 헤아릴 수 없는 동기가 생겨날 여지도 충분히 있었으리라. 애초에 미야타무라는 노스에게 돈을 빌려주고 있었고, 금전은 트러블의 원인이 되기에 충분했다. 가쓰라는 오다의 동의를 얻어 시체 훼손 및 유기 혐의로 미야타무라 아키히코의 체포영장을 마에바시 간이 재판소에 청구했다.

그리고 이틀 후 오전 8시 2분, 가쓰라에게 전화가 걸려 왔다. 미야타무라의 외가가 있는 니가타현 산조시에 파견한 형사의 연락이었다. 가쓰라가 받자 형사가 흥분을 감추지 못하는 기색으로 보고했다.

'반장님, 미야타무라, 통상 체포했습니다. 즉시 호송하겠습니다.'

회의실에 우렁찬 함성이 퍼졌다.

미야타무라 아키히코는 수사진이 입수한 사진에 비해 뺨이 홀쭉했다. 안색은 창백했고 고개는 푹 숙인 채로, 눈에는 빛이 없었다. 가쓰라는 취조실에서 미야타무라를 보았지만 대화는 나누지 않았다.

회의실에 놓인 텔레비전에서 속보가 흘러나왔다.

'군마 현 토막 살인, 지인 남성을 시체 유기 혐의로 체포'

피의자의 성명은 나오지 않았다. 경찰 상층부의 판단으로, 가쓰라는 알 바 아니었다.

미야타무라는 조사에 순순하게 응했다. 미야타무라와 담당 형사가 취조실에 들어간 지 겨우 10여 분 만에 회의실에서 기다리는 가쓰라에게 젊은 형사가 전언을 가져왔다.

"미야타무라, 살인을 자백했습니다."

가쓰라는 가볍게 고개를 끄덕였다.

"흉기는 뭐였나? 어디서, 어떻게 살해했지?"

형사가 우물거렸다.

"저, 그건 아직."

"당장 확인해."

형사는 취조실로 갔다가 금방 돌아왔다.

"거실에서 식칼로 가슴을 찔렀다고 합니다."

"가슴이라고?"

"본인은 그렇게 말하고 있습니다. 칼날이 16센티미터쯤 되는 주방 식칼이라고."

가쓰라는 형사를 돌려 보내고 책상 위에 있는 자료를 보았다.

'기스게 회랑' 수색은 닷새로 끝났다. 노스에 하루요시의 유해는 습지대 곳곳에 흩어져 있어 많은 부위를 찾아내긴 했지만 전신을 발견하지는 못했으며 식칼도 나오지 않았다.

가쓰라는 기리노 교수가 보낸 사법해부 소견을 다시 확인했다. 보고서에 의하면 동체에서 사지와 경부를 잘라 낸 단면에는 금속에 긁힌 찰과상이 보이며, 골반에는 야생동물이 포식한 흔적이 있었다. 가쓰라는 스마트폰으로 기리노 교수에게 전화를 걸었다.

평소 법의학을 가르치는 기리노 교수는 가쓰라가 전화를 걸어도 바로 받는 경우가 드물다. 하지만 그날, 전화는 바로 연결되었다.

"가쓰라입니다. 지금 잠시 통화되십니까?"

전화 너머의 기리노는 기분이 좋아 보였다.

'괜찮네. 범인을 잡았다면서?'

"예. 그 일로 발견된 동체 부분에 대해 여쭙고 싶은 게."

대번에 기리노가 불쾌해하는 기색이 전해졌다.

'알아낸 건 소견으로 전부 전했어. 그 이상은 없네.'

"물론 알고 있습니다. 어디까지나 확인 차."

한숨 소리가 들려왔다.

'신중한 성격이군. 뭔가?'

"늑골에 상처는 있었습니까?"

'늑골? 몇 번 늑골 말인가?'

"몇 번이든 상관없습니다. 아주 작은 흔적이라도 괜찮아요, 상처가 있었는지 여쭙고 싶습니다."

대답은 신속하고도 명쾌했다.

'보고서가 전부야. 나는 늑골에 상처가 있다고 쓰지 않았어. 그것은 늑골에는 상처가 없었기 때문이네. 복부나 둔부는 동물이 뜯어 먹은 흔적이 심각했고, 골반에는 동물이 송곳니로 낸 것으로 추정되는 상처도 보인다고 써 놨을 텐데. 하지만 늑골에 난 상처는 없었네.'

"알겠습니다. 고맙습니다."

전화를 끊었다.

칼로 흉부를 찔릴 경우 칼날에 늑골을 다치는 경우가 많다. 그것은 기리노 교수의 전문 분야로, 실수로 상처를 발견하지 못했다고 생각하기는 어렵다. 다만 칼날을 수평으로 눕혀 늑골 사이를 비집듯 찌르면 뼈에 상처가 나지 않는 경우도 있다. 미야타무라는 그렇게 노스에 하루요시를 살해했을까?

가쓰라는 고민했다.

애초에 이 사건은 처음부터 어딘가 이상했다. 두개골을 발견해 치아 치료 기록으로 노스에 하루요시의 신원을 알아낸 순간부터 가쓰라는 사건에 희미한 의문을 느끼고 있었다. 치아 기록으로 신원을 확인하는 사례는 제법 잘 알려져 있다. 시체를 절단하는 커다란 수고에 비하면, 치아를 뽑거나 부숴서 신원을 알아내지 못하도록 하는 일은 그리 시간이 걸리지 않는다. 그런데 노스에 하루요시의 두개골에는 치아가 그대로 남아 있었다.

그 점뿐이라면 범인이 우연히 치아 치료 흔적이 신원 확인의 단서가 된다는 사실을 몰랐다고 생각할 수도 있었다. 하지만 두 번째 문제는 더욱 기묘했다.

어째서 시체를 절단해 사방에 흩뿌렸는가 하는 의문은 차치하더라도, 어째서 하루나 산기슭 '기스게 회랑'에 뿌렸는지를 이해할 수 없었다. '기스게 회랑'은 정비된 데크 산책로라 누구나 쉽게 걸을 수 있어 여름에는 가족 여행객들로 북적거리는 행락지다. 어째서 범인은 시체를 버릴 장소로 '기스게 회랑'을 선택했을까?

가쓰라는 범인이 산을 잘 모른다고 생각하고 있었다. 산에 버리면 시체를 찾을 수 없다고 단순하게 생각하고 접근하기 편한 '기스게 회랑'에 버린, 생각이 얕은 범행으로 추정했다. 하지만 미야타무라는 조난당했다고는 해도 일본 굴지의 어려운 코스인 다니가와다케에 도전했고, '이자와 스포츠'의 단골이기도 한 등산가였다. 남들 눈에 띄지 않는 장소를 찾아내기란 어렵지 않았을 것이다.

어딘가 앞뒤가 맞지 않는다.

가쓰라는 이러한 위화감을 미야타무라에 따져 물을 생각은 없다. 추궁하면 미야타무라는 뭔가 그럴싸한 핑계를 댈 것이다. 그래서야 진상만 멀어진다. 가쓰라는 말없이 생각에 잠겼다.

체포한 지 8시간이 경과했다. 가쓰라는 취조 담당 경찰관에게 보고를 받았다.

"미야타무라의 진술에 따르면 살해는 7월 1일, 오후 2시경. 전에 빌려주었던 돈을 돌려받기 위해 노스에의 자택을 찾아갔는데 노스에가 변제를 거부한 것은 물론, 그것도 모자라 돈을 더 빌려 달라고 요구했기 때문에 흥분해서 주방에서 식칼을 가져와 가슴을 찔러 살해했다고 합니다. 부엌과 식칼 위치는 전부터 노스에의 집에 자주 가 봤기 때문에 알고 있었다고 합니다.

시체를 절단한 이유는 운반이 거추장스러워서. 전에 산에서 굴러떨어진 적이 있어 몸이 성하지 않아 무거운 물건을 들 수 없다고 했으며, 이 점은 병원에 확인 중입니다. 시체를 욕실까지 끌고 가, 필요한 도구를 근처 마트에서 구입한 뒤에 절단했다고 합니다. 물로 피를 흘려 보내며 시체를 절단했고, 자른 다음에는 노스에의 집에 있던 신문지에 싸서 비닐 백에 담아 세 번에 걸쳐 차에 실었습니다. 모든 작업을 마쳤을 때는 오후 10시경이었다고 합니다.

시체는 산에 버릴 작정으로 조금 쉬었다가 하루나산에 갔는데 깜깜해서 새벽까지 기다렸답니다. 날짜가 바뀌어 7월 2일 오전 4시경에 시체를 운반하기 시작했고, 전부 버리는 데에 2시간쯤 걸렸다고 합니다. 오전 9시경, 직장에 전화해 몸이 안 좋아서 쉬겠다는 연락을 했습니다. 또한 이 점은 '화이트 컴퍼니'에 확인을 마쳤습니다. 미야타무라는 진술대로 7월 2일 회사를 쉬었습니다."

가쓰라가 물었다.

"흉기로 사용한 식칼, 절단에 사용한 톱과 비닐 백은 어떻게 처분했다고 하던가?"

형사는 손에 든 메모에 시선도 떨어뜨리지 않고 대답했다.

"가지고 돌아와 쓰레기로 버렸다고 합니다. 식칼과 톱은 피를 잘 닦아 재활용품으로, 비닐 백과 우비는 일반 쓰레기로 버렸다고 합니다."

"미야타무라는 마트에서 양손용 전지가위도 샀지. 그것에 대해서는 뭔가 말하던가?"

"톱으로는 힘줄이 잘리지 않을까 봐 혹시 몰라 샀다고 합니다. 전지가위를 선택한 이유는 지렛대 원리가 작용하니 톱으로는 자르지 못하는 것도 자를 수 있을 거라 생각했다는데, 실제로는 톱으로 충분해서 사용하지 않았다고 했습니다."

가쓰라는 팔짱을 꼈다. 사건 자체의 부정합성과는 별개로 미야타무라의 진술에는 이렇다 할 수상한 점이 없었다. 어째서 절단했느냐는 문제에 대해서도 다니가와다케 조난의 후유증으로 무거운 물체를 운반할 수 없었다는 주장은 충분히 논리적이다.

가쓰라는 취조 담당 경찰관을 돌려 보내고 진술을 뒷받침할 수사를 명령했다. 한차례 지시를 끝마치자 안내처를 담당하는 경무 직원이 조심스레 회의실로 들어왔다. 누구에게 용건을 전달해야 할지 망설이듯 회의실을 둘러보더니 가쓰라에게 다가왔다.

"바쁘신데 죄송합니다. 수사 책임자를 만나고 싶다는 분이 찾아오셨습니다."

가쓰라는 그 직원을 힐끔 보았다. 경찰서에는 다양한 사람들이 책임자를 만나고 싶다며 찾아온다. 그 사람들의 말을 전부 들어준다면 경무 직원이 제 구실을 다하고 있다고 할 수 없다. 보아하니 눈앞의 직원은 특별수사본부의 분위기에 주눅 들어 있기는 했지만 근무 경력은 오래된 것 같았다. 가쓰라는 물어보았다.

"이름은 말하던가요?"

"예. 미야타무라 가나에 씨입니다."

가쓰라도 의아하게 여겼다. 도쿄에서 대학에 다니는 가나에가 직접 여기까지 찾아올 줄은 생각도 못 했다. 애초에 피의자와 떨어져 사는 가족에게 경찰이 체포 연락을 하는 경우는 거의 없어, 미야타무라의 이름은 보도되지도 않았을 터였다.

"만나 보겠습니다. 대화할 장소를 준비할 테니 잠시 기다려 달라고 하십시오."

접수 직원이 물러나자 가쓰라는 빈 취조실이 있는지 확인했다. 다행히 방이 하나 비어 있어, 가쓰라는 문에 걸려 있는 팻말을 '사용 중'으로 바꾸고 가까이 있던 형사에게 입회를 명령했다.

미야타무라 가나에는 아키히코를 별로 닮지 않았다. 면접용처럼 보이는 검은 정장을 입었고 화난 표정이었다. 가쓰라는 머리카락으로 교묘하게 가리긴 했지만 가나에의 관자놀이에 있는 흉터를 발견했다. 6년 전 조난 사고 때 입은 상처일 가능성을 염두에 두었다.

가쓰라는 일단 사과했다.

"이런 곳밖에 없어서 죄송합니다. 수사 중이라 비어 있는 곳이 없다 보니."

가나에는 고개를 끄덕이고 애써 미소를 지으려 했다.

"취조실은 금연이군요. 드라마에서는 누군가가 항상 담배를 피우던데."

"예전에는 그랬습니다. 저는 가쓰라라고 합니다."

"미야타무라 가나에입니다."

"편히 앉으시지요."

가나에와 가쓰라가 의자에 앉았다. 가나에는 다짜고짜 본론을 말했다.

"텔레비전으로 노스에 씨의 지인 남성을 체포했다는 뉴스를 봤어요. 아버지와 연락이 되지 않는데, 혹시 체포된 건 아버지······ 미야타무라 아키히코인가요?"

가쓰라는 무의미한 비밀주의자가 아니다. 고개를 끄덕이고 대답했다.

"그렇습니다."

"만나게 해 주세요."

"조사 중이라 그건 불가능합니다."

예상한 대답이었는지 가나에는 강하게 요구하지 않았다. 대신 말귀를 못 알아듣는 사람에게 차분히 설명하듯 말했다.

"경찰은 아버지 상태를 몰라요. 아버지는 두 팔을 어깨 위로 올리지 못합니다. 그런 상태인데 사람을 죽여 토막 내다니, 가능할 리가 없어요."

가쓰라가 눈썹을 꿈틀거렸다. 미야타무라는 몸이 성하지 않다고 진술했지만 그게 어깨라는 이야기는 듣지 못했다.

"그걸 증명할 수 있습니까?"

"증명이라고 해도······ 아버지를 아는 사람이라면 모두 아는 사실이에요."

가나에는 스스로도 설득력이 없다고 생각했는지 분하다는 듯

입술을 깨물다가 이윽고 "아." 하고 중얼거렸다.

"게다가, 그래요. 복지 연금으로 장애 수당을 받았어요. 진단서도 제출했으니 증거가 될 거예요."

"일단 여쭙겠습니다만 지금 그 서류를 가지고 계십니까?"

가나에는 살짝 짜증스러운 기색을 드러냈다.

"아니요."

그렇겠지. 가쓰라는 생각했다. 지금 물었는데 관련 서류를 가지고 왔다면 오히려 수상하다. 가쓰라는 입회 형사를 돌아보고 손가락을 까딱였다. 형사는 고개를 끄덕이고 취조실 밖으로 나갔다.

가쓰라는 다시 책상 위에 깍지 낀 손을 얹었다.

"알겠습니다. 협조에 감사드립니다. 달리 알아야 할 사항이 있다면 말씀해 주시지요."

가나에는 이제부터가 본론이라는 듯이 강하게 말했다.

"물론 있지요. 경찰은 아버지와 노스에 씨가 어떤 관계였는지 몰라요. 알면 아버지를 체포하지 않았을 겁니다."

"그런가요? 어떤 관계였습니까?"

"아버지는 평생토록 노스에 씨에게 은혜를 갚을 작정이었어요."

거기까지 말한 가나에는 경찰이 어디까지 알고 있는지 헤아리려는 듯 가쓰라의 표정을 살폈다. 가쓰라는 입을 다문 채로 아무 말도 하지 않았다. 아는 바를 말할 필요는 없다. 상대에게 말을 시키면 정보를 얻을 수 있다.

가나에는 경찰이 아무것도 모른다고 생각한 것 같았다. 실망과 우월감이 뒤섞인 당혹스러운 표정으로 이야기를 계속했다.

"6년 전 일인데, 당시 중학교에서 등산부였던 저 때문에 아버지가 연습 삼아 다니가와다케에 데려간 적이 있어요. 바위터는 어려워서 아버지가 저도 안전하게 오를 수 있는 코스를 골라 주었어요. 하지만 당시의 저는……."

가나에는 살짝 망설이다가 억지로 감정을 억누르고 말을 이었다.

"산에 익숙해졌다는 오만한 생각에 충분히 주의하지 않았죠. 7부 정도 올랐을 때 굴러떨어졌어요. 아버지까지 길동무로."

의식한 행동인지, 가나에는 관자놀이의 흉터를 어루만졌다.

"다행히 저희는 몇 미터만 떨어지다가 튀어나온 바위에 걸쳤어요. 하지만 저는 바위에 다리를 베여 피가 멈추지 않았고, 아버지는 등을 다쳐 숨도 겨우 쉬는 상태라. 스마트폰을 같이 넣어 둔 배낭을 떨어뜨려서 도움도 청하지 못하고, 바로 위에 등산로가 보이는데 거기까지 올라갈 방법이 도저히 없었어요. 운 나쁘게 비까지 내리기 시작했죠. 아버지는 계속 저를 다독여 주었지만 괜찮다는 말을 들을 때마다 정말 여기서 죽는구나 싶었어요."

가쓰라는 머릿속으로 가나에의 이야기와 다니가와다케 경비대가 보낸 회신을 대조했다. 아직 모순점은 없다.

"아버지는 큰 소리를 낼 수 없어 제가 도와 달라고 외쳤는데, 피가 멎지 않아서 점점 의식이 몽롱해졌어요. 정말 이제 끝장이구나 싶었는데 빗소리에 섞여 '어디요?' 하는 소리가 들렸어요. 필사적으로 '여기예요!' 하고 외쳤더니 등산로에서 불쑥 고개를 내민 게, 노스에 씨였던 거예요."

그 후 미야타무라 가나에는 출혈 과다로 생명이 위험해 중간까지 노스에에게 업혀 하산했다. 하지만 가나에는 그 이야기는 하지 않았다.

가쓰라는 당시의 상황을 머릿속에 그려 보았다. 미야타무라 아키히코는 꼼짝도 하지 못했을 테니, 노스에 하루요시는 몇 미터 밑에 있는 가나에를 거의 혼자 힘으로 등산로까지 끌어올린 셈이다. 자일은 있었겠지만 그래도 초인적인 힘이다. 기적이었다고밖에 할 수 없으리라.

"아버지는……."

가나에가 뒷말을 이었다.

"아버지와 제가 살아 있는 건 노스에 씨 덕분이라고 했어요. 그냥 구해 준 게 아니에요. 노스에 씨는 그때 너무 무리하는 바람에 무릎을 다쳐 일에도 지장이 생겼다고 들었습니다. 아버지는 목숨 빚은 갚는다고 갚아지는 게 아니라고 했어요. 한 사람 몫도 갚기 어려운데, 두 사람 몫의 빚은 어떻게 갚아야 할지 모르겠다, 어쨌든 평생 은혜를 갚을 생각이니 너도 그럴 각오로 있으라고 하셨죠. 아버지는 늘 노스에 씨에게는 아무 보답도 못 했다고 말씀하셨어요. 그런 아버지가 노스에 씨를 살해했을 리 없어요. 범인은 다른 사람이에요."

가쓰라는 책상 위에서 다시 깍지를 끼며 말했다.

"알겠습니다. 물론 수사에는 최선을 다하겠습니다. 그런데 이건 모든 관계자에게 하는 질문입니다만."

가나에의 표정에 순간 긴장이 감돌았다.

"뭔가요?"

"7월 1일의 행적을 말씀해 주십시오."

"갑자기 그렇게 지난 일을 물어도 기억 못 해요. 제 행적을 물어서 어쩌려고요?"

"이미 말씀드렸다시피 모든 관계자에게 하는 질문입니다."

가나에는 고개를 숙였다.

"……스마트폰을 좀 봐도 될까요?"

"물론이지요."

가나에는 숨을 죽이고 잠시 스마트폰을 조작하더니 곧바로 작은 한숨을 내쉬었다.

"5교시, 꽉 차 있네요."

"상세히 말씀해 주시지요."

어지간히 안도했는지 가나에는 미소마저 머금고 있었다.

"좋아요. 1교시는 9시부터 거시경제학, 2교시는 공공정책, 오후로 넘어가 3교시는 수리경제학, 4교시는 체육으로 테니스를 수강하고 있어요. 5교시는 경제사였습니다. 오후 6시 20분에 끝났어요."

가나에가 다니는 대학에서 다카사키시까지는 호쿠리쿠 고속열차로 잘만 하면 1시간 반 정도로 이동할 수 있다. 하지만 다카사키 역에서 미야타무라의 자택까지는 차로 20분이 걸린다. 가쓰라는 다시 물었다.

"그 후에는 어땠습니까?"

"네? 그것도 필요한가요?"

"예."

가나에는 다시 스마트폰을 조작했다.

"음, 저녁 7시부터는 신주쿠에 있는 '돈제'라는 술집에서 밤 12시까지 아르바이트를 했어요. 근무표가 있을 거예요."

"알겠습니다. 오늘은 그만 돌아가셔도 됩니다. 다만 낮에 통화할 수 있는 연락처를 부탁드립니다."

가나에의 눈에 당혹감이 감돌았다.

"저는 아버지를 체포한 건 잘못이라고 말씀드리러 온 거예요. 그런데 이러시면 제가 용의자 같군요."

가쓰라는 아무 말도 하지 않았다. 노스에의 희박한 인간관계에서 얼마 되지 않는 예외가 미야타무라 부녀다. 가나에는 분명히 피의자였다.

연락처를 말한 가나에가 자리에서 일어나려 했다. 가쓰라가 그런 그녀를 붙들듯이 물었다.

"한 가지 더 묻겠습니다."

"……뭐죠?"

"노스에 씨 가족은 알고 계십니까? 아버님께 무슨 이야기를 듣지는 않았습니까?"

가나에는 가쓰라의 눈을 똑바로 쳐다보며 대답했다.

"아뇨. 아무 말도 듣지 못했어요."

가쓰라는 그것이 거짓말이라는 것을 알 수 있었다.

이튿날 오전에 미야타무라 가나에의 진술은 사실로 확인되었다.

7월 1일에 가나에가 들은 강의 중 4교시는 휴강이었지만 3교시와 5교시 출석은 확인되었다. 19시부터 했다는 아르바이트도 출근이 확인되었다. 가나에는 14시 40분부터 16시 50분까지, 130분 동안 소재가 불확실하지만 아무리 빠른 수단을 써도 그 시간에 대학과 현장 사이를 왕복하기란 불가능하다. 가나에는 운전면허가 없어, 밤 12시에 아르바이트를 마치고 다카사키까지 이동할 수단도 없다. 가쓰라는 사건 자체에서는 가나에가 아무 관련 없다고 결론 내렸다.

또한 가나에가 말했던 미야타무라 아키히코의 장애 수당 수급도 확인되었다. 수당은 3년 전부터 받았는데 '화이트 컴퍼니' 인사부에 다시 확인한 결과, 미야타무라는 팔을 올리는 것은 가능하지만 무거운 물건을 들거나, 팔을 올린 자세를 유지하기는 어렵다는 사실을 알아냈다. 신중을 기하기 위해 미야타무라가 다녔던 '다카사키 적십자 병원'에도 수사관계사항 조회서를 보냈지만 가쓰라는 일단 가나에의 진술을 타당하다고 보았다.

시체 훼손 및 유기 혐의로 미야타무라를 체포하고 하루가 지났다. 가쓰라는 결단을 내려야 했다.

살인 혐의로 미야타무라의 체포영장을 받을 것인가 말 것인가. 즉 노스에 하루요시를 살해한 범인이 미야타무라 아키히코라고 주장할 수 있는지 판가름을 내야 한다.

현경 상층부는 한시라도 빨리 체포영장을 받으라고 재촉한다. 오다 지도관은 그 타이밍은 가쓰라에게 맡기겠다고 했다.

마음에 걸리는 점이 많은 사건이다. 하지만 전부 해석에 달린 문제라고도 할 수 있다.

다니가와다케를 오를 만한 등산 애호가가 가족들이 많이 찾는 '기스게 회랑'에 시체를 버린 것은 부자연스럽지 않은가? 빨리 찾아 주기를 바라는 것처럼, 너무 뻔한 유기 장소가 아닌가?

다만 어깨를 다친 미야타무라는 걸어다니기 편한 '기스게 회랑'에 시체를 운반하는 게 고작이었다고 생각할 수도 있다.

식칼로 가슴을 찌른 살해 방법과 늑골에 상처가 없었다는 해부 결과는 모순되지 않는가? 칼날 16센티미터의 주방 식칼이라면 날붙이의 폭이 4센티미터는 된다. 칼날 끝이 늑골 사이로 비집고 들어가 장기와 혈관에 상처를 입히고 죽음에 이르게 했다 해도 늑골에 상처 하나 남아 있지 않다니, 가능한 일일까?

이 역시 생각하기 나름이다. 늑골에 상처는 없었다……. 그렇다면 우연히 식칼이 늑골에 닿지 않았다고 단순하게 생각할 수도 있다. 경찰에 몸을 담고 있으면 훨씬 얼토당토않은 우연도 만나는 법이다.

혈흔은 어떠한가? 감식반은 욕실에서 대량의 혈액 반응이 나왔다고 보고했지만 거실과 주방 등 다른 공간에서는 심각한 출혈 흔적을 발견하지 못했다. 현장은 다른 곳이 아닐까? 그렇다면 미야타무라 범인설도 흔들리지 않는가?

하지만 단순히 미야타무라가 노스에를 찌른 뒤에 식칼을 뽑지 않아 출혈이 적었을지도 모른다. 혹은 애초에 욕실이 바로 살해 현장이었을지도 모른다. 혹은 거실에서 노스에의 가슴을 식칼로 찔렀다는 미야타무라의 진술이 엉터리고, 사실은 때리거나 목 졸라 죽였을지도 모른다. 그런 거짓말을 할 이유가 있을 것 같지는 않지만, 이유 없이 거짓말을 하는 피의자도 수없이 보아 왔다.

미야타무라는 오후 2시경에 노스에 하루요시를 살해하고, 오후 10시경에는 시체 절단을 마쳤다고 진술했다. 소요 시간이 길지는 않은가? 혹은 짧지는 않은가?

가쓰라는 어느 쪽이라고도 말하기 어려웠다. 국내에 과거 2시간 만에 성인 남성을 토막 낸 사례가 있다. 미야타무라가 어깨를 다친 점이나, 도구를 구입할 시간이 필요했다는 점을 고려하더라도 8시간이나 있으면 가능하다고 볼 수 있다. 반대로 8시간이 충분하다는 생각도 들지 않는다.

미야타무라의 진술에 명백히 불합리하다고 할 만한 위화감은 없었다. 누가 봐도 정말 범행을 저질렀을 거라는 박진감이 있었다. 다만 굳이 한 가지만 의문을 제기한다면 어째서 양손용 전지가위를 샀는가 하는 점이다. 톱으로 자르지 못하는 부위를 지렛대 원리로 절단할 생각이었다는 진술을 그대로 믿어도 되는 걸까? 양손용 전지가위는 높은 위치에 있는 것을, 혹은 멀리 있는 것을 자르는 용도가 아닌가?

하지만 생각해 보면 전지가위는 힘줄을 끊는 데에 편리할 것 같기도 하다.

그렇다면 정말 미야타무라가 노스에를 살해했는가 하면, 역시 아직 뭔가 마음에 걸린다. 지금까지 눈으로 보고 귀로 들은 정보 속에 아직 검토하지 못한 치명적인 맹점이 있는 것만 같다.

가쓰라는 달콤한 빵과 카페오레로 끼니를 때우며 서류를 작성하고, 수사 상황을 보고하고, 부하들에게 지시를 내리는 등 일을 처리하면서 짧은 틈새 시간에 또 곰곰이 생각했다. 가쓰라의 책상 위는 무수히 많은 보고서와 가쓰라가 직접 쓴 메모나 사진으로 가득했다.

만약 미야타무라가 범인이 아니라면 누가 범인일까? 현경이 총력을 기울여 수사하고 있는데도 수사망에는 미야타무라밖에 걸리지 않았다. 다만 유일하게 노스에 마사루만 하루요시의 죽음으로 수혜를 본다. 하루요시와 마사루 부자 사이에 다툼이 끊이지 않았다는 뉴스는 다카사키 미노와 경찰서에 몇 십 통이나 되는 어리석은 전화 신고를 유발하기는 했지만 그런 발언을 한 이웃 주민이 있었다는 것은 사실이다. 그리고 물론 수사진은 사실 확인 조사를 했다. 노스에 부자는 분명 고함이 오가는 싸움을 반복했다.

한편으로 노스에 유코는 "이것으로 마사루 걱정을 덜었다."고 말했다. 어째서 걱정을 덜었을까? 그것은 미야타무라가 "무슨 말이든 들어주었기 때문"이 아니었을까? 또한 미야타무라 가나에는 아버지가 "평생토록 은혜를 갚을 작정"이라고 말하는 것을 들었고 "너도 그럴 각오"로 있으라는 말을 들었다. 또한 가나에는 노스에의 가족에 대해서는 아무것도 모른다고 거짓말을 했다. 그 말이 거짓말임을 가쓰라는 전혀 의심하지 않았다.

노스에와 미야타무라, 두 가족은 어떤 관계였을까? 무엇이 노스에 하루요시를 죽음에 이르게 했으며, 그 시체를 절단하게 만들었나? 그것을 실행한 사람은 누구였나?

"증거다."

가쓰라는 중얼거렸다.

가쓰라는 관계자의 심리를 이상하게 여겨서 사건에 위화감을 느끼는 게 아니다. 친애가 증오로, 우정이 살의로, 동정이 집착으로, 사람의 마음은 쉽사리 돌변한다. 때문에 수사는 물증을 바탕으로 이루어진다. 가쓰라는 수사팀이 수집한 증거를 하나하나 다시 살폈다. 차량 번호 자동 판독 시스템 기록, 110번 신고 기록, 기리노 교수의 해부 소견서, '노스에 페인트' 대차대조표, 유료 요양원 '후카자와' 이용 지침…….

하지만 역시 이 사건의 출발점은 '기스게 회랑'에 흩어져 있던 유해다. 가쓰라는 몇 번이나 확인했던 시체 사진을 처음 보았을 때와 똑같이 응시했다.

그리고 가쓰라는 백지를 끌어당겨 이렇게 썼다.

'오른쪽 위팔'

이어서 발견된 부위를 쭉 나열했다.

'오른쪽 허벅지'

'오른쪽 정강이, 발'

'왼쪽 허벅지'

'왼쪽 정강이, 발'

'오른쪽 아래팔, 손'

'몸통'

'머리'

'왼쪽 아래팔, 손'

그리고 가쓰라는 인체 윤곽을 그리고 발견된 부위를 검게 칠했다. 철저한 수색에도 불구하고 왼쪽 위팔은 발견하지 못했다.

가쓰라는 중얼거렸다.

"왼팔만 찾지 못했다."

거기에 의미가 있을까? 왼쪽 위팔만 다른 곳에 버렸을 가능성이 있을까?

가쓰라는 우연일 거라 생각했다. 물론 경찰로서는 실수로 놓쳤을 가능성은 제로라고 생각해야 한다. 하지만 '기스게 회랑'은 너무 광대하다. 한 부위만 발견되지 않았다기보다, 용케 다른 부위를 찾아냈다고 감탄해야 하지 않을까?

펜을 든 가쓰라의 손길이 문득 멈췄다. 눈앞의 백지에는 왼쪽 위팔만 하얗게 남은 인체 그림이 있었다.

가쓰라는 무심코 중얼거렸다.

"아니, 틀렸어."

이게 아니다. 보고서와 증거에 따르면 이런 그림은 나올 수 없다.

가쓰라는 반사적으로 또 하나의 자료를 확인했다. 그리고 펜을 내려놓고 일어섰다.

취조실에 미야타무라 아키히코가 연행되어 들어왔다. 입회 형사가 문 옆에 섰고, 취조 담당 경찰관이 앉을 의자에는 가쓰라가 직접 앉았다. 그때까지 취조를 맡고 있던 형사는 갑자기 상사에게 자리를 빼앗겨 얼굴을 찌푸리며 취조실에서 나갔다.

미야타무라가 의자를 빼려 했지만 취조실 의자는 고정되어 있다. 아마도 몇 번이나 똑같은 행동을 되풀이했으리라. 미야타무라는 피식 웃었다. 그리고 맞은편에 앉은 사람이 지금까지 보아 왔던 형사가 아니라는 사실을 깨달았는지 눈동자에 놀라

움이 스쳤다.

인사는 나누지 않았다. 미야타무라가 지친 얼굴로 말했다.

"할 말은 다 했습니다. 재판은 아직입니까?"

가쓰라는 미야타무라의 말을 무시했다.

"세 가지를 묻겠다."

"얼마든지 대답하지요."

"누구 아이디어였지? 당신이었나, 노스에였나?"

미야타무라의 표정이 굳었다. 대답은 없었다.

가쓰라는 미야타무라가 대답하지 않을 줄 예상했다. 다시 물었다.

"보험증서는 어디에 뒀나? 누가 가지고 있지?"

"……."

"이번에도 묵비인가. 뭐, 상관없어, 짐작은 간다. 그렇다면 세 번째."

가쓰라는 미야타무라의 눈을 가만히 바라보았다. 미야타무라의 안색은 창백했고, 눈동자는 가쓰라의 시선을 피하려고 가만히 있지 못했다.

책상 위에 손을 얹어 깍지를 끼며 가쓰라가 물었다.

"목은 어디 있나?"

"목? 머리는 찾았을 텐데요. 치아로 노스에 씨 신원을 확인했다고."

"그건 두부야. 나는 목이 어디 있는지 물었다. ……'기스게 회
랑'에는 버리지 않았겠지."

미야타무라가 "아아." 하고 신음했다. 가쓰라가 지금까지 몇
번이나 들었던, 모든 것을 간파당한 범죄자가 흘리는 절망의
목소리였다.

노스에 하루요시의 목은 몸통과 접하는 부분에서 잘려 있었
다. 그리고 발견된 두부는 해부 구술 기록에 분명히 이렇게 적
혀 있었다.

'제1경추, 즉 두부와 경부가 접하는 부분에서 절단되어 있음.'

다시 말해 노스에 하루요시의 목은 머리 아래와 몸통 위, 두
군데에서 절단되었다. 가쓰라가 그린 인체 그림에는 왼쪽 위팔
과 함께 목도 하얗게 남아 있어야 했던 것이다.

기묘했다. 머리와 몸통을 잘라 내려 한다면 참수하듯 목 중
간에서 잘라 내는 게 편하다. 톱으로 두 번 잘라 낸다는 것은
운반의 편의성이라는 이유로는 설명이 되지 않는다. 가쓰라는
잘려 나가 아직 발견되지 않은 경부가 이 사건이 갖는 의도 그
자체라고 이해했다.

어째서 노스에의 시체를 절단해야 했는가? 목을 잘라 내기
위해서였다. 목만 잘라 내면 숨겨야 할 의도가 드러나기 때문

에 다른 부위도 잘라 낸 것이다. 그렇다면 숨겨야 할 그 의도란 무엇이었나?

답은 전지가위에 있다. 팔을 들지 못하는 미야타무라는 그래도 높은 위치에 있는 것을 잘라 내야 했고, 양손용 전지가위를 구입했다.

그리고 또 하나의 답은 보험증서에 있다. 가쓰라는 말했다.

"당신을 살인죄로 체포할 수는 없어."

이미 사라진 희망을 붙들려는 듯이 미야타무라가 목소리를 쥐어짰다.

"……아니요, 형사님, 제가 그랬습니다."

"증명할 수 없다."

"이해해 주십시오. 제가 죽였어요. 그렇지 않으면 마사루는."

"당신이 하려는 짓은 사기야. 경찰에 협력을 구하다니, 잘못 짚었어."

취조실에 흐느끼는 소리가 울렸다.

입회한 형사는 상황을 파악하지 못했다. 다만 미야타무라가 살인을 저지르지 않았다는 사실을 알았을 뿐, 다른 상황은 이해가 가지 않았다.

노스에 하루요시는 6년 전 미야타무라 부녀를 구조하고 무릎을 다쳤고, 그 증상은 해가 갈수록 악화되었다. 업무 완성도는 떨어졌고, 애초에 인간관계가 원만한 편도 아니어서 하루요시의 고독은 깊어 갔다. 아내는 떠났고 아들은 다 큰 줄 알았더니 돌아와서 집에만 머물며 부자지간에 싸움이 끊이지 않는다. 돌봄이 필요한 모친을 요양원에 보낼 수는 있었지만 계속 모실 만한 돈은 없다.

그래서 노스에 하루요시는 자살했다.

목을 매달았으리라. 미야타무라 아키히코가 노스에 하루요시의 집을 찾아간 것이 우연이었는지는 알 수 없다. 마사루가 친구 집에서 하루 자고 오는 날을 노려서 자살했다면, 노스에 하루요시는 뒤처리를 위해 미야타무라를 불렀을지도 모른다. 어쨌거나 미야타무라는 노스에 하루요시의 죽음을 목격하고, 한 가지 결심을 했다.

은인이 남긴 아들, 노스에 마사루가 보험금을 타게 해야 한다. 사망보험에는 면책 기간이 있어, 그 기간 내에 피보험자가 자살할 경우 보험금은 나오지 않는다. 노스에 하루요시가 보험에 가입한 것은 2년 전이니 면책 기간이 지나지 않았을 가능성이 높다. 과거 '오이즈미 보험'에서 일했던 미야타무라에게는 상식이었겠지만 하루요시는 면책 기간 조항을 몰랐거나, 알았어도 더 이상 버틸 수 없었으리라.

이대로 가면 노스에 마사루는 보험금도 받지 못하고, 아버지를 잃고, 집과 직장도 잃고, 조모를 돌보며 살게 된다. 미야타무라는 그 운명에서 마사루를 구해 내기 위해 스스로 '살인범'이 되기로 결심했으리라.

하지만 한 가지 문제가 있었다. 노스에 하루요시의 시체가 발견되지 않으면 하루요시의 죽음은 확정되지 않고 보험금도 지불되지 않는다. 하지만 시체가 그대로 발견되면 경찰은 노스에 하루요시의 죽음을 자살이라고 올바르게 판단할 가능성이 컸다.

그렇기 때문에 미야타무라는 전지가위를 샀다. 팔을 올리지 못하는 미야타무라가 목을 매단 시체를 끌어내리려면 밧줄을 자르는 수밖에 없었던 것이다. 그리고 미야타무라는 시체를 절단해 **사인으로 경추 골절을 시사하는 부위를 제외하고** 다른 부위를 하루나 산기슭 '기스게 회랑'에 버렸다. 거기라면 머잖아 누군가가 시체를 발견할 것이기 때문이다.

미야타무라가 노스에 자택에서 보험증서를 가져간 것은 노스에 하루요시가 거액의 생명보험에 가입했다는 사실을 경찰에 들키지 않으려는 일심으로 저지른 직관적인 행동이었으리라. 하지만 결과적으로는 그 행동이 가쓰라의 시선을 생명보험으로 끌고 말았다.

가쓰라는 입회한 형사에게 그런 세세한 설명을 하지는 않았다. 다만 미야타무라에게는 네 번째 질문을 했다.

"어째서 그런 짓까지 했지? 당신 계획이 성공했다면 마사루는 보험금을 받았겠지. 하지만 당신은 살인범이 돼. 초범이라도 집행유예는 기대할 수 없어. 어째서 그렇게까지 노스에를 위해 스스로를 내던지려 했나?"

아무리 굳은 결심이 있어도 살인죄를 뒤집어쓰는 게 두렵지 않았을 리 없다. 미야타무라는 역시 어딘가 안도한 듯 한숨을 쉬었다.

"복역은 몇 년일까요, 10여 년일까요?"

"그건 판사가 정할 문제다."

"어쨌거나 평생은 아니겠지요. 형사님, 저는 평생토록 노스에 씨에게 은혜를 갚아야 한다고 생각했습니다. 저는, 저와 딸은, 그 사람에게 그만한 빚을 졌어요. 노스에 씨는 저희 생명만 구했던 게 아니라, 이 세상에는 대가를 바라지 않는 선의가 존재한다는 것을 가르쳐 주었습니다……. 그날 노스에 씨의 집에는 유서가 있었습니다. 제 앞으로, 마사루를 부탁한다고요. 저는 지금이라고 생각했어요. 평생 갚아야 할 은혜를 갚는 데에 겨우 10여 년 복역으로 끝난다면…… 충분히 남는 장사죠."

"딸은 어쩌고? 살인범의 딸은 취직도 불리해."

미야타무라의 표정에 엄숙한 기운이 감돌았다. 그는 말했다.

"어쩔 수 없습니다. 그게 저와 그 아이가 치러야 할 대가니까요."

미야타무라 아키히코는 시체 훼손 및 유기 혐의로 검찰에 송치되었다.

노스에 자택 대들보에서는 자살할 때 생긴 흔적이 발견되었다. 군마 현경은 노스에 하루요시의 죽음을 자살로 발표. 인터넷에서는 '자기 몸을 토막 내 자살한 사건'으로 한때 화제를 모았지만 곧 잊혔다. 노스에 마사루는 재판 과정에서 미야타무라의 행동에 대한 질문에 "저는 그런 부탁한 적 없습니다."라고 증언했다.

노스에 하루요시의 생명보험 증서는 미야타무라의 자택에서 발견되었다.

'노스에 페인트'는 도산했다. 빚을 갚을 전망이 없었던 노스에 마사루는 상속 포기를 택했고, 자택은 상속재산 청산인이 매각했다. 마사루는 '후카자와' 이용 요금을 계속 지불할 수 없어 조모와 둘이서 다카사키 시내 아파트에서 살기 시작했다. 그 후로 다카사키 미노와 경찰서 지역과에 노스에 유코가 거리를 헤매고 다닌다는 신고가 지속적으로 접수되고 있다.

가쓰라는 사회복지사가 노스에 마사루의 생활을 관리하기 시

작했다는 것까지는 파악했다. 범죄성은 확인되지 않아, 경찰이
관여할 여지는 없다.

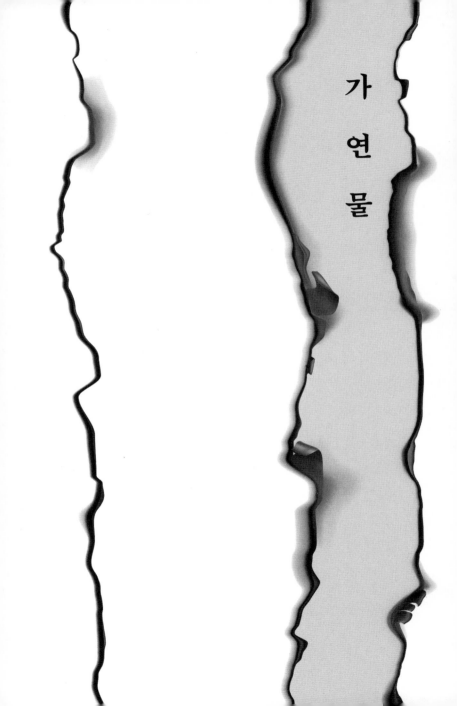

가
연
물

12월 8일 월요일 오후 10시 59분, 군마현 오타시 쇼와마치3가의 쓰레기 수거장에 불이 났다는 신고가 119번으로 들어왔다.

신고자는 근처에 사는 이소마타 요이치(31세)로, 나중에 실시한 조사에서 담배를 사러 편의점에 가는 길에 화재를 발견했다고 진술했다. 이소마타는 스마트폰으로 119번에 신고한 뒤 바로 옆 민가 마당에서 수도와 양동이를 발견하고 마당에 들어가 양동이로 물을 길어 불을 끄기 시작했다. 초기 진화 덕분에 제1소화 소대가 현장에 도착한 오후 11시 10분, 불은 이미 육안으로 확인할 수 없는 상태였지만 소대는 만일에 대비해 소화 작업을 실시했고 11시 16분에 진화를 확인했다.

이소마타가 무단으로 양동이를 사용한 민가의 주민 다니무라 고타로(70세)는 바깥에서 나는 소란스러운 소리에 11시 8분 110번

으로 경찰에 신고했다. 11시 17분에 현장에 도착한 관할서 지역
과 경찰관 두 명에게 다니무라는 허가 없이 자택 부지에 침입해
양동이와 수도를 사용한 이소마타의 행위는 범죄라고 주장했
다. 경찰관들은 길길이 날뛰는 다니무라를 진정시키고, 이소마
타의 주소와 성명을 기록한 뒤 주의를 주고 돌려보냈다.

이튿날 12월 9일 화요일 오후 11시 12분, 쇼와마치3가에 인접
한 가와하라마치2가에서 쓰레기 수거장에 불이 났다는 신고가
119번으로 들어왔다. 최초 발견자는 근처에 사는 시모니시 미
레이(19세)로, 집에 있다가 이상함을 느끼고 커튼을 열어 봤다가
화재를 발견했다고 진술했다. 미레이는 즉각 부모에게 알렸고,
신고는 미레이의 부친인 시모니시 히사타(48세)가 했다. 제2소화
소대가 현장으로 급히 출동했고 즉시 소화 작업을 시작했다. 오
후 11시 22분, 진화 확인. 피해는 일반 쓰레기봉투 두 개가 불
타는 데에 그쳤고 다른 곳으로 번지지는 않았다.

이틀 후 12월 11일 목요일, 오전 9시 20분경, 쓰레기 수거 업무
를 일부 위탁받고 있는 '조모 클린리네스'의 사카타 쇼세이(41세)가
미조구치초3가의 쓰레기 수거장에서 일반 쓰레기봉투 하나가 불
타 있는 것을 발견했다. 사카타는 연속 화재 관련성을 고려해 회
사 사무소에 연락했고, 오전 9시 29분에는 미타 다카오 전무(64세)
가 경찰에 전화로 의논했다. 관할서 형사과에서 현장검증과 주

변 탐문을 실시한 결과 일반 쓰레기에 불이 붙은 것은 10일 수요일 심야로 추정되었고, 비슷하게 불에 탄 쓰레기가 없었는지 조사한 결과 미조구치초의 다른 쓰레기 수거장에 일부가 불에 탄 쓰레기봉투가 있었다는 사실이 판명되었다.

오타 미나미 경찰서는 월요일 심야부터 발생한 일련의 수상한 화재에 방화 가능성이 있다고 판단하고 수사를 개시했다. 하지만 수사 체제를 충분히 갖추지 못한 11일 심야에서 12일 새벽 사이에 시내 남부를 중심으로 수상한 화재가 세 건 연속 발생했다. 전부 쓰레기 수거장을 노린 것으로, 한 건은 불이 커지기 전에 진화했고 두 건은 자연히 꺼졌다. 범인은 여전히 잡히지 않았고 군마 현경 본부는 오타시의 사안을 연쇄 방화로 판단해, 수사본부 설치를 결정했다.

방화는 수사1과 관할이다. 12월 12일 금요일 아침, 현경 수사1과 가쓰라 팀이 오타시로 파견되었다.

구름이 무겁게 하늘을 덮은 날이었다. 간토 일대가 오랫동안 저기압의 영향을 받아 오타시 주변에는 오후부터 강우 예보가 있었다.

군마 현경 본부가 설치된 마에바시시에서 오타시까지는 고속도로를 이용해도 45분은 걸린다. 오타 미나미 경찰서에 도착해 인사를 마친 가쓰라는 부하에게 최초 신고자의 진술을 청취하도록 지시하고, 관할서 형사가 운전하는 차를 타고 현장으로 향했다. 형사가 차 안에서 질문했다.

"목적지는 최초 현장이면 되겠습니까?"

가쓰라가 되물었다.

"어디가 최초인지 판명된 건가?"

핸들을 쥔 형사는 가쓰라의 의도를 정확하게 파악했다.

"최초로 방화를 저지른 현장은 모릅니다만, 최초로 신고가 들어온 현장은 쇼와마치3가입니다."

가쓰라는 고개를 끄덕이고 그곳으로 향하도록 지시했다.

쇼와마치3가 화재 현장은 좁은 길 양쪽에 주택이 늘어선 동네에 있었다. 일반적으로 표현하자면 중산층이 모여 있는 주택가였다. 평일 낮 시간이라 거리는 조용했다. 사건 당일 밤 역시 이렇게 조용했으리라.

쓰레기 수거일이 적혀 있는 안내판이 전봇대에 철사로 감겨 있었다. 이 전봇대 밑이 수거장이고, 지금 아스팔트에는 불에 탄 흔적만 남아 있다. 소화 약제를 사용하면 한동안 하얀 가루가 남는다. 이 현장의 화재는 물로만 소화했다는 사실을 가쓰라는 현장에서 읽어 냈다.

남자가 다가왔다. 운동복을 입고 커다란 가방을 든 늠름하고 젊은 장신의 남자였다. 관할서 형사가 의아하다는 듯이 눈썹을 찌푸렸다.

"소방관입니다. 여기에는 어째서?"

가쓰라가 말했다.

"내가 불렀다."

장신의 남자는 형사들 앞에서 고개를 숙였다.

"기다리셨죠, 죄송합니다. 소방본부의 하타노라고 합니다. 가쓰라 씨는…….."

"접니다. 일부러 오시게 해서 죄송합니다."

세 사람은 명함을 교환했다. 하타노의 명함에는 '예방과 화재 조사원'이라는 직함이 인쇄되어 있었다.

불이 나면 소방서는 그 원인을 조사한다. 소방대원이 조사하는 경우도 있지만 이번에는 연쇄 방화가 의심되는 탓인지 전문 조사원이 담당하는 것 같았다.

대충 인사를 마치고 가쓰라가 단도직입적으로 물었다.

"방화입니까?"

하타노도 솔직하게 대답했다.

"아마 확실할 겁니다. 이게 당일 밤 상황을 촬영한 사진입니다."

사진 배경은 밤이었다. 쓰레기 수거장에 쓰레기를 담은 비닐 봉투가 두 개 있었고, 그중 하나가 절반쯤 불에 탔다. 주위가 물에 푹 젖어 있다는 게 사진으로도 보였다.

이 현장에서는 최초 발견자가 불을 껐다. 가쓰라는 사진에서 눈을 떼지 않고 물었다.

"소방대가 도착하기 전에 신고자가 불을 끄는 경우가 흔합니까?"

"지나가던 사람이 끈 경우는 처음 들었습니다."

"이상하다는 뜻입니까?"

하타노는 신중했다. 대답이 돌아오기까지 약간 시간이 걸렸다.

"……신고자가 초기 대응하는 경우 자체는 드물지 않습니다. 다만 충분한 소화 장비도 없는데 무사히 껐다는 건 조금 드물다고 할 수 있겠지요. 불길이 약했던 것과, 신고자의 뛰어난 판단력이 성공 요인으로 보입니다. 이상하다고 하면 이상하지만, 이런 이상한 일은 소방관으로서는 크게 환영할 일이죠."

"불길이 약했다. 뭔가 원인이 있습니까?"

"글쎄요. 아시겠지만 이번 주는 계속 날씨가 흐려서, 큰비는 내리지 않았지만 공기가 계속 습했습니다. 이 계절에는 드물게 바람도 약했고요. 그런 날씨 덕을 봤다고 할 수 있겠지요. 그리고 또 한 가지, 쓰레기 내용물을 보십시오."

쓰레기봉투 사이로 바나나 껍질이 보였다.

"음식물 쓰레기로군요."

"예. 불이 붙은 쓰레기봉투에는 음식물 쓰레기가 그대로 들어 있었습니다. 음식물 쓰레기는 수분을 많이 함유하고 있으니 불에 잘 타지 않아요."

"그래도 불은 붙었지요."

"내용물이야 어쨌든 쓰레기봉투 자체는 석유제품이니 불에 잘 탑니다."

"실화가 아니라 방화라고 판단한 이유를 알려 주시겠습니까?"

하타노는 입매에 힘을 주고 고개를 끄덕였다.

"현장에 불에 타다 만 전단지가 남아 있었습니다. 비틀어서 막대기처럼 꼬았더군요. 전단지 끝에 불을 붙여 쓰레기봉투에 갖다 댄 것으로 보입니다."

그렇게 말하며 하타노는 사진 두 장을 가쓰라에게 건넸다. 첫 번째는 불에 절반쯤 탄 막대기 모양의 전단지 사진이었고, 두 번째는 그 전단지를 펼친 사진이었다. 슈퍼마켓 이름이 보였다.

"이 전단지는 어디서 나눠 준 겁니까?"

"소방서에서는 조사하지 않았습니다. 그쪽 사진은 가져가셔도 됩니다."

가쓰라는 경찰에서 조사해 달라는 숨은 의도를 읽어 냈다. 화재 조사는 화재의 원인을 조사하기 위한 활동으로, 증거를 찾아 피의자를 알아내고 체포하는 일은 소방관의 역할이 아니다.

가쓰라는 관할서 형사에게 사진을 건네고 다시 하타노에게 물었다.

"다른 일련의 화재에서도 같은 전단지가 사용되었습니까?"

"아니요. 착화에 사용한 지류가 발견되지 않은 경우도 있고, 전단지가 아니라 잡지 페이지가 나온 경우도 있습니다."

"현물이 있다면 경찰에 넘겨주시겠습니까? 중요한 증거입니다."

하타노의 표정에 처음으로 곤혹스러운 기색이 감돌았다.

"그건 제 판단으로는 정할 수 없습니다. 절차를 따르셔야 합니다."

소방서에서 발견한 증거는 소방서에서 화재 감식에 사용하기 위한 것이다. 선뜻 경찰에 넘겨줄 거라고는 가쓰라도 생각하지 않았다. 지금은 물러나기로 했다.

"알겠습니다. 그럼 나중에."

"일단 사진 데이터를 보내드리겠습니다."

"부탁드립니다."

그렇게 말하고 가쓰라는 다시 현장 사진을 보았다.

"범인은 불이 붙은 전단지를 쓰레기봉투에 갖다 대었다. 수법은 그것뿐입니까?"

하타노가 고개를 끄덕였다.

"지금까지 알아낸 바로는 그렇습니다. 기름을 비롯해 연소를 촉진하는 물질은 검출되지 않았습니다. 여기뿐만 아니라 다른 방화 현장에서도 그런 걸 뿌린 흔적은 없었습니다. 또한 사용 흔적이 있는 성냥개비 같은 것도 전혀 발견되지 않았습니다."

"전단지에 어떻게 불을 붙였는지 알아냈습니까?"

"가스나 인이 남는 경우도 있지만, 착화부도 불에 타 버려서 역시 아무것도 검출되지 않았습니다. ……추측으로 말씀드려도 되겠습니까?"

"부탁드립니다."

"일반적인 라이터일 겁니다. 캠프장에서 사용하는 길쭉한 타입이라면 그 자체로 직접 불을 붙이는 게 자연스럽습니다. 성냥개비라면 그 자체를 쓰레기 수거장에 던져 넣으면 되지요. 종이를 꼬아서 불을 붙인 행동으로 보아, 범인이 사용하는 건 평범한 라이터라고 생각하는 게 합리적입니다."

합리성은 중요한 요소지만 가쓰라는 합리적인 일이 전부 사실이라고 생각하지는 않는다. 한편으로 전문가의 의견을 가볍게 여기지도 않는다.

"염두에 두겠습니다."

그렇게만 대답하고 다른 질문을 했다.

"불에 탄 건 쓰레기뿐이라고 들었습니다만."

"예. 목록을 만들어 두었습니다."

하타노가 바로 인쇄물을 꺼냈다.

확실히 쓰레기뿐이었다. 눈앞의 현장에서 불에 탄 것과 마찬가지로 투명한 쓰레기봉투에 담긴 일반 쓰레기만 노렸다. 일곱 건 전부 일반 쓰레기를 노렸다……. 가쓰라는 그 점에서 범인의 집착을 느꼈다.

"범인의 인물상에 대한 소견은 있습니까?"

"조사 담당자의 업무 영역에서는 조금 벗어납니다만."

"인상만이라도 괜찮습니다."

재차 그렇게 말하자 하타노가 대답했다.

"쇼와마치3가는 화요일과 목요일, 가와하라마치는 수요일과 금요일에 일반 쓰레기를 수거합니다. 다시 말해 수거일 전날 밤 내놓은 쓰레기가 불에 탄 거지요. 다른 경우도 마찬가지입니다. 아시다시피 쓰레기는 수거일 아침에 내놓아야 합니다. 전날 밤에 내놓는 건 규칙을 어겼다고 볼 수 있지요. 또 가와하라마치의 경우 일반 쓰레기봉투 안에 우유 상자나 식품 포장용기가 들어 있었습니다. 그런 건 시내 슈퍼마켓 같은 곳에서 재활용품으로 수거하니 일반 쓰레기로 버리는 건 역시 규칙을 어긴 셈이지요. 조금 섣부를지도 모르지만 범인은 분리수거를 제대로 하지 않는 사람들에게 불만이 있는 지역 주민이 아닐까……. 저는 그런 인상을 받았습니다."

가쓰라는 말없이 고개를 끄덕거렸다.

하타노는 불탄 흔적이 남아 있는 현장을 바라보며 중얼거렸다.

"뭐, 어쨌거나 옛날 같았으면 방화는 화형입니다. 지금까지는 작은 불로 끝났지만 다음에도 그럴 거라는 보장은 없어요. 소방대는 긴장하고 있습니다."

툭, 작은 빗방울이 아스팔트에 떨어졌다. 하타노가 어두운 하늘을 올려다보며 슬그머니 미소를 지었다.

"이런 때 내리는 비는 고맙네요."

오타 미나미 경찰서에서 정리한 자료에 따르면 의문의 화재가 발생한 예상 시각은 오후 10시 반부터 12시 사이에 집중되어 있었다. 유사한 사례와 비교할 때 발생 시각이 다소 이르다고 할 수 있다. 사건 현장은 주택가에 몰려 있지만 그 이상의 공통점은 찾아볼 수 없다. 관할서 형사들의 탐문 결과 현재 확인된 일곱 건 이외에 수상한 화재는 발견되지 않았다.

수사의 기본은 탐문과 잠복이며, 현장에 따라서는 거기에 방범 카메라 정밀 조사가 더해진다.

가쓰라는 경찰서로 돌아와 오다 지도관의 동의를 얻어 수사관을 3조로 나누어 한 조는 현장 주변 탐문을, 한 조는 방범 카메라 데이터 회수와 정밀 조사를, 한 조는 잠복할 최적의 장소를 찾으라고 지시했다.

잠복조에 배정받은 형사가 회의실 창문으로 답답하다는 듯이 하늘을 보았다.

"비가 와서야 범인이 움직이지 않겠네요. 가망이 없겠습니다."

가쓰라는 그 말을 흘려들었다. 형사의 말도 맞지만 그렇다고 해서 잠복하지 않을 수는 없다.

한편 최초 신고자를 조사하러 파견한 형사는 빈손으로 돌아왔다.

"이소마타는 출장으로 어제부터 미에현에 갔다고 합니다. 내일 돌아옵니다."

오타 미나미 경찰서는 이소마타의 주소와 직장을 파악해 두었다. 이소마타 요이치의 직장은 '도와 식품'으로, 식품 가공 회사였다. 가쓰라가 물었다.

"출장 목적은?"

"이소마타의 상사에 따르면 굴 납품 계약 때문에 생산자와 협의하러 갔다고 합니다."

가쓰라는 살짝 눈썹을 찌푸렸다.

"전부터 예정되어 있던 출장인가?"

"그렇다고 했습니다. 이 시기의 출장은 매년 있는 일로, 지난

달에 이미 이소마타가 가는 것으로 결정되어 있었다고 합니다."

"출장지 전화번호는 파악했나?"

"예."

형사는 필요하다면 지구 반대편까지도 증언을 받으러 가지만 예산과 인원은 한정적이다. 가쓰라는 고개를 끄덕거렸다.

"연락해서 진위를 확인해. 문제가 없어 보이면 이소마타는 나중에 접촉한다."

그 형사가 떠나고 다른 형사가 보고하러 왔다.

"착화에 사용된 전단지를 조사했습니다."

가쓰라가 고개를 끄덕거리자 형사가 메모도 보지 않고 말했다.

"시내 슈퍼마켓 '호미타야'에서 12월 7일에 뿌린 전단지입니다. 요미우리, 아사히, 마이니치 및 고즈케 신문 조간에 들어 있었습니다. 각 점포에서도 배포했다고 합니다."

가쓰라는 다른 사건에서 착화에 사용된 지류의 사진 데이터도 이메일로 받아 두었다. 그것을 인쇄해 형사에게 건넸다.

"똑같이 조사하도록."

"예."

"실물은 구하고 있다. 필요하다면 소방대에 연락해서 보여 달라고 해. 보기만 하는 거라면 뭐라고 하지 않겠지."

부하들이 각자 행동을 개시하자 수사본부는 잠시 조용해졌다. 가쓰라는 달콤한 빵과 카페오레로 늦은 점심을 때우며 유사 전과자의 명단을 다시 확인했다.

상해나 절도에 비해 방화는 빈번히 일어나는 범죄가 아니다. 필연적으로 전과자 명단도 얼마 되지 않는다. 한편으로 방화범은 같은 방식으로 범죄를 반복하는 경향이 강하다. 가쓰라는 과거 10년치 범행 자료를 보며 이번 연쇄 방화와 대조했다.

의문의 화재는 주택가에 집중되어 있었다. 범인은 아마도 현지 사정에 밝은 지역 주민일 것이다. 가쓰라는 그 점을 바탕으로 전과자 명단을 보았지만 오타시 출신은 한 명도 없었다. 물론 경찰은 전과가 있는 사람의 현주소를 실시간으로 파악하고 있지 않으므로 명단에 있는 누군가가 현재 오타시에 살고 있을 가능성은 충분했다.

범행 자료에 기재된 유사 사건 중 이번 사건과 비슷한 사례는 없는 것 같았다. 일반 쓰레기만 노린 이유는 무엇인가? 분리수거를 제대로 하지 않는 사람들에 대한 불만이 범행의 배경이라는 하타노의 의견은 채택할 수 없다는 게 가쓰라의 생각이다. 시내를 폭넓게 이동하면서 방화를 되풀이하는 범행 형태와 분리수거에 대한 불만이라는 동기는 전혀 맞아떨어지지 않는다.

그렇다면 어째서? 어째서 범인은 방화를 되풀이하는가? 지금, 범인의 욕망을 이해하기 위한 정보는 수중에 있을까?

아니다. 지금 단계에서는 아무리 생각해 봤자 억측에 빠질 뿐이라고 판단한 가쓰라는 서류를 책상에 내려놓았다.

날이 저물어 간다. 가쓰라는 잠복 태세 구축과 병행해 소방대에 증거 인도를 요청하는 조사 자료 인수 서류를 작성했다. 서식은 소방서 쪽에서 정하지만 통일된 양식은 없어, 경찰서장의 직인이 필요한 경우도, 서류 작성자의 서명날인으로 충분한 경우도 있다. 오타 미나미 경찰서에는 서식 초안이 없어서 가쓰라는 하타노에게 전화를 걸어 서식을 팩스로 받았다. 서류 발행인 자격은 지정되어 있지 않았지만 오다 지도관에게 가쓰라의 이름으로 작성해도 되는지 확인한 결과, 경찰서장 명의로 서류를 제출하라는 지시가 내려왔다. 경부인 가쓰라가 오타 미나미 경찰서장에게 직접 날인을 요청하면 월권이 되기 때문에 오다를 통해서 서류를 요청하게 되었다. 오타 미나미 서장은 달리 긴급한 사안이 있어 가쓰라가 원하는 서류가 완성될 때까지 4시간이 걸렸다.

일기예보와 달리 비는 조금 내리다가 금방 그쳤다. 저녁부터 불기 시작한 아카기 산바람이 구름을 밀어내 공기가 건조했다. 텔레비전을 켜자 저기압이 예상보다 일찍 동쪽으로 물러나 간토 북부는 일주일 만에 맑은 날씨가 예보되었다. 비가 내리면 범인이 움직이지 않을 거라고 투덜거리던 형사도 심각한 강풍에 얼굴을 찌푸리고 "이런 바람에 불은 무서운데."라는 말을 하기 시작했다.

회의실에 붙인 오타시 지도에 빨간색으로 잠복조 위치를 표시했다. 하지만 시내 면적에 비해 빨간 표시의 수는 너무 적었다. 인원이 부족한 것이다.

형사는 이튿날 13일 토요일에 일반 쓰레기를 수거하는 구획에 중점적으로 배치되어 있다. 가쓰라는 하타노의 견해를 채택하지는 않았지만 수거일 전날 밤에 내놓은 일반 쓰레기에 불이 붙었다는 사실은 중시했다.

잠복조를 회의실에 소집했다. 출발 전 오타 미나미 경찰서장의 훈시에 이어 가쓰라가 구체적인 지시를 내렸다.

"대화는 시도하지 말 것."

가쓰라는 그렇게 명령했다.

"목적은 범인 체포다. 말을 걸었다가 경계해서 이후 범행을 자제한다면 사건은 미해결로 끝난다. 수상한 인물을 발견하면 얼굴을 기억해서 주소와 성명을 알아내도록. 단, 말하지 않아도 알겠지만 방화 현행범으로 확인되면 즉각 체포해. 결코 불을 붙이게 내버려둬서는 안 된다."

잠복조 형사들의 표정에 불안과 불만이 떠올랐다.

쓰레기 수거장 옆에서 수상한 인물이 라이터를 켠다고 그 자체가 범죄라고 할 수는 없다. 배배 꼰 전단지에 불을 붙여도 그 자체가 방화에 해당된다고 말할 수는 없다.

범인이 쓰레기에 불을 붙이면 틀림없이 현행범으로 체포할 수 있다. 하지만 그것은 곧 화재 발생을 간과한다는 뜻이다. 즉 화재 저지와 범인 체포의 양립은 탁상공론에 지나지 않는데, 가쓰라는 바로 그런 명령을 내린 것이다. 경찰 업무에서 이런 표면적인 입장은 드물지 않다. 형사들은 지시에 따라 시내로 흩어졌다.

바람은 밤이 깊어질수록 더욱 거세졌다.

심야 0시 2분, 경찰서 밖에서 소방 사이렌이 들렸다. 회의실에서 대기하는 형사들 사이에 긴장감이 치달았다. 책상에는 무전기와 가쓰라의 스마트폰이 나란히 놓여 있다. 그중 어느 쪽도 울리지 않았다.

가쓰라는 스마트폰으로 소방본부에 연락했다. 가쓰라와 마찬가지로 하타노 역시 소관 부서에 남아 있었다.

"수고하십니다, 현경의 가쓰라입니다. 지금 소방차가 출동한 것 같습니다만."

대답하는 하타노의 목소리가 긴장으로 굳어 있었다.

'역 앞 라면 가게에서 불이 났습니다. 신고 내용으로는 선반에서 나무젓가락을 꺼내려다가 떨어뜨렸는데 불이 붙었다고

합니다. 현재까지 수상한 화재 정보는 들어오지 않았습니다. 바람이 이래서 걱정입니다만⋯⋯.'

"알겠습니다."

'수고하십시오.'

가쓰라는 전화를 끊고 회의실 형사들을 보았다.

"화재 현장은 역 앞 라면 가게. 통상 화재로 보인다. 계속 경계하도록."

무선 너머로 신속하게 정보가 공유되었다.

오전 2시가 지났다. 철야 잠복은 드문 일이 아니지만 이번 연쇄 방화에서 오전 0시 이후에 신고가 들어온 경우는 없다. 하지만 가쓰라는 잠복조에게 철수 명령을 내리지 않았다. 그리고 본인은 회의실을 뒤로하고 수면을 취했다. 부하들에게 현장 철야를 지시하고 혼자만 잘 수는 없다고 하는 지휘관도 있다. 하지만 가쓰라는 스스로의 판단력이 저하되어 사건이 장기화되는 것을 무엇보다 우려했다.

이튿날 아침, 6시에 회의실에 나타난 가쓰라는 먼저 전날 밤상황을 확인했다. 철야로 회의실에서 대기하고 있던 형사는 벌건 눈으로 "신고는 없습니다. 역 앞 라면 가게를 제외하고 화재는 없었습니다."라고 보고했다.

오전 7시쯤 되자 시내 각지에서 형사들이 돌아왔다. 현경 수사1과 형사는 지력으로나 체력으로나 군마현 최정예로, 하룻밤 철야 정도로는 피로를 드러내지 않는다. 관할서 형사들 역시 사기는 떨어지지 않았다.

보고에 따르면 어젯밤 수상한 화재는 발생하지 않았다. 밤새 도록 통행인을 보았다는 형사조차 거의 없었다. 아무것도 보지 못한 형사는 물러나서 쉬어도 된다는 명령을 받았지만 뭔가를 본 형사는 그럴 수도 없었다. 회의실에는 3조 여섯 명의 형사 가 남았다.

수사1과 미야시타와 관할서 형사로 구성된 2인조는 오타시 동부, 헤이와초의 쓰레기 수거장을 감시하고 있었다. 헤이와초 는 낡은 목조 아파트가 많은 주택가다. 가쓰라의 눈짓에 미야 시타가 보고를 시작했다.

"감시 장소 부근에 헤이와 제2공원이라는 공원이 있는데, 미 성년자들이 자주 모여서 생활안전과와 지역과가 주시하는 장 소입니다. 오후 11시가 지나서 네 명 정도의 청년들이 모여 음 주 및 고성방가를 하다가 한 명이 착화 상태의 라이터를 던졌 습니다."

"던졌다?"

가쓰라는 눈썹을 찌푸렸다.

"어디를 향해 던졌나?"

"모래밭입니다. 한 명이 웃으며 위험하다고 말하는 것을 들었습니다."

미야시타가 눈짓하자 관할서 형사가 보고를 계속했다.

"라이터를 던진 청년의 신원은 파악했습니다. 오고 미네오, 19세. 현재 직업은 불명. 생활지도를 받은 기록은 있지만 전과는 없습니다. 제가 지역과에 있었을 때 몇 번 보았던 상대라 얼굴 사진도 있습니다."

오고의 행동은 위험하지만 연쇄 방화와는 수법이 달랐다. 미야시타 조도 그 점은 충분히 아는 듯, 보고는 했지만 연쇄 방화 사건과 상관은 없을 거라는 생각이 은근히 태도에 드러났다.

가쓰라가 물었다.

"라이터는 오고가 손을 뗐어도 불이 붙은 상태였다는 말이지?"

두 형사의 표정에 동요가 스쳤다.

"예, 그랬습니다."

"그렇다면 오일 라이터인가. 오고는 오일 라이터를 소지할 타입인가?"

널리 보급된 내연식 가스라이터는 착화 단추를 눌러야 점화부에 가스가 공급되는 구조이기 때문에 단추에서 손가락을 떼면 불이 꺼진다. 손에서 떨어졌는데도 불이 붙어 있었다면 오고가 소유한 것은 오일 라이터였을 것으로 짐작된다. 오일 라이터는 가스라이터보다 일반적으로 비싸고, 연료인 오일도 별도로 구입해 보충해야 한다. 쉽게 말해 취미의 영역이다.

관할서 형사가 거기까지는 생각이 미치지 못했다는 표정으로 말했다.

"……오고는 유복하지도 않고 복장이나 소지품에도 이렇다 할 취향이 없어 보였습니다. 분명 스스로 오일 라이터를 소유할 타입 같지는 않습니다."

"알겠다. 얼굴 사진은 제출하도록. 다음 보고를 듣도록 하지."

두 번째 잠복조 역시 수사1과 사토와 관할서 형사로 이루어진 2인조였다. 그들이 잠복한 곳은 시내 남부 쇼와마치로, 처음 신고가 들어온 현장에 가까웠다. 사토가 보고했다.

"오후 10시 43분, 65세에서 75세 사이로 보이는 남성이 서쪽에서 동쪽으로 걸어갔습니다. 코트 옷깃에 얼굴을 묻고 고개를 숙인 채로 걷다가 쓰레기 수거장 앞까지 와서 걸음을 멈추더니 거기 있던 일반 쓰레기를 한참 쳐다보았습니다. 일반 쓰레기는 오후 10시 2분에 인근 주민으로 보이는 여성이 거기에 둔 것입니다."

"그리고?"

"그게 전부였습니다. 남성은 다시 고개를 숙이고 걸어갔습니다."

사토가 메모를 들추었다.

"미행해서 주소를 알아냈습니다. 오노하라라는 문패가 걸려 있었습니다."

가쓰라가 물었다.

"뭔가 미행할 이유가 있었던 거로군."

사토가 말을 흐렸다.

"예, 그게. ……조금 냄새가 났습니다."

직감이란 것이다.

가쓰라는 직감이란 차곡차곡 쌓인 관찰력이 경고를 보내는 신호라고 여겼다. 직감을 맹신하는 표적 수사는 최악이지만, 근거가 직감뿐이라는 이유로 의혹을 각하하는 것은 그 다음으로 나쁘다. 사토는 가쓰라 팀에서도 우수한 형사로, 그런 그의 직감이 그렇다고 한다면 뭔가 있었던 것이다. 그것이 범인 판명을 의미하는지는 차치하더라도.

사토가 말을 이었다.

"어젯밤은 추웠잖습니까. 나이 지긋한 남성이 용무도 없이 돌아다니기에 적합한 밤이 아니었습니다."

가쓰라는 오노하라라는 이름을 기억에 새겼다.

세 번째는 무라타와 관할서 형사로 이루어진 조였다. 그들은 시내에서도 아파트 단지가 밀집된 지역을 감시하고 있었다. 무라타가 보고했다.

"오후 11시 32분경, 삼십 대 중반으로 보이는 남자가 북쪽에서 도보로 접근했습니다. 남자는 아파트 전용 쓰레기 수거함을 보더니 몇 번 발로 찼고, 좌우를 살피더니 담배에 불을 붙여 그대로 수거함 속에 집어넣으려 했습니다. 수거함 안에는 일반 쓰레기로 보이는 쓰레기봉투가 두 개 들어 있었습니다. 참고로 그 단지의 소각용 가연물 수거일은 수요일과 토요일입니다."

가쓰라가 고개를 들었다.

"어째서 현행범으로 잡지 않았나?"

무라타는 주눅 드는 기색 없이 보고를 이어 나갔다.

"담배와 쓰레기가 접촉했는지 확인할 수 없었고, 쓰레기에 불이 붙지도 않았기 때문입니다."

가쓰라는 고개를 끄덕이고 말없이 뒷말을 재촉했다.

"남자는 몇 초 동안 그대로 있다가 담배를 도로 끌어당겨 피우더니, 단지 안으로 들어갔습니다."

"몇 호였나?"

"201호 우편함을 여는 것을 확인했습니다. 201호 문패에는 우사라는 이름이 적혀 있었지만, 그가 우사인지 아닌지는 확인하지 못했습니다."

담배로 불을 지르려는 행동은 지금까지의 수법과 일치하지 않는다. 하지만 그 남자가 방화와 유사한 행위를 한 점, 그 대상이 수거일 전날 밤에 내놓은 쓰레기였다는 사실은 무시할 수 없다.

"알겠다. 수고했네."

가쓰라는 형사들에게 휴식을 명령했다.

오전 8시 15분, 정보 공유와 수사 방침 전달을 위한 회의가 열려, 잠복조를 제외한 수사원들이 출석했다.

형사들의 보고에 이어 소방대 정보로도 전날 밤 수상한 화재가 발생하지 않았음을 확인했다. 역 앞 라면 가게의 화재는 신고대로 사고에 의한 발화로, 소방대가 금방 진화했다. 방범 카메라는 정밀 조사하고 있지만 주택가에 설치된 카메라의 대다수가 집에 들이닥치는 수상한 침입자를 찍기 위한 것으로, 길을 오가는 사람들의 얼굴을 확인할 수 있는 데이터는 나오지 않았다. 탐문 수사에서도 이렇다 할 성과는 거두지 못했다.

전날 밤, 잠복 형사들이 확인한 수상쩍은 세 명에 대해 자료가 배포되었다. 가쓰라가 오늘의 방침을 전달했다.

"탐문조와 방범 카메라 조사조는 그대로 계속하고, 지금 이름을 부른 인원은 어젯밤 잠복으로 알아낸 오고 미네오, 오노하라, 우사에 대해 조사할 것. 오노하라와 우사는 전체 성명 확

인부터. 사진도 찍고. 최초 신고자 이소마타도 확실하게 조사
하도록. 이상."

형사들이 흩어졌다. 그중 한 명, 오타 미나미 경찰서의 형사
가 남았다. 정년을 코앞에 둔 고령의 형사였다.

"반장님, 잠깐 괜찮으십니까?"

"물론입니다. 무슨 일입니까?"

그 형사는 조금 겸연쩍은 듯하면서도 단호하게 말했다.

"오노하라라는 이름이 기억에 있습니다. 이름만 같은 다른
사람일지도 모르지만 일단 말씀드리려고."

"······자세히 말씀해 주십시오."

"예."

요점을 미리 정리해 두었는지 형사의 설명은 막힘이 없었다.

"7년 전, '야스 퍼니처'라는 가구 소매업자 창고에서 불이 났
습니다. 사망자는 없었지만 건물이 전소했습니다. 업무상 실화
의혹이 있어 수사를 진행했고, 창고 책임자에게 상황을 확인했
습니다. 그 남자의 이름이 오노하라 다카유키였습니다."

'야스 퍼니처'의 창고 화재는 가쓰라의 기억에도 남아 있었
다. 당시에는 텔레비전과 신문에도 크게 보도된 화재였다. 하
지만 아무래도 7년이나 지난 일이라 가쓰라는 그 이상 상세한
내용을 기억하지 못했다.

"그 오노하라의 연령과 거주지는?"

"당시 65세 정도였습니다. 정확한 정보는 당시 기록을 찾아보겠습니다."

"그래서 수사 결과는 어땠습니까?"

"사건성은 없는 것으로 결론이 났습니다. 상세한 화재 경위까지는 저희로서는 조금."

가쓰라는 고개를 끄덕였다.

"알겠습니다. 자료를 부탁합니다."

형사는 금방 7년 전 자료를 가져왔다. 그 자료에 따르면 창고 책임자는 오노하라 다카유키, 당시 64세. 주소는 오타시 조호쿠초로 되어 있었다. 오타시 지도를 확인해 보니 부하 사토의 잠복조가 어젯밤 오노하라로 보이는 인물을 보았던 쇼와마치와 조호쿠초는 조금 거리가 있었다.

어젯밤 잠복조는 오노하라의 얼굴 사진을 찍지 않았다. 가쓰라는 형사에게 명령했다.

"쇼와마치에서 목격한 남성인지 확인해 주십시오. 사토가 안내할 테니 그쪽에 합류해 주십시오."

"알겠습니다."

형사의 보고를 기다리는 동안 가쓰라는 다른 자료를 훑어보았다. 착화에 사용한 전단지에 대해 현재까지 알아낸 범위의 자료가 도착해 있었다.

지금까지 파악한 의문의 화재 현장 일곱 건 중 다섯 건에서 전단지가 확인되었다. 보고서에 따르면 어제 판명된 슈퍼마켓 '호미타야' 전단지 외에 피자 배달점 '하니호 피자' 전단지가 한 건, 12월 15일자 《주간 신소》 페이지를 뜯어서 사용한 것이 두 건이었다. '호미타야'와 '하니호 피자'에서 공통으로 광고를 낸 신문은 요미우리, 아사히, 고즈케 신문 세 곳이었다. 다만 '하니호 피자'는 전단지를 다이렉트 메일로도 뿌렸다. 《주간 신소》 발매일은 12월 8일, 다시 말해 최초로 신고가 접수된 사건이 발생한 당일이라는 점도 기재되어 있었다. 가쓰라는 메모지를 끌어당겨 '서점, 편의점 카메라 정밀 조사?'라고 적었다.

1시간 뒤, 형사의 연락이 들어왔다.

'얼굴을 봤습니다. 틀림없습니다.'

어젯밤 수사선에 걸린 남성은 오노하라 다카유키로 확인되었다. 가쓰라는 형사에게 그대로 오노하라 수사에 가세하도록 명령했다. 형사와 통화를 마친 가쓰라는 스마트폰을 조작해 소방 본부의 하타노에게 연락했다. 전화는 신호음이 울리기도 전에 연결되었다.

'예, 하타노입니다.'

하타노는 피로를 감출 수 없는 목소리로 대답했다.

"가쓰라입니다. 바쁠 텐데 죄송합니다. 질문이 있습니다."

'뭔가요?'

"수사선에 '야스 퍼니처'라는 가구점 창고에서 7년 전에 발생한 화재 관계자가 걸려들었습니다. 형사사건까지 가지 않아 경찰에는 자료가 없는데, 그쪽에 혹시 기록이 있습니까?"

목소리에 순간 망설임이 묻어났다.

'있기는 한데 보여드리려면 역시 절차를 밟아야 합니다. 서류는 별도로 준비하셔야 하지만 개요라도 괜찮다면 제가 설명할 수 있습니다.'

"꼭 좀 부탁드리겠습니다."

'알겠습니다. 그렇게 복잡한 사정은 아니지만 역시 직접 뵙고 말씀드리는 게 낫겠지요. 시간 괜찮으십니까?'

"제가 부탁드리는 입장이지만 지금 수사본부를 떠날 수가 없어, 이리로 와 주실 수 있습니까?"

'괜찮습니다. 그럼 준비할 것도 있으니 30분 뒤에.'

하타노는 약속대로 정확히 30분 뒤에, 오늘도 커다란 가방을 들고 오타 미나미 경찰서에 찾아왔다. 하타노는 곧바로 회의실 책상 위에 오래된 사진을 펼쳤다. 원래 어떤 모습이었는지 상상하기도 어려울 정도로 모조리 잿더미로 변한 자리에 까맣게 그은 철골만 남아 있는 화재 현장 사진이었다. 하타노가 말했다.

"'야스 퍼니처' 창고 화재는 소방 쪽에서는 지금도 회자되는 큰 화재였습니다. 어디까지 알고 계십니까?"

 "사망자가 없었다는 점과 형사사건으로 발전하지는 않았다는 점, 그게 전부입니다. 나머지는 당시 텔레비전이나 신문으로 본 내용밖에 모릅니다."

 "그렇습니까."

 하타노가 고개를 끄덕였다.

 "그럼 큰 틀에서 말씀드리겠습니다. '야스 퍼니처'는 우쓰노미야시에 본점이 있는 가구점입니다. 주로 아웃렛 제품을 다루는데 오타시 중심부에 전시장도 있지만 창고에서도 소매로 판매했습니다. 2층짜리 창고에 상품을 잔뜩 쌓아 두었지요. 다만 화재경보기나 스프링클러를 갖춰서 소방법은 통과했습니다. 창고가 있었던 곳은 미도리마치로, 지도를 보시면 알겠지만 너른 농지가 있는 교외입니다. 주변은 논이었는데 화재가 2월이라 아무것도 없었던 게 천만다행이었습니다. 만약 바로 옆이 민가였다면 틀림없이 옮겨붙었을 겁니다."

 하타노가 가방에서 다른 사진을 꺼냈다.

 "소방 점검 때 찍은 외관 사진입니다."

 창고 앞쪽이 주차장이라 배달용 트럭을 포함해 몇 대의 자동차가 주차되어 있었다. 2층짜리 창고에는 '야스 퍼니처'라고 가타카나로 쓴 간판이 걸려 있었다. 창고 주변에도 가구가 진열되어 있고, 박스도 여기저기 쌓여 있다. 하타노가 말했다.

"이 사진으로는 잘 보이지 않지만 창고 주변에서 주차장만 포장되어 있고 다른 곳은 잡초가 무성했습니다. 잡초는 겨우내 말라 죽어 굉장히 불이 붙기 쉬운 상태였습니다. 실제로 불은 창고 주변 잡초에서 시작된 것으로 보입니다. 마른 풀이 불에 탔고, 그게 창고 주변에 쌓아 둔 박스에 옮겨붙었고, 이어서 창고 자체에 불씨가 옮겨 간 거지요. 스프링클러는 초기 소화에는 효과적이지만 일단 불길이 커지면 역부족입니다. 창고 적재물이 가구, 다시 말해 대부분 마른 목재와 플라스틱이었다는 점도 화재에는 나쁜 방향으로 작용했습니다. 소방대가 현장에 도착했을 때 불은 이미 지붕 높이를 뛰어넘었습니다."

하타노는 담담하게 설명했다.

"이 화재로 분명 사망자는 나오지 않았지만 그건 기적이었습니다. 현장에 최초로 도착해 손님들이 대피했는지 확인되지 않는다는 말을 들은 소대장이 즉각 돌입할 결단을 내린 결과지요. 소방대원이라면 십중팔구 단념할, 위험을 뛰어넘어 이미 손쓸 방도가 없는 현장이었습니다. 실제로 부하를 2차 피해 위험에 노출시켰다는 이유로 소대장의 판단은 나중에 문제가 되었습니다. 소대는 불 속에 뛰어들었는데, 이 역시 기적적으로 구조 대상을 찾아냈습니다. 구조 대상을 등에 업고 소대가 창고에서 나온 것과 창고 2층 바닥이 무너진 건 거의 동시였습니다. 구조 대상은 중태, 소방대원 중에도 중상자가 나왔지만 다행히 양쪽 다 나중에 회복했습니다. 그들을 포함해 중태가 두명, 중상 네 명, 경상 여섯 명. 오타시 소방사에 남을 참사였습니다."

가쓰라가 한손에 펜을 들고 물었다.

"그냥 확인 차 묻습니다만, 그 구조 대상의 이름은 알 수 있습니까?"

하타노는 고개를 갸우뚱 저었다.

"음, 엄밀히 따지면 개인 정보겠지만 수사를 위한 것이니 문제없겠지요. 후지타니라는 이십 대 여성입니다."

"창고 책임자는 누구였습니까?"

"책임자 말입니까? 어……, 그래요, 오노하라 씨라는 분이었습니다. 화재에 굉장히 강한 책임을 느끼고 있었습니다. 본인은 영업 외근으로 사고를 피해서 자책감이 더 컸던 것 같습니다."

"오노하라에게 실제로 법적인 책임을 물었습니까?"

하타노는 고개를 가로저었다.

"화재 원인은 알아내지 못했습니다. 누전처럼 시설 문제를 의심할 소견은 없었습니다. 아까 말씀드린 것처럼 가구를 빽빽하게 진열해 놓았다고 해도 소방법 위반은 아니었습니다. 뭐, 분명 담배일 겁니다. 고객이 주차장에서 담배를 피우는 모습을 목격한 정보도 있고, 풀밭에서 가장 심각하게 탄 자리에서 탄화된 담배 필터가 발견되었습니다. 불이 붙은 담배를 마른 풀에 던졌을 거라고 생각하기는 싫지만, 담배를 버릴 때 밟아서 불을 끈 줄 알았는데 실제로는 꺼지지 않은 경우는 흔히 있는 일이지요."

"담배를 피웠다는 그 고객은 찾아내지 못했습니까?"

애석한 마음과 체념이 뒤섞인 미소를 지으며 하타노가 말했다.

"당시에는 방범 카메라도 보급되지 않아 결국 알아내지 못했던 모양입니다. 게다가 설령 담배를 피우던 손님을 찾아내도 그 담배와 추정 발화점에서 발견한 탄화된 필터, 그리고 실제 발화를 연결 짓기란 사실상 불가능하니까요. 방화라고 단언할 수 없지요."

가쓰라는 불쑥 물었다.

"그런데 우사라는 이름은 혹시 아십니까?"

갑작스러운 질문에 하타노의 대답이 늦었다.

"우사……? 글쎄요, 모르겠습니다."

"그러십니까."

"저도 묻고 싶은데, '야스 퍼니처' 화재와 이번 연속 화재 사이에 무슨 관계가 있는 겁니까?"

가쓰라는 고개를 살짝 숙였다.

"죄송하지만 수사 중인 정보는 말씀드릴 수 없습니다."

하타노는 지극히 차분한 목소리로 대답했다.

"뭐, 그렇겠지요."

오후, 최초 신고자인 이소마타의 진술을 들으러 갔던 형사가 돌아왔다.

"요리조리 잘도 피해 다니더군요."

형사가 짜증스럽다는 듯이 그렇게 말했다. 가쓰라가 물었다.

"뭔가 피해 다닐 이유가 있나?"

"이소마타는 이웃집 마당에서 멋대로 양동이를 쓴 문제로 지역과에서 주의를 받았습니다. 뭐, 이소마타의 행동은 범죄냐 아니냐로 따지면 범죄지만, 본인으로서는 받아들이지 못할 만도 하지요. 정말 불법 침입으로 체포당할까 봐 불안해서 경찰을 피해 다녔던 것 같습니다."

그 경위는 가쓰라도 보고서로 파악하고 있었다. 가쓰라는 말없이 뒷말을 기다렸다.

"불법 침입 문제는 주의로 끝났고, 어디까지나 방화범을 찾는 일에 협조해 달라고 설명해서 겨우 이것저것 이야기를 들을 수 있었습니다. 이소마타는 오후 11시경, 도보로 2분 거리에 있는 편의점에 담배를 사러 가려고 삼거리를 지나다가 불을 발견했다고 합니다. 바로 119번으로 신고했지만 전화를 끊고 살펴보니 불길이 세지 않아서 어떻게 끌 수 없을까 고민했다고 합니다. 이웃집 마당에 양동이와 수도가 있어 소화를 시작했고, 불은 금방 꺼졌지만 그대로 자리를 떠도 되는지 망설이는데 민가에서 나온 주민이 호통을 쳤다고 합니다. 울컥해서 반박하자 주민이 경찰에 신고했고, 그 후 소방대가 도착, 다시 몇 분 후에 자전거를 탄 경찰관이 도착했습니다. ……상세 내용은 진술조서로 작성하겠지만, 대강 그렇습니다."

가쓰라는 책상 위에 손을 얹고 깍지를 꼈다.

"소방서에 신고가 접수된 건 오후 10시 59분이었지."

"예. 이소마타는 어디까지나 오후 11시경 편의점에 가려고 했다고 말하고 있습니다."

"삼거리를 지나는데 불을 발견했다……. 이소마타의 자택과 현장의 위치 관계는?"

"진술과 일치합니다."

가쓰라는 깍지를 바꿔 끼며 말했다.

"신고, 소화. 움직임에 망설임이 없군."

형사가 동의했다.

"저도 그 점이 마음에 걸려서 주저 없이 행동할 수 있었던 이유가 있었는지 넌지시 물어보았습니다. 부친이 소방대원으로, 불이 정말 꺼졌는지 육안으로는 알 수 없는 경우도 있으니 119번 신고는 망설이지 말라고 가르쳤다고 합니다. 그래서 일단 신고는 했는데, 소방대 도착을 기다리는 사이 그 정도 불이면 어떻게할 수 있을 것 같았다고 진술했습니다."

형사는 잠시 생각하다가 한마디 덧붙였다.

"조사 결과 이소마타의 부친이 소방대원이라는 건 사실입니다."

"부친이 우연히 소방대원이고, 수사가 시작되니 우연히 출장으로 부재중이었다……."

"마음에 걸리십니까?"

가쓰라는 깍지 낀 손을 풀었다.

"……수고했네. 끝인가?"

가쓰라가 대답해 주지 않자 형사는 불만스러운 기색을 드러내며 말했다.

"아니요. 이소마타는 소방서에 신고한 뒤 현장 사진을 찍었습니다. 여기, 인쇄해 왔습니다."

형사가 책상 위에 사진을 올려놓았다.

쓰레기 수거장에서 쓰레기봉투가 불에 타고 있다. 일반 쓰레기로 보이는 봉투는 세 개로, 두 개는 큼직하니 45리터 사이즈로 보였고 나머지 하나는 봉투에 쓰레기를 넣고 손잡이를 묶은 것이었다. 수거장에는 그밖에 신문지가 담긴 종이봉투와 비닐 끈으로 묶은 박스도 쌓여 있었다. 불에 타고 있는 것은 45리터 쓰레기봉투로, 불은 거의 쓰레기봉투 전체를 휘감고 있었다.

가쓰라의 눈썹이 꿈틀거렸다.

"양동이로 끌 수 있을 정도로 약한 불처럼 보이지 않는군."

"이소마타의 말로는 이 사진을 찍은 뒤에 불길이 약해졌다고 합니다."

"이런 불길이라면 확실히 소방서에 신고하겠어."

가쓰라는 약간 석연치 않은 구석을 느끼며 그렇게 말했다.

저녁이 되면서 오타시 부근은 다시 바람이 거세지기 시작했다. 기상청은 오타시를 포함한 군마현 남부에 건조주의보를 발령했다. 탐문조에서는 이렇다 할 보고가 없었고, 방범 카메라 조사 쪽도 애를 먹고 있었다. 날이 저물기 시작할 무렵, 수사선상에 걸린 세 명을 조사한 형사들이 경찰서로 돌아왔다.

오고, 오노하라, 우사로 추정되는 남자 셋을 조사한 것은 어젯밤 잠복으로 그들을 목격한 형사들이었다. 먼저 오고에 대해 오타 미나미 경찰서 형사가 보고했다.

"오고는 현재 시내 소재 술집 '치킹' 오타점에서 정직원으로 일하고 있습니다. 최초 화재가 발생한 8일에는 오후 6시부터 오전 2시까지, 9일은 오후 4시부터 오전 2시까지 근무했습니다. 어제는 휴일이었습니다."

형사가 메모를 넘겼다.

"오고가 소유한 오일 라이터는 부친이 준 선물 같습니다. '치킹'에 취직했을 때 평생 간직하라고 부친이 선물해 줬다고 말하는 것을 친구 이와데 도모유키가 들었다고 합니다. 다만 오고는 흡연자가 아니라서 어디에 쓰겠느냐며 웃었다고 합니다."

가쓰라가 물었다.

"8일과 9일에 오고가 정말 근무했는지 확인했겠지?"

"예. 틀림없습니다."

"그렇다면 오고는 더 이상 감시할 필요 없다. 잠복 업무로 돌아가도록."

"알겠습니다."

이어서 오노하라에 대해 가쓰라의 부하인 사토가 보고했다.

"오노하라 다카유키, 71세. 우쓰노미야시에 본점이 있는 가구판매점 '야스 퍼니처' 사원이었지만 6년 전 정년퇴직했습니다. 퇴직 후 쇼와마치로 이사 와서 아내와 함께 생활. 낮에는 '메르카도 요시이'라는 슈퍼마켓 쇼와점에서 경비원으로 일하고 있습니다."

"일을 하고 있나?"

"예. 주로 차량 안내를 하고, 직장 환경 개선에도 의욕적이라는 평판입니다."

가쓰라는 문득 자기가 아직 신참 형사였던 시절을 떠올렸다. 형사과에서는 위화감은 철저하게 조사하도록 훈련받았다. 그 시절, 일반 기업에 평생 몸담았던 71세 남성이 정년 후에 경비원으로 일을 한다면 뭔가 특별한 사정이 있어 금전이 필요한 건지 조사하라는 명령을 받았으리라. 지금 가쓰라는 딱히 뒷조사를 할 필요성을 느끼지 못했다.

사토는 계속 보고했다.

"12일 밤에 오노하라가 배회했다는 건 보고한 바 있습니다만, 그 이전의 행동은 알 수 없습니다. 오노하라의 차량은 스즈키사의 백색 알토입니다."

알토는 대중적인 경차로 어디를 달려도 어색하지 않아 사람들의 시선을 끄는 일이 없다.

"그밖에는?"

"현재까지는 그게 전부입니다."

가쓰라는 고개를 끄덕였다.

"계속해서 감시하도록. ……다음."

마지막으로 무라타가 보고했다.

"문패에 우사라고 적혀 있는 집으로 들어간 남성은 우사가 아니었습니다. 본명은 다카야나기 미쓰루."

"다카야나기 미쓰루라고?"

가쓰라가 무심코 되물었다. 무라타가 머리를 긁적였다.

"예. 상해와 공갈 전과가 있습니다. 올해 마흔셋으로 아시다시피 자기 여자를 건드렸다고 시비를 걸어 푼돈을 갈취하는 게 놈의 수법입니다. ……반장님, 죄송합니다. 어젯밤 얼굴을 보고 알았어야 했는데 바로 못 알아봤습니다. 낮에 보니 금방 알겠더군요."

"그보다 다카야나기는 방화 미수 전과도 있었을 텐데."

"예. 자료를 봤는데 다카야나기는 6년 전, 시비를 건 상대의 자택에 방화를 시도했습니다. 피해자가 경찰에 부탁해 경찰관이 순찰하고 있었던 터라 미수로 체포되었습니다."

가쓰라는 팔짱을 끼고 몸을 의자 등받이에 기댔다.

"다카야나기라. ……타입이 달라."

무라타는 고개를 크게 주억거렸다.

"저도 그렇게 생각합니다. 다카야나기는 거친 조무래기 악당이니까요. 동네 여기저기에 작은 불을 지르는 건 그답지 않습니다."

"……계속 보고해."

"예."

무라타는 수첩을 확인했다.

"그 아파트 단지 201호에 사는 건 우사 미도리, 32세. 기혼이지만 남편이 니가타에 홀로 부임 중이라고 합니다. 우사의 집에 다카야나기가 종종 드나드는 것을 이웃 주민이 봤습니다."

"8일부터 11일까지는 어땠나? 다카야나기가 우사의 집에 드나들었나?"

"조사 중이지만 아직은 확실치 않습니다. 다카야나기의 차량은 BMW 쿠페인데, 만약 그 차량으로 화재 현장을 돌아다녔다면 상당히 눈에 띄었을 것 같습니다만……."

탐문조가 수사할 때 현장에서 수상쩍은 차량을 목격했다는 증언은 나오지 않았다.

가쓰라는 잠시 고민하다가 지시를 내렸다.

"계속 감시하도록."

무라타는 조금 싫은 표정을 지었지만 반론하지는 않았다.

밤이 되자 잠복 형사들이 시내 각지로 흩어졌다.

그날 밤은 전날보다 바람이 더 거칠었다. 바람 소리가 겨울의 거리를 뒤덮었고, 나무들이 흔들려 잎사귀들이 스치는 소리가 요란했다. 사람들은 코트 옷깃을 여미고 걸었다. 번화가의 활기도 어딘지 허울뿐이라 거리에서는 일찌감치 인적이 사라졌다.

소방서는 엄중 경계 태세에 들어갔다. 형사들은 바람 부는 거리, 누구의 눈에도 띄지 않는 장소에서 방화범을 기다렸다. 가쓰라는 회의실에서 부하의 보고를 기다리면서 생각했다.

신음 같은 바람 소리가 회의실을 채웠다. 밤이 깊어 간다. 기나긴 시간이 지나고 동녘 하늘이 밝아 오기 시작했다.

그날 밤부터 의문의 화재는 발생하지 않았다.

13일 토요일, 14일 일요일, 이틀 연속으로 화재는 발생하지 않았다. 주말 이틀은 추위가 기승을 부리고 바람도 거칠어서 일반 시민이 돌아다닐 만한 밤이 아니었다. 시내 각지에서 잠복하고 있던 형사들 중 대다수가 이틀 동안 사람 그림자 하나 구경하지 못했다.

8일 월요일부터 연달아 발생하던 화재는 가쓰라가 이끄는 현경 수사1과가 파견되어 수사본부가 꾸려진 12일 금요일 이후 뚝 끊기고 말았다.

수사본부에서는 범인이 평일에 범행을 저지르는 게 아닌가 하는 의견이 나왔다. 어떤 사정으로 주말에는 꼼짝 못 하는 게 아니냐는 것이었다.

"관계가 있는지는 모르겠지만."

무라타가 그런 단서로 이목을 집중시켰다.

"우사 미도리의 남편 고로가 이번 주말 자택에 돌아와 있어, 다카야나기는 우사의 집에 가지 않았습니다."

한편 다카야나기와 오노하라의 자택은 감시하에 있었고, 이번 주말에 두 사람 다 밤에는 외출하지 않았다.

가쓰라는 탐문과 잠복 수사를 계속하라고 지시하는 한편, 이소마타 이외의 신고자도 수사하도록 명령했다. 자택에서 화재를 보았다는 시모니시 미레이, 일반 쓰레기가 불에 탄 흔적을 발견한 '조모 클린리네스' 사카타 쇼세이의 상세한 진술도 확보했다. 주말 밤에 형사들이 확인한 얼마 되지 않은 통행인들도 의심할 이유가 있는지 꼼꼼히 조사했다. ……하지만 소득은 전혀 없었다. 월요일 밤에도 잠복 수사를 진행해 심야에 퇴근하고 귀가하는 회사원들이 목격되었지만 방화를 의심할 만한 행동을 하는 사람은 전혀 없어, 수상한 화재는 물론이고 일반적인 화재도 일절 발생하지 않았다.

다음 사건을 방지하기 위해 수사를 하지만, 사건이 발생하지 않으면 새로운 정보를 얻을 수 없는 것도 사실이다. 방화가 멈추자 수사 진척 또한 뚝 그쳤다.

화요일 이른 아침, 수사 지도관 오다가 가쓰라를 불렀다. 빈 회의실이 없어 두 사람은 취조실에서 마주 앉았다.

오다가 말했다.

"진전이 없군."

"성과를 내지 못하고 있는 것은 사실입니다."

오다의 말투는 담담하고 힐난하는 기색은 없었다. 하지만 대화 내용까지 온화하지는 않았다.

"가쓰라 팀이 오타시에서 수사를 개시한 게 금요일, 같은 날 밤부터 연쇄 방화가 뚝 그쳤다."

"……."

"범인이 잠복 형사를 알아보았다고 생각할 수는 없나?"

가쓰라는 틈을 두지 않고 대답했다.

"가능성은 있습니다."

"부하를 감쌀 생각은 없다는 뜻인가?"

"어디까지나 가능성의 하나로 있을 수도 있는 일이라고 생각할 따름입니다. 개인적으로는 수사본부 형사들이 잠복을 간파당하고도 그 사실을 몰랐을 거라고 생각하지는 않습니다."

"그렇다면 어째서 방화가 그쳤나?"

"단순한 우연일지도 모릅니다."

오다가 잠시 생각하다가 고개를 가로저었다.

"물론 그럴 수 있지. 하지만 빈약해. 그 우연의 원인은 뭔가?"

오다는 평소 가쓰라의 수사 방침을 지지하는 경우가 많다. 가쓰라의 편을 든다기보다 가쓰라는 방치해야 해결로 다가간다고 생각하는 구석이 있다. 그런데 지금은 수사원이 실수했을 가능성을 추궁하고 있다. 가쓰라는 추측했다. 오다가 아니라 그 상부, 니토베 수사1과장이 가쓰라 팀의 실수를 의심하는 것이리라.

그리고 가쓰라가 눈치챘다는 사실을 오다도 눈치챘다.

"나도 윗선도 자네 팀의 검거율은 높이 사고 있네. 하지만 가쓰라 팀은 너무 자네의 원맨팀이 아닌가 하는 우려도 있어. 자네의 수사 수법은 독특해. 어디까지나 규범적으로 정보를 수집하면서 마지막 한 걸음을 혼자 훌쩍 뛰어넘는다. 그건 아마도 배우고 싶다고 배울 수 있는 수법이 아닐 테지. 자네도 언제까지고 현경 본부 반장으로 머물 수는 없어. 부하들이 실력을 쌓지 않으면 현경의 수사력은 저하된다."

"부하들을 더 키우라는 말씀입니까?"

"그런 뜻이 아니야. 스스로 성장해야지. 다만, 나는."

오다는 '나는'이라는 말에 역점을 두었다. 가쓰라는 그것을 '윗선은'이라는 뜻으로 해석했다.

"자네 부하가 다른 팀 형사들만큼 성장하고 있는지 확신이 들지 않네. 수사가 탄로 나서 갑자기 범행이 멈춘 게 아니라고 한다면 단순한 우연보다 말이 되는 견해는 없나?"

"물론 있습니다."

"말해 보게."

"범인은 이미 목적을 달성했을지도 모릅니다. 그렇다면 방화는 다시 일어나지 않을 겁니다."

"그 목적이란 건?"

"아직 모릅니다."

오다는 고개를 저었다.

"말 같은 소리를 해. 가쓰라, 자네도 알겠지만 경찰이 할 일은 방화범 체포지, 연쇄 방화를 중단시키는 게 아니야. 공기가 건조한 계절에 방화범이 나돌아 다니면 곤란해. 사건이 계속 발생하든 말든, 검거할 때까지 수사본부는 해산하지 않겠다. 이건 현경 방침이네. 다만 너무 진전이 없으면 지원을 추가하지. 그때 자네 팀은 본부로 돌아가게 될 거야."

그 말은 가쓰라 팀에 대한 질타이자 경고이기도 했다. 가쓰라는 말했다.

"적임자에게 필요한 수사 지시를 내렸습니다. 현시점에서 수사 방침을 바꿀 필요는 없습니다."

오다는 취조실 책상 위에 손을 얹고 깍지를 꼈다.

"……지켜보도록 하지. 수시로 보고해."

"알겠습니다."

NHK 지방 뉴스에서 오타시 연쇄 방화 사건을 보도한다는 소식이 들어왔다. 가쓰라는 부하에게 회의실 텔레비전을 켜도록 명령했다.

텔레비전 같은 언론 보도에서 사건 수사에 직접 도움이 되는 정보가 나오는 일은 거의 없다. 언론 보도의 주된 정보원은 경찰 발표니 어찌 보면 당연한 일이다. 하지만 그래도 형사들은 텔레비전을 켜고 신문을 읽는다. 자기가 맡은 사건이 세상의 이목을 끄는 것을 보며 기운을 얻는 면도 없잖아 있지만 수사와 거리가 먼 정보, 가령 사건에 대한 행정 지원이나 대응, 검찰의 의향, 피해자의 동향 등은 언론 보도로 처음 알게 되는 사실도 많다. 하지만 그 이상으로 중요한 것은 언론 보도를 통해 수사 진척 상황이 범인에게 전달된다는 점이다. 어디까지가 보도된 정보이고, 어디부터가 범인과 경찰밖에 모르는 정보인지, 그 경계를 세심하게 파악하려면 역시 형사들도 언론 보도를 확인하는 수밖에 없다.

텔레비전에서는 지난주 월요일부터 오타시에서 연속으로 발생한 방화에 대해 비교적 상세한 보도가 나왔다. 불이 난 쓰레기 수거장을 배경으로 어디에서 몇 시쯤에 몇 건의 방화 사건이 있었는지 보도되었다. 다만 방화 대상이 수거일 전날 버린 일반 쓰레기라는 사실은 나오지 않았다. 아마도 그 정보는 노출시키지 않았을 것이다. 수사에 있어 정보의 일부를 언론에 발표하는 한편으로, 일부를 일부러 숨기는 것은 상습 수단이다. 하지만 취재 대응을 담당하는 오타 미나미 경찰서나 현경 본부에서 어느 정도의 정보를 언론에 넘기고 어느 정보를 숨겼는지, 현장 지도관인 가쓰라에게 실시간으로 전달되지는 않는다. 이 역시 텔레비전으로 처음 알게 되는 사실이다.

일련의 사건에서 최초 신고자인 이소마타가 취재에 응해, 월요일 밤에 어떻게 화재를 발견하고 소방서에 신고했으며 불을 끄려 했는지 설명했다. 이어서 소방대 하타노가 화면에 나왔다. 하타노는 소방대원 유니폼에 헬멧을 쓰고 진지한 표정으로 카메라를 향해 말했다.

"이제부터 건조한 계절이 시작되니 시민 여러분도 더욱 주의하시길 바랍니다. 불을 발견하면 망설이지 말고 119번으로 신고해 주십시오. 그리고 자택에서도 할 수 있는 대책으로, 집 주변에 가연물을 두지 않는 게 중요합니다. 쓰레기를 오랫동안 방치하지 말고, 낙엽도 자주 치우는 등 불에 타는 물체를 집 주변에서 멀리함으로써 방화를 예방할 수 있으며 만일 불이 나도 피해를 줄일 수 있습니다."

마지막은 스튜디오에서 캐스터가 "예. 주의해야겠지요. 빨리 범인을 체포하면 좋겠네요."라고 마무리했다.

회의실에 남아 있던 몇 명의 형사들이 텔레비전을 힐끔거리며 신경 쓰다가 담당 사건에 대한 언급이 끝난 것을 알고 삼삼오오 제 업무로 돌아갔다. 가쓰라는 달콤한 빵과 카페오레로 점심 식사를 때우며 지금 나온 뉴스를 반추하고 있었다.

그때 회의실에 한 형사가 뛰어 들어왔다. 가쓰라가 별도로 수사를 지시한 미야시타였다. 그 얼굴이 드물게 상기되어 있었다.

"반장님, 나왔습니다."

가쓰라는 책상 위에 손을 얹고 깍지를 꼈다.

"보고해."

미야시타는 정신을 가다듬고 고개를 끄덕였다.

"지시하신 대로 오노하라를 감시하고 있었는데, 나왔습니다."

"《주간 신소》가?"

"예."

가쓰라는 미야시타에게 관할서 형사들과 협력해 오노하라, 다카야나기, 우사가 버리는 쓰레기를 체크하고 잡지에 특별히 주의를 기울이라고 명령했다. 미야시타가 말을 이었다.

"오노하라가 재활용품으로 내놓은 지류 중에 12월 15일자 《주간 신소》가 있었습니다. 착화에 사용한 페이지와 일치하는 페이지가 여러 장 뜯겨 있었습니다."

범인은 다 잡았다고 말하고 싶은 눈치인 미야시타와 대조적으로 가쓰라는 냉담했다.

"뜯겨 나간 건 현장에서 발견된 페이지뿐이었나?"

미야시타는 순간 아차 싶은 표정을 지었다.

"……아니요. 착화에 사용된 것은 119페이지와 129페이지였는데, 오노하라가 재활용품으로 내놓은 《주간 신소》는 75페이지와 77페이지, 그리고 125페이지도 없었습니다."

가쓰라는 잠시 침묵했다. 마침내 증거품이 나왔다. 이번 사건에서 처음으로 얻은, 범인에게 다다를 수 있는 증거품이다. 하지만 오노하라를 체포할 근거라고 말할 수 있을까?

현장에서 발견된 잡지 파편에서 지문은 검출되지 않았다. 범행과 잡지를 연결 짓는 것은 현재 같은 페이지가 뜯겨 나갔다는 사실뿐이다. 더군다나 범행에 사용되지 않은 페이지까지 뜯겨 나갔으니 체포영장을 청구해도 기각당할 우려가 충분했다.

"빈약해."

가쓰라는 그렇게 중얼거렸다.

《주간 신소》의 발견은 수사본부에 활기를 불어넣었지만 동시에 형사들의 애를 태웠다.

증거가 나온 이상 오노하라를 범인으로 보아도 무방하다는 생각은 수사본부 전체가 공유한 견해였다. 하지만 동시에 체포는 아직 불가능하다는 것도 모두 알고 있었다.

이대로 오노하라를 계속 감시해서 그가 불을 지르는 현장을 급습해 현행범으로 체포하는 것이 최상의 수사다. 하지만 이미 나흘째 범행을 저지르지 않은 이상 오노하라가 다시 범행을 저지른다는 보장은 어디에도 없다. 지난 나흘 동안, 자동차 고장이나 본인의 컨디션 난조 등 오노하라가 범행을 저지르지 못할 특별한 이유는 발견되지 않았다.

임의동행을 요구해 취조실에서 다그치면 오노하라는 범행을 자백할지도 모른다. 하지만 자백하지 않을지도 모른다. 재료가 부족한 단계에서 임의동행을 요구했다가 놓치면 오노하라는 영원히 범행을 재개하지 않을 것이다. 그렇게 되면 손쓸 도리가 없어, 범인을 거의 다 알아내고도 미해결 사건으로 끝나게 된다.

형사들은 새로운 증거나 증언을 찾아 탐문을 계속했지만 여전히 성과는 없었다. 방범 카메라 정밀 조사는 진척이 있었지만 애초에 범행 현장인 쓰레기 수거장을 찍은 카메라는 한 대도 없어, 결정타가 될 영상을 얻을 가망은 희박했다. 그래도 같은 수사를 계속할지, 아니면 승부를 걸어 오노하라에게 임의동행을 요구할지, 수사본부는 선택의 기로에 놓였다.

가쓰라는 수사본부 전체의 견해만큼 오노하라의 범행이 확실하다고 생각하지는 않았다. 수사에서는 온갖 일이 벌어진다. 최고의 우연도, 최악의 우연도 찾아온다. 오노하라가 우연히 《주간 신소》를 구입해, 우연히 방화에 사용된 페이지를 찢었을 가능성도 제로는 아니다. 때문에 가쓰라는 다카야나기 감시를 중단하지 않고 밤마다 계속 잠복하도록 지시했다. 하지만 그런 가쓰라도 오노하라가 진범임을 부정하는 것은 아니었다.

만약 오노하라가 범인이라면. 가쓰라는 생각했다. 그는 더 이상 범행을 저지르지 않을 것이다.

오다에게는 부하가 탐문을 들켰을 가능성을 인정했지만, 그때도 말했듯이 가쓰라는 실제로 부하가 수사를 간파당했다고 생각하지는 않았다. 오노하라가 자발적으로 방화를 중단했다고 보았다.

그렇다면 그 이유는? 역시 오노하라는 목적을 달성한 게 아닐까?

별다른 수확도 없이 날이 저물어 간다. 식사를 마치고 형사들이 시내 각지로 흩어졌다. 오늘 밤도 아카기 산바람이 불어 내려와 바깥은 춥고 건조했다.

가쓰라는 잠복조의 연락을 기다리며 대기했다. 조용한 시간이다. 회의실에는 가쓰라와 비상시 안내 겸 운전을 위해 남겨 둔 오타 미나미 경찰서의 형사, 두 사람뿐이다.

가쓰라는 사건을 높은 곳에서 내려다보았다. 추궁하면 오노하라는 십중팔구 자백하리라. 하지만 가쓰라는 '십중팔구'로 도박을 걸어야 한다고 생각하지는 않는다. 수사는 어차피 사람의 소행, 완벽하기란 불가능하다. 어딘가 운명적인 틈이 벌어지는 것은 피할 수 없는 노릇이다. 하지만 머리카락 한 오라기의 차이라도 완벽에 다가설 수 있다면 그렇게 해야만 한다.

　아마도. 가쓰라는 생각했다. 동기가 핵심이다.

　평소 수사할 때 가쓰라는 동기를 중시하지 않는다. 동기는 결국 '욕망'이라는 한마디로 귀결된다. 보통 사람들의 욕망은 뻔해서, 그 대부분이 금전 욕구와 성욕, 화풀이로 집약된다. 하지만 그 세 가지로 설명되지 않는 욕망도 분명 존재한다. 그것은 지혜를 쏟아부어도 예측할 수 없다. 예측할 수 없는 것을 믿고 수사하면 미로에 빠져든다. 그렇기 때문에 가쓰라는 평소 동기를 중시하지 않는다.

　하지만 이번 사건은 달랐다. 오노하라는 전과도 없고 직업적인 범죄자도 아니다. 사회성에서도 특이 사항은 찾아볼 수 없었다. 오노하라가 범인이라면 사리가 담긴 동기일 공산이 크므로, 동기를 지적당하면 강하게 저항할 리 없었다.

　그렇다면 오노하라의 목적은 무엇이었을까? 연쇄 방화는 무엇을 위한 것이었을까?

단순히 타오르는 불을 보면 속이 후련해서 그랬을까? 소방차가 달려오는 모습이 재미있었을까? 아니면 그런 흔한 동기와는 다른, 오노하라만의 이유가 있었을까?

일련의 방화 사건에서 가쓰라는 어딘가 마음에 걸리는 점이 있었다. 수많은 증언과 증거품 중에서 뭔가가 가쓰라의 주의를 끌었다. 그것은 무엇이었나?

침묵하는 무전기를 앞에 두고 가쓰라는 자료를 재검토했다.

일반 쓰레기봉투 사진, 착화에 사용된 지류 사진, 화재 조사 담당 하타노의 명함, 시내 일반 쓰레기 수거 요일표, 최초 신고자 이소마타의 진술 조서, 조사 자료 인수서 사본, 오고 미네오에 대한 보고서, '조모 클린리네스' 관계자의 진술 조서, 쓰레기장에서 발견한 《주간 신소》 사진, 그 외 다양한 서류, 서류, 사진, 사진…….

가쓰라가 불쑥 중얼거렸다.

"어째서 쓰레기일까?"

잠시 침묵했다가 다르게 표현했다.

"어째서 일반 쓰레기일까?"

화재 조사 담당 하타노는 수거일 전날 내놓은 일반 쓰레기만 노린 점 때문에 엉터리 분리수거에 불만을 품은 지역 주민이 범인일 가능성을 시사했다. 한편으로 그는 불이 붙었던 음식물 쓰레기는 수분을 대량 함유하고 있어 불에 잘 타지 않는다는 말도 했다.

다시 말해 범인이 불을 지른 것은 비교적 잘 타지 않는 쓰레기였다.

그것을 깨달았을 때, 가쓰라의 시선이 한 장의 사진으로 쏠렸다. 이소마타가 찍은 화재 현장 사진이다. 비닐 쓰레기봉투가 활활 타오르는 순간이 찍혀 있었다. 그리고 가쓰라는 분명 한 번은 봤으면서 무엇을 놓치고 있었는지 깨달았다. 불타고 있는 일반 쓰레기 옆에 찍힌, 신문지가 담긴 종이봉투와 비닐 끈으로 묶은 박스가 가쓰라의 의식에 가시처럼 박혀 있었던 것이다.

"바로 옆에 종이 다발이 있는데 어째서 거기에 불을 붙이지 않았지? 종이가 더 잘 탔을 텐데."

반드시 일반 쓰레기여야 할 이유가 있었던 걸까? 아니면.

가쓰라는 중얼거렸다.

"종이는 곤란했던 걸까?"

그리고 다르게 표현했다.

"너무 잘 타면 곤란했던 걸까?"

가쓰라는 사건 보고서를 펼쳤다.

만약 오노하라가 목적을 달성했기 때문에 방화를 그만두었다면 그 목적은 언제 달성되었을까?

그때까지 계속된 방화가 지난주 금요일 밤 이후 뚝 그쳤으니, 오노하라가 목적을 달성한 것은 금요일 이전이라고 생각했다. 하지만 그 경우 금요일 밤에 잠복한 형사가 오노하라를 목격했다는 점이 약간 걸렸다. 금요일 밤은 오늘 밤처럼 바람이 세고 몹시 추웠다. 거리에는 통행인도 거의 없었다고 했다. 그런 상황에서 오노하라는 딱히 하는 일도 없이 쓰레기 수거장을 물끄러미 쳐다보다가 떠났다. 지금 생각해 보면 역시 오노하라는 그날 밤도 방화를 계획하고 있었던 게 아닐까?

그렇게 생각하면 두 가지 사실을 알 수 있다.

먼저 오노하라가 방화 목적을 달성했다면, 그것은 금요일이 아니라 토요일 이후라는 사실. 그리고 또 한 가지, 오노하라는 금요일에도 방화를 저지를 생각이었지만 어떠한 이유로 그것을 망설였다는 사실이다.

가쓰라는 보고서 중에서 야간 날씨가 기록된 부분을 주목했다.

월요일 : 흐리고 때때로 비, 미풍

화요일 : 흐림, 무풍

수요일 : 흐림, 미풍

목요일 : 흐리고 때때로 비, 무풍

금요일 : 맑음, 강풍

토요일 : 맑음, 강풍

일요일 : 맑음, 강풍

월요일 : 맑음, 강풍

보고서를 볼 것까지도 없었다. 방화가 작은 불로 그친 이유를 가쓰라는 하타노에게 들었다.

'월요일부터 날씨가 흐려서, 큰비는 내리지 않았지만 공기가 계속 습했다. 이 계절에는 드물게 바람도 약했다. 그런 날씨 덕을 봤다고 할 수 있겠다……'

반대였다. 공기가 습하고 바람이 약했기 때문에 불을 질렀다. 강풍이 휘몰아친 금요일 밤에는, 그래서 방화를 자제했다.

"범인은."

가쓰라는 형광등이 비추는 회의실에서 중얼거렸다.

"불길이 거세지는 것을 우려했다."

날씨가 궂은 밤에 많은 수분을 머금은 음식물 쓰레기를 노려서 불을 붙인 이유는, 그것이다.

물론 음식물 쓰레기를 포함한 일반 쓰레기라고 불길이 커지지 않는다는 보장은 전혀 없다. 쓰레기봉투에 담긴 내용물에 따라서는 오히려 훨훨 타오를 수도 있었을 것이다. 단순히 범인의 일방적인 논리에 지나지 않는다. 하지만 범인상은 파악했다.

범인은, 화재를 두려워하고 있다.

그리고 아마 그것이 바로 동기이리라.

가쓰라가 손목시계를 보니 오후 8시 40분이었다. 관할서 형사에게 물었다.

"오노하라가 일하는 슈퍼마켓 영업 종료 시간을 아나?"

형사는 갑작스러운 질문에 당혹스러워하면서도 대답했다.

"오후 9시일 겁니다."

"좋다. 차를 준비해 주게. 무선 연락은 차 안에서 받겠다."

그렇게 말하며 가쓰라는 자리에서 일어나 재킷을 걸쳤다.

'메르카도 요시이'는 오타시에 네 개의 점포가 있는 슈퍼마켓이다. 쇼와점은 동네 주민들의 생활필수품을 도맡아 취급하는 대형 점포로, 40면의 광대한 주차장을 갖추고 있었다.

가쓰라가 탄 경찰 차량이 '메르카도 요시이' 쇼와점에 도착했을 때는 오후 10시가 넘었다. 영업은 이미 종료했지만 가게 안에는 불이 켜져 있었다. 마무리 작업 때문에 점원이 남아 있는 것이다.

가쓰라는 차 안에서 일단 점포를 살폈다. 입구 자동문에 내려와 있는 블라인드가 영업 종료를 알리고 있다. 경비원인지 안전 고깔을 회수하는 남자를 발견하고 경계하면서 행동을 살폈지만 남자는 아직 삼십 대로 보였다. 오노하라가 아니다. 가게 앞면에 커다란 종이가 붙어 있고 '재활용품 수거함은 가게 안으로 옮겼습니다'라는 글귀가 보였다.

경비원이 가쓰라의 차량을 보고 다가왔다. 운전석의 형사가 차창을 내리자 경비원이 얼굴 한가득 미안한 표정을 지었다.

"죄송합니다. 영업은 끝났습니다."

형사는 가쓰라를 슬쩍 쳐다보았다. 가쓰라가 말했다.

"경찰입니다."

경비원의 태도에 긴장감이 감돌았다.

"어, 어어."

"점장은 있습니까?"

"아, 예."

자기에게 용건이 있는 게 아니라는 사실을 안 경비원은 노골적으로 안도한 표정을 지었다.

"예. 아직 남아 있을 겁니다."

"그럼 죄송하지만 입구를 열어 주십시오."

몇 분 뒤, 가쓰라와 오타 미나미 경찰서의 형사는 사무실에서 점장을 만났다. 영업장을 최대한 확보하려 했는지 작은 책상과 작은 의자를 쑤셔 넣은 듯한, 몹시 비좁은 공간이었다. 점장이라는 남자 역시 나이는 삼십 대 중반 정도로 보였다. 그가 내민 명함에는 히비야 요스케라는 이름이 적혀 있었다.

어리둥절해하는 히비야에게 가쓰라는 똑바로 물었다.

"일하는데 방해해서 죄송합니다. 확인하고 싶은 게 있습니다."

"뭔가요? 소매치기 문제라면……."

"아니요, 그건 아닙니다. 최근 일주일 사이 뭔가 바꾼 게 있습니까?"

"바꿨다……? 그렇게 물어보셔도. 가게 일로 바꾼 걸 말씀하시는 거지요?"

히비야는 고개를 갸웃거렸다.

"뭐, 이런 장사니 상품 진열 방식은 매일 바꿉니다. 만약 말씀하시는 게 새로 누군가를 고용하거나, 누가 그만두거나 하는 문제라면 그런 일은 없었습니다."

가쓰라는 거듭 물었다.

"밖에 재활용품 수거함을 가게 안으로 옮겼다는 종이가 붙어 있더군요. 그건 어떻게 된 겁니까?"

"……아아."

히비야가 곤란한 표정을 지었다.

"역시 문제가 됩니까? 시청에 확인은 했는데."

"자세히 말씀해 주시지요."

히비야는 벽에 걸린 시계를 힐끔 보고 작게 한숨을 쉬더니 입을 열었다.

"아실지 모르지만 재활용품 수거함은 우유 상자나 식품 포장 용기를 회수하는 용도인데, 저희 같은 슈퍼에서는 의무적으로 설치해야 합니다. 저희는 점포 밖에 두었는데, 얼마 전에 가게 안으로 옮겼습니다. 사실은 그대로 밖에 두고 싶었어요. 상자에 쌓인 재활용품을 회수하기 편한 것도 있지만 무엇보다 가게 밖에 두면 손님이 24시간 버리러 올 수 있으니까요. 하지만 요즘 세상이 험해서."

"세상이 험하다는 건?"

가쓰라가 채근했다.

"무슨 뜻입니까?"

"아니, 그게……. 경찰관게 말씀드리기도 뭐하지만."

가쓰라는 침묵으로 우물거리는 히비야의 뒷말을 재촉했다. 히비야는 시선을 피해 비좁은 사무실을 둘러보며 말했다.

"그거 있잖습니까, 방화 말이에요. 방화가 빈번히 벌어지는데 가연물을 가게 밖에 그대로 두면 되겠느냐는 의견이 나와서, 영업이 끝나고 수거함을 가게 안에 들여놓게 되었습니다. 아무래도 냄새가 나니까 실내 주차장에 끌어다 놓는 것뿐이지만요. 수거함만 옮기는 거라면 그리 큰 수고가 아니지만, 슈퍼는 이래저래 박스를 많이 쓰는 장사라서요. 접은 박스도 자물쇠를 잠글 수 있는 장소에 옮기라고 해서 마무리 작업이 갑자기 힘들어졌어요."

"연쇄 방화 때문에 가게 밖에 최대한 가연물을 내놓지 않는 것으로 방침을 바꾸었다. 이렇게 해석해도 되겠습니까?"

뭐가 문제인지 모르는 눈치로 히비야가 애매모호하게 끄덕였다.

"예, 뭐, 그런 셈입니다."

"그렇다면 히비야 씨, 한 가지만 더 알려 주십시오."

가쓰라가 차분하게 물었다.

"가연물을 가게 밖에 그대로 두면 되겠느냐는 의견이 나왔다고 말씀하셨는데, 그렇다면 점장인 당신이 발언한 의견이 아니겠지요. ……그럼 누구입니까? 누가 가연물을 가게 밖에 두지 말라고 했는지, 그걸 확인하고 싶습니다."

이야기의 화살이 자기에게서 벗어났다고 느꼈는지 히비야는 안도한 기색을 드러냈다.

"아아, 경비 업무를 하는 오노하라 씨라는 분입니다. 옛날에 일했던 회사에서 화재가 난 적이 있다고, 늘 가게 주변에 불에 타는 물건들을 두면 안 된다고 했거든요. 맞는 말이지만 뭐 매

일 바쁘다 보니 차일피일 미루고 있었지요. 그런데 이런 방화
소동이 났잖아요. 오노하라 씨가 범인이 지금은 쓰레기 수거장
을 노리고 있지만 언제 재활용품 수거함에 불씨를 던져 넣을지
모른다, 만일 아무런 대처도 하지 않았다가 불이 나면 지역의
신용을 잃는다고 해서, 확실히 일리가 있는 것 같아 가연물은
가게 안에 들여놓기로 했습니다."

"언제부터 그랬습니까?"

"음……, 지난주 토요일부터네요."

가쓰라는 고개를 끄덕이고 일어섰다.

"퇴근 시간에 붙들어서 실례했습니다. 조심히 돌아가십시오."

이튿날 12월 17일 수요일, 수사본부는 오노하라 다카유키에
게 임의동행을 요구했다.

오노하라는 사건 관여 사실을 강하게 부정했지만 방화에 사
용된 페이지가 뜯겨 나간 《주간 신소》를 들이밀자 입을 다물었
고, 동기를 제시하자 범행을 시인했다.

오노하라는 눈물을 흘리며 말했다.

"저는 말입니다, 불을, 화재를 말입니다, 두 번 다시, 내지 않
으려고……. 정말, 정말로 어쩔 수 없이, 무섭지만, 무서웠지
만, 화재를 막기 위해 그랬던 겁니다."

체포영장 요청서에 그런 진술이 기재되지는 않았다. 오노하라는 일반 물건 방화 혐의로 체포되었다.

'메르카도 요시이' 쇼와점에는 영업시간 외에 재활용품을 버리지 못해서 불편하다는 불만이 다수 접수되었다. 사건 해결 나흘 뒤, 재활용품 수거함은 원래대로 가게 밖에 놓게 되었다고 오타 미나미 경찰서 형사가 가쓰라에게 알려 주었다.

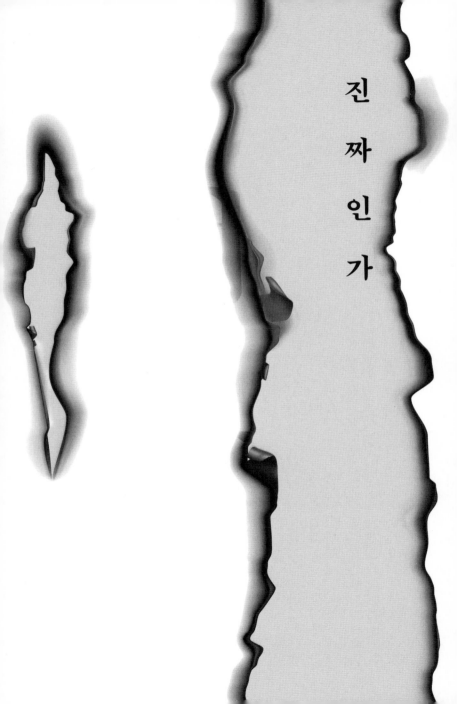

진
짜
인
가

3월 7일 낮, JR다카사키역 앞에서 발생한 상해 사건은 방범 카메라 영상 분석으로 피의자를 알아낼 수 있었다. 살인미수 혐의로 고미네 데쓰지(39세)의 체포영장을 청구했고, 군마 현경 수사1과 가쓰라 팀이 체포를 위해 사이타마현 혼조시에 있는 고미네의 주거지로 찾아갔다.

고미네는 원래 조직폭력배로 권총 소지 전과가 있었다. 수사를 지휘하는 오다 지도관은 현경의 장비 사용 기준에 따라 가쓰라 팀에 권총 휴대와 방탄 장비 착용을 명령했다. 가쓰라는 현장에 도착해 주변 상황을 관찰하고 형사들을 배치했다.

고미네의 자택은 다다미 여섯 장짜리 원룸 아파트로, 고미네는 202호에 살고 있었다. 이미 전날 밤부터 다카사키 경찰서 형사들이 잠복하면서 고미네가 집에 있는 것을 확인했다. 잠복 형사는 또 한 가지, 202호에 고미네 혼자 있는 게 아니라는 보고도 했다. 고미네의 내연녀인 나가스가 마나미(37세)가 어젯밤부터 202호에 들어가 나오지 않고 있다고 했다. 나가스가는 군마현 이세사키시에서 혼자 살면서 같은 시내에 있는 바에서 일하고 있으므로 조만간 귀가할 가능성이 컸다. 수사본부는 가쓰라 팀에게 나가스가가 집에서 나올 때까지 대기하라는 명령을 내렸다.

오후 1시 2분, 나가스가가 202호에서 나왔다. 가쓰라 팀이 움직였다. 특별히 힘이 센 형사가 문을 두드리자 고미네는 대답하지 않고 베란다로 도망쳤지만 가쓰라가 미리 배치해 둔 형사에게 제압당했다. 오후 2시 31분, 살인미수 혐의로 통상 체포. 부상을 입은 형사는 없었다. 수사본부가 설치된 다카사키 경찰서로 호송하는 일은 관할서 형사에게 맡기고 가쓰라 팀은 군마 현경 본부로 돌아갔다.

이번에 가쓰라 팀은 경찰 수송 차량을 타고 이동했다. 차 안에 꾸역꾸역 올라탄 방탄조끼를 입은 형사들의 표정에는 약간의 피로와 함께 피의자를 체포했다는 안도감과 만족감이 감돌았다.

형사들의 업무는 그때부터 시작된다고도 할 수 있다. 공판을 뒷받침하기 위한 사실 확인 조사를 실시하고, 그 수사 내용을 누가 봐도 확실한 형태로 서류에 담아내야 한다. 다카사키역 상해 사건은 백주대낮에 식칼을 휘두른 흉악한 범행이었던 만큼 목격자도 많아, 모두의 증언을 조서로 작성하려면 정신이 아득해질 만큼 손이 많이 갈 것이다. 그래도 일단 사건은 끝났다.

그리고 다음 사건이 발생한다.

대형 차량을 포함해 경찰 차량 운전이 가능한 미야시타가 운전석에 앉았고, 가쓰라는 조수석에 앉아 있었다. 3시가 지났을 때 차는 이세사키시 교외로 접어들었다. 차 안에는 경찰 무선 통신이 나오고 있다.

'군마 본부에서 마에바시.'

'마에바시, 말씀하세요.'

'110번 신고입니다. 장소는 마에바시 스미요시초4가 7번지 1호 민가에서 다투는 소리가 들린다는 신고입니다. 물건이 부서지는 소리도 나는 모양. 가까운 파출소 인력 등 파견을 요청합니다. 신고자는 요코이 나쓰메, 현지에서 기다리도록 전달했습니다. 신고 접수 번호 12번, 3시 6분, 담당 가와노입니다.'

'마에바시, 확인했습니다.'

'군마 본부, 확인했습니다. 이어서 110번. 군마 본부에서 이세사키.'

'이세사키, 말씀하세요.'

'110번 신고 접수입니다. 장소는 이세사키시 미나미초10번지 2호, 462번 국도 변, 메일스트롬 이세사키점으로 출동 부탁합니다. 패밀리 레스토랑입니다. 손님, 점원이 대피해 길가에 모여 있다는데 자세한 사항은 모릅니다. 파출소 인력 등 파견 요청합니다. 신고 접수 번호 13번, 3시 7분, 담당 가와노입니다.'

'이세사키, 확인했습니다.'

경찰 수송 차량이 빨간 불에서 정지했다. 평일 낮 시간, 교통량은 많지 않다. 미야시타가 가쓰라 몰래 하품을 삼켰다. 가쓰라는 물론 알고 있다.

가쓰라는 퍼뜩 눈썹을 찌푸렸다. 무전기에서 긴장된 목소리가 나왔기 때문이다.

'군마 본부에서 전체 통신. 이세사키시 미나미초10번지, 462번 국도 변 패밀리 레스토랑 메일스트롬 이세사키점. 해당 장소에서 남성이 농성 중이라는 110번 신고가 다수 접수되고 있습니다. 인상 및 복장은 삼십 대 남성, 다갈색 운동복 착용. 부근에서 이동 중인 차량은 현장으로 향하십시오. 이상, 군마 본부.'

'이세사키 2호에서 군마 본부.'

'군마 본부, 이세사키 2호 말씀하세요.'

'이세사키 2호, 현재 462번 국도 북쪽으로 주행 중. 현장으로

이동하겠습니다. 이상.'

'군마 본부 확인했습니다. 이상, 군마 본부.'

가쓰라는 미야시타를 쳐다보지 않고 물었다.

"이 앞쪽이군."

뻔한 사실을 가쓰라가 확인하는 경우는 드물다. 미야시타는 짧게 대답했다.

"그렇습니다."

가쓰라가 조금 느릿하게 마이크 스피커를 들었다. 평소 타지 않는 차량이라 무전기에 적혀 있는 호출 번호를 힐끔 확인했다.

"군마 41호에서 군마 본부."

'군마 본부, 군마 41호 말씀하세요.'

"군마 41호, 본부 수사1과 강력범죄계 탑승 중. 또한 현재 이세사키시 462번 국도를 북쪽으로 주행 중. 현장으로 급행하겠음. 이상."

'군마 본부 확인했습니다. 이상, 군마 본부.'

미야시타가 가쓰라를 힐끔 쳐다보았다. 뒷자리에 있는 형사들은 막 신경을 곤두세우는 현장 업무를 마치고 이제야 한숨 돌릴 수 있다고 믿고 있을 터였다. 왜 무선통신에 응답해서 일을 버나 싶으면서도 동시에 중대 사건이 발생했는데 그 옆을 그냥 지나쳐 복귀할 수 없다는 것도 잘 알고 있다. 결국 타이밍이 나빴다고 체념했다.

가쓰라가 명령했다.

"긴급 주행."

"예."

수사1과 정예반을 태운 수송 차량의 경광등이 켜지고 사이렌이 울려 퍼진다. 미야시타는 뒷자리 형사들이 어떤 표정을 짓고 있을지 상상했다.

조금 지긋지긋하다는 표정을 짓고 있겠지. 그리고 바로 업무에 임하는 표정으로 돌아올 것이다. 그것은 미야시타 역시 마찬가지였다.

'메일스트롬'은 도치기현에 본사가 있는 프랜차이즈 패밀리 레스토랑으로, 간토 지방 도로변을 중심으로 가게를 내고 있다. 일식, 양식, 중식 인기 메뉴를 대부분 갖추고 있고 가격대는 비싸지도, 싸지도 않다. 군마 지역 점포는 구운 만주나 넓적한 면으로 만드는 '오키리코미'라는 향토 요리를 파는 등 지역 특색을 반영한 점이 특징으로, 디저트 종류도 풍부하고 견실하게 영업하고 있다.

가쓰라 팀이 탑승하고 있는 수송 차량은 무선 연락을 받고 4분만에 현장에 도착했다. '메일스트롬 이세사키점'을 확인한 가쓰라는 눈썹을 찌푸렸다. 가게는 2층짜리 건물로 1층은 외벽이 없는 주차장이었다. 보아 하니 가게 안으로 들어가려면 2층으로 이어지는 외부 계단으로 올라가는 수밖에 없었다. 양옆은 각각 마트와 아파트로, 건물은 둘 다 '메일스트롬 이세사키점'과는 상당한 거리가 있었다. 아파트 창문에는 주민들이 잔뜩 들러붙어 불안한 표정으로 현장을 바라보고 있었다.

가게는 통유리였지만 전체에 블라인드가 내려와 있다. 현장에는 이미 이세사키 미나미 경찰서의 순찰차가 여러 대 도착해, 제복 경찰들이 가게를 멀찍이 에워싸고 있었다. 가쓰라 팀 형사들은 이미 수송 차량에서 내려 지시를 기다리고 있었다.

가쓰라의 스마트폰이 울렸다. 니토베 수사1과장이었다. 니토베의 목소리에는 분노가 서려 있었다.

'멋대로 나섰군, 가쓰라.'

가쓰라는 태연히 대답했다.

"지령실 지시를 따랐습니다. 무시할 수 없다 보니."

'농성 사건이다. 특수계를 보내겠다. 자네는 끼어들지 마. 정보 수집과 보고를 맡아서 특수계를 지원해.'

"알겠습니다. 정보를 수집하며 특수계 도착을 기다려 인계하겠습니다."

통화가 끊겼다.

가쓰라는 가까이 있던 제복 경찰을 불러 관할서 지휘관을 찾았다. 이세사키 미나미 경찰서 지역과장 이무라 경부가 와 있었다.

이무라는 몸집이 좋은 오십 대 남자로 살갑지 않은 성격이다. 가쓰라가 도착 사실을 보고했다.

"현경 수사1과 가쓰라입니다. 수사1과장의 지시로 특수계가 도착할 때까지 현장을 유지하겠습니다."

이무라는 썩 달가운 표정은 아니었지만 가쓰라를 배제하지도 않았다.

"알겠네. 방금 범인이 얼굴을 내밀었어. 우리 쪽 야마사토가 사진을 찍었으니 봐 둬."

"알겠습니다."

"지금은 블라인드 때문에 안 보이지만 범인은 아직 내부에 있다. 목격자도 많아. 우리는 통제선을 칠 테니, 정보는 서로 공유하지."

"예."

가쓰라는 부하 한 명을 골랐다.

"'메일스트롬' 본사에 연락해 이세사키점에 내부 방범 카메라가 있는지, 있다면 원격으로 데이터를 볼 수 있는지 확인해. 그리고 도면 데이터를 받도록."

다른 부하에게도 명령을 내렸다.

"안에서 눈치채지 못하게 1층을 살펴라. 주차되어 있는 차량 번호판을 파악해서 조회하고. 저 외부 계단 외에 2층으로 올라갈 방법이 없는지 확인해."

그리고 나머지 형사들에게 명령했다.

"다른 사람들은 현장 참고인들을 조사한다. 대피자 성명을 확인해 명단을 작성하고, 안에서 무슨 일이 있었는지 물어보고 유력한 정보를 가진 사람은 내게 데려오도록."

형사들은 지시에 따라 움직이기 시작했다.

제복 경찰이 이무라에게 다가왔다. 경찰모 밑으로 희끗한 머리카락이 보이는 초로의 남자다.

"경부님. 잠깐 말씀드려도 되겠습니까."

이무라는 정년이 머지않아 보이는 제복 경찰에게 경의를 표했다.

"물론입니다, 말씀하십시오."

"야마사토가 찍은 사진을 봤습니다만. 그게, 시다 나오토를 닮았다 싶어서."

"시다?"

이무라는 눈썹을 찌푸렸다.

"문제아 시다 말입니까? 그 녀석이 말썽을 피운 건 십 대 때

잖습니까. 벌써 15년도 더 지난 일인데요."

"예. 결혼해서 정신을 차린 줄 알았는데. 나이에 맞게 겉모습도 변했지만 많이 닮았습니다."

"알겠습니다. 생활안전과에도 사진을 보내겠습니다. 옛날에 담당했던 직원이 있을지도 모르지요. 시다의 연락처는 알고 있습니까?"

"지역과에 문의 중입니다. 있다고 해도 옛날 연락처겠지만."

"알겠습니다. 계속해서 경계 업무를 부탁드립니다."

초로의 경찰이 담당 구역으로 돌아갔다.

별안간 '메일스트롬'을 에워싼 경찰들이 술렁거렸다. 농성 중인 범인이 블라인드를 손으로 벌리고 얼굴을 드러냈기 때문이다.

가쓰라의 시선이 농성범에게 꽂혔다. 갈색으로 염색한 짧은 머리, 암갈색 터틀넥을 입고 있다. 얼굴밖에 보이지 않아 신장이나 체격은 알 수 없지만 뺨은 살이 많지도 적지도 않았다. 그 얼굴은 흉악한 인상과 거리가 멀었다. 가쓰라의 눈에는 당혹감과 절망이 묻어 있는 것처럼 보였다.

단순히 농성범이 모습을 드러냈다는 이유만으로 경찰들이 술렁거린 것은 아니었다. 그 손에 검은 권총 모양의 물체를 들고 있었기 때문이다. 이무라가 중얼거렸다.

"······진짜인가?"

농성범은 유리 벽 너머로 절규했다.

"물러나! 다가오지 마!"

그것은 사건 발생 이후 처음으로 나온, 범인의 요구였다.

이세사키시의 농성범이 권총을 소지했을 우려가 있다는 정보는 순식간에 현경 전체에 전달되었다. 즉시 형사부장의 지시로 총기대책 부대가 출동 명령을 받았다.

농성범이 모습을 드러낸 것은 고작 몇 초였다. 무선통신이 요란하게 오가는 가운데 형사 하나가 가쓰라 앞으로 한 여성을 데려왔다.

농성 사건의 경우 현장 부근의 가게를 빌려 현지 본부를 설치하기도 하는데 이번에는 그것도 특수계가 할 일이다. 가쓰라는 차량에 탑재된 무전기 옆에서 메마른 바람을 맞으며 지휘를 하고 있었다. 형사가 그런 가쓰라 앞으로 데려온 여성은 하얀 셔츠에 베이지색 조끼, 검은 바지를 입고 있었다. '메일스트롬' 유니폼인 듯했다. 고개를 숙인 채로 공포를 견디려는 듯 입술을 굳게 다물고 있었다. 형사가 말했다.

"'메일스트롬' 플로어 담당 시로사키 메구미 씨입니다. 사건 발생 당시 서빙 업무를 하고 있었습니다."

형사는 시로사키가 어떤 정보를 가지고 있는지 말하지 않았다. 가쓰라는 조용히 끄덕였다.

"시로사키 씨, 무사해서 다행입니다. 사건에 대해 몇 가지 묻겠습니다. 이쪽 형사에게도 말씀하셨겠지만 먼저 연령과 주소를 말씀해 주십시오."

시로사키는 고개를 작게 끄덕이고 대답했다. 나이는 26세, 사는 곳은 이세사키 시내였다.

"그럼 사건 발생 당시의 상황을 기억나는 대로 말씀해 주십시오."

"저기, 전, 잘 몰라서……."

"아무리 작은 일이라도 상관없습니다."

바르르 떨리는 주먹을 움켜쥐고 시로사키가 설명을 시작했다.

"플로어 담당이라 주문을 받거나 요리를 날라요. 평소대로 일하고 있었는데 주방 쪽에서 갑자기 '도망쳐!'라고 외치는 소리가 들렸고, 바로 비상벨이 울려서 깜짝 놀라 음식을 흘리고 말았어요. 분명 불이 난 줄 알고 점장님을 찾았는데 보이지 않았어요. 그래서 진정하고 대피하라고 육성으로 안내했는데, 정말 한심할 정도로 목소리가 안 나와서……. 주방에서도 사람이 뛰쳐나와서, 저도 달아났어요. 그게 전부예요."

"뭔가 평소와 다른 사람이나 물건을 보거나, 소리를 듣지는 못했습니까?"

"평소와 다른 점이요?"

시로사키는 고개를 저었다.

"모르겠어요. 평소하고 똑같았어요. 손님 한 분이 계시긴 했는데, 딱히 수상한 건 아니었어요."

"어떤 사람이었습니까?"

"할아버지였어요."

대피할 때 시로사키는 사건이 발생한 줄 몰랐다. 수상한 사람을 알아보지 못했어도 이상할 것은 없다. 가쓰라는 질문의 방향을 바꾸었다.

"가게 안에 있던 점원의 숫자와 이름은 아십니까?"

"알 것 같아요. 잠시만요."

시로사키가 생각에 잠겼다.

"플로어에 저하고 구라모토 씨. 주방에 야스다 씨하고 춘메이 씨가 있었어요."

"점원이 네 명. 틀림없습니까?"

"예. 점장님은 제외하고요. 점장님 이름은 아오토라고 합니다."

"들으셨다는 '도망쳐!'라는 소리는 누구 목소리였는지 압니까?"

대답이 돌아올 때까지 시간이 걸렸다.

"남자 목소리였고 주방에서 들려와서 야스다 씨라고 생각했어요. 아닌가요?"

"지금 조사 중입니다. 손님은 몇 명 정도 있었습니까?"

"갑자기 물으시면……."

시로사키는 곤혹스러워하면서도 손가락을 꼽기 시작했다.

"테이블이 하나, 둘……. 이 가게는 150명을 받을 수 있는데, 바쁜 시간대는 지나서 손님이 적었어요. 절반도 차지 않아서 3분의 1 정도, 그보다 적었으려나……. 30명이나 40명 정도였을 거예요."

"고맙습니다. 동료들은 전원 대피했습니까?"

시로사키가 자신 있게 끄덕거렸다.

"예. 모두 여기 있어요. 구라모토 씨, 야스다 씨, 춘메이 씨."

가쓰라는 조금 기다렸다가 물었다.

"아오토 점장은?"

시로사키가 눈을 크게 뜨고 손으로 입을 가렸다.

"어, 점장님도 포함해서요? 점장님은 글쎄요, 저는 보지 못했어요. 아마 대피했을 텐데."

가쓰라는 시로사키를 데려온 형사에게 명령했다.

"아오토 점장의 소재를 확인해. 만약 보이지 않는다면 '메일스트롬' 본사에 연락해서 점장의 정보를 수집하도록."

형사는 고개를 끄덕이고 즉시 걸음을 돌렸다.

지역 방송국 중계차가 도착해 통제선 바로 뒤에서 중계를 시작했다. 구경꾼들이 모여들었다.

농성범의 사진을 확인한 이세사키 미나미 경찰서 생활안전과 하스이 순사부장●이 이무라에게 전화했다. 이무라는 대화 내용을 가쓰라와 공유했다.

"생활안전과도 시다일 거라고 하는군. 시다 나오토, 34세, 상해 전과 1범. 교통 위반 다수. 다만 상해는 15년 전 일이야. 자택 전화번호가 기록에 남아 있어서 지금 이쪽에서 걸어 보고 있네."

"상해 사건 정보는 알 수 있습니까?"

"시비를 걸었다나, 걸렸다나. 상대 팔뼈를 부러뜨려서 집행유예로 유죄를 받았어. 난봉꾼이지만 뭐, 조무래기지."

'메일스트롬' 본사에 연락한 형사가 가쓰라에게 태블릿 PC를 보여 주었다.

"가게 안에 방범 카메라가 있긴 하지만 원격으로 조작하지는 못합니다. 온라인으로 수집하는 건 매출 데이터뿐이라고 합니다. 도면과 가게 내부 사진도 받았습니다."

가쓰라는 도면을 보았다. 플로어의 테이블 수는 서른두 개

● 우리나라의 '경사'에 해당하는 일본 경찰 계급

로, 출입구는 정면 입구 외에 식품 반입구가 따로 있었다. 플로어 외에는 주방과 사무실, 기계실, 고객용 화장실과 종업원용 화장실, 창고, 공조실이 있었다. 비상벨 단추는 모든 공간에 다 있다.

형사가 도면 몇 군데를 가리켰다.

"방범 카메라는 여기하고 여기…… 그리고 여기에 있습니다."

플로어에 설치된 두 대의 카메라 외에 한 대가 출입구를 찍고 있다. 가쓰라는 이 출입구 쪽 카메라가 애물단지라고 생각했다. 내부 상황을 살피기 위해 형사가 접근하면 그대로 찍히고 만다.

가게 내부 사진에는 텅 빈 플로어에 테이블과 의자가 잔뜩 깔린 모습이 찍혀 있었다. 테이블 사이는 적당히 파티션으로 나뉘어 있었다.

가쓰라는 태블릿을 형사에게 돌려주고 명령했다.

"방범 카메라 위치를 기입해서 데이터를 본부와 공유하도록. 그리고 현장용으로 100매 인쇄."

"예."

형사는 태블릿을 조작하기 시작했다. '메일스트롬'에 다른 동향은 없었다.

가쓰라는 시다가 무엇 때문에 농성하는지 의아했다. 지금까지 시다는 "물러나."라는 요구밖에 하지 않았다.

　형사 하나가 앞치마를 두른 남자를 데려왔다. 가쓰라가 이름과 나이를 묻자 야스다 아키하루, 41세라고 대답했다.

　"주방을 맡고 있습니다. 근속 10년 차입니다."

　야스다는 묻기도 전에 그렇게 말했다. 가쓰라는 고개를 끄덕이며 질문했다.

　"안에서 있었던 일을 말씀해 주십시오."

　야스다는 곤혹스러운 기색이었다.

　"사실 잘 모르겠습니다. 무슨 소리가 났다 싶더니 비상벨이 울리고 '도망쳐!'라는 소리가 들렸고, 플로어 쪽에서 손님들이 달아나기에 저도 달아나려 했습니다. 정말 그뿐입니다."

　"달아나려 했다. 그 말씀은?"

　"무슨 일이 벌어졌는지 몰랐지만 불은 꺼야 해서 그 작업을 했습니다. 가게에서는 아마 제가 가장 마지막으로 나갔을 겁니다."

　가쓰라는 들고 있던 수첩을 펼쳤다. 현장 상황은 전부 머릿속에 들어 있고 수첩에는 아무것도 적지 않았다. 그냥 시늉이다.

　"뭔가 소리가 났고, 비상벨이 울렸고, '도망쳐!'라는 목소리가 들렸다. 틀림없습니까?"

　"예, 확실합니다."

"그 순서였다는 말씀이지요?"

야스다의 눈빛이 갑자기 불안하게 흔들렸다.

"아아, 아니, 순서 말인가요? 글쎄요. 순서가 중요한지 몰라서, 죄송합니다. 음, 목소리가 먼저 들렸던 것 같습니다. 시끄러운 소리가 났고, '도망쳐!'라는 목소리가 들렸고, 벨이 울렸습니다. 맞아, 그랬어요."

가쓰라는 수첩에서 시선을 떼지 않고 고개를 끄덕였다.

"그래서 시끄러운 소리와 목소리는 어디에서 났습니까?"

"둘 다 사무실에서 났습니다. 그건 틀림없습니다."

그렇게 말한 야스다의 표정이 조금 어두워졌다.

"아아, 그래도 정확하게 말해야겠지요? 둘 다 사무실 쪽에서 들려왔습니다."

가쓰라는 도면을 떠올렸다. 사무실에는 문이 두 개 있는데 하나는 주방으로 통하고 또 하나는 짧은 통로 쪽으로 나 있다.

"시끄러운 소리와 목소리가 사무실이 아니라 사무실을 사이에 두고 통로 쪽에서 났다고 생각하십니까?"

야스다는 신중하게 대답했다.

"아니요, 둘 다 그리 멀리서 난 소리는 아니었습니다."

"누구 목소리였는지 아십니까?"

"예. 아오토 점장님이었습니다."

가쓰라는 수첩에서 시선을 떼고 야스다를 가만히 쳐다보았다.

"직접 봤습니까?"

"눈으로 보지는 못했지만 점장님 목소리였습니다. 게다가 오늘 근무자 중에 남자는 저하고 점장님뿐이라서요."

가쓰라는 잠시 침묵했지만 야스다는 자신 있다는 듯 진술을 번복하지 않았다. 가쓰라는 빈 페이지를 넘기며 다른 질문을 했다.

"'도망쳐!'라는 목소리 전에 들은 시끄러운 소리에 대해 조금 더 자세히 말씀해 주십시오."

야스다가 고개를 갸웃거렸다.

"글쎄요, 시끄러운 소리였는데…… 맞아요, 테이블에서 물건이 떨어지는 듯한 소리가 났습니다. '덜그럭' 하는."

"접시가 깨졌을 때처럼?"

"업무상 접시를 깰 때도 있지만 그건 아니었어요. 더…… 뭐랄까. 어쨌거나 시끄러운 소리였어요. '우당탕탕' 하는. 방 안을 발칵 뒤집어엎는 느낌이라고 할까."

야스다는 그렇게 말하며 두 팔을 크게 벌렸다.

"그렇군요. 그럼 시끄러운 소리가 난 뒤에 '도망쳐!'라는 목소리가 들릴 때까지 시간 간격은 얼마나 되었습니까?"

"의심하는 겁니까? 소리는 분명히 들었습니다. 주방에는 춘메이 씨도 있었으니 그쪽에 확인해 보면 알 겁니다."

가쓰라는 같은 질문을 반복했다.

"아니요. 시끄러운 소리가 난 뒤에 '도망쳐!'라는 목소리가 들렸을 때까지, 틈이 얼마나 있었는지 여쭙는 겁니다."

"아아, 뭐야. 그런 거였습니까? 그렇게 말씀하셨어야죠."

야스다가 고개를 젖혀 허공을 바라보았다.

"……죄송하지만 잘 모르겠습니다. 일을 하고 있었으니 시간 감각이 모호해서요. 하지만 비교적 금방이었을 겁니다. 30초 정도…… 길어도 1, 2분 정도 아니었을까요."

가쓰라는 고개를 끄덕거리고 야스다에게 아직 귀가하지 말아 달라고 요청했다.

'메일스트롬' 주변에는 가게 안에서 도망쳐 나온 사람들이 어두운 표정으로 가게를 올려다보고 있었다. 개중에는 귀가를 희망하는 사람도 있었지만 조사가 끝날 때까지 붙들어 둘 필요가 있다. 통제선 안쪽은 계속 술렁거렸다.

형사가 보고하러 다가왔다.

"반장님. 가게 안에서 피신한 건 손님 31명, 점원 4명입니다. 부상을 호소하는 사람은 없습니다. 여럿이 함께 온 손님들에게는 빠진 사람이 없는지 서로 확인시켰는데, 전부 있다는 대답을 받았습니다."

시로사키의 말에 따르면 가게에 있던 점원은 다섯 명이었다. 가쓰라가 물었다.

"없는 사람은 누군가?"

"아오토 이사오. 점장입니다. 점원 모두에게 확인했는데 점장이 가게를 나오는 모습을 본 사람은 없었습니다."

때마침 아오토의 정보를 파악하라고 명령한 형사도 보고하러 왔다.

"아오토 이사오, 46세. 이세사키시 미나미초 거주. 얼굴 사진이 있습니다."

태블릿에 띄운 아오토의 얼굴에는 활력과 자신감이 넘치는 미소가 감돌고 있었다. 가무잡잡하게 그은 피부에 목이 굵었다. 가쓰라는 경찰 수송 차량 조수석에서 마이크를 끌어당겼다.

"군마 41호에서 군마 본부."

'군마 본부, 군마 41호 말씀하세요.'

"이세사키시 '메일스트롬' 사건, 가게 안에서 대피한 인원은 손님 31명, 점원 4명. 점장 아오토 이사오, 46세 남성이 행방불명. 가게 안에 남아 있을 확률이 크다. 이상."

회신은 약간 늦었다.

'군마 41호, 그 말은 아오토 이사오가 인질로 잡혀 있다는 뜻

인가? 이상.'

"그 점은 확실하지 않다, 이상."

'음, 피의자가 권총 형태의 물체를 소지하고 있다는 점은 어떻게 되었는가?'

"사실이다. 피의자가 권총 형태의 물체를 소지하고 있음을 현장에서 확인했다."

'그 권총은 진짜인가? 이상.'

"현시점에서는 확인이 불가능하다, 이상."

'군마 본부, 알겠다. 이상, 군마 본부.'

사이렌 소리가 다가왔다. 지원 순찰 차량이 두 대 연달아 도착했다. 둘 다 이세사키 미나미 경찰서의 순찰차였다. 특수계 도착을 기대했는지 형사 하나가 "뭐야."라고 중얼거렸다.

시다는 이따금 블라인드 틈새로 모습을 드러냈지만 역시 별다른 요구는 추가하지 않았다. 다만 뭔가 말은 하고 있지만 두꺼운 유리 벽에 차단되어 목소리가 들리지 않을 가능성도 충분했다.

시다의 휴대전화 번호는 아직 알아내지 못했다. '메일스트롬 이세사키점' 전화번호는 당연히 알고 있지만 가쓰라는 전화를 걸 생각이 없었다. 범인과의 접촉이나 교섭은 사건의 행방을 크게 좌우하는 중대 사안으로, 가쓰라 혼자만의 판단으로 시작할 수 있는 일이 아니다. 통화를 상층부에 제안해 볼 수는 있지만 가쓰라는 현시점에서 그럴 생각이 없었다. 점장의 행방이 확인되지 않는 상태에서 범인에게 접촉하면 주도권을 빼앗길 우려가 있기 때문이다.

가까운 편의점에서 인쇄한 가게 내부 도면이 형사들에게 배포되었고, 가쓰라도 한 부를 받았다.

또 다른 형사 하나가 대피자를 데려왔다. 유니폼을 입지 않은 초로의 남성으로 한눈에 손님인 것을 알 수 있었다. 입고 있는 파란 셔츠에 묻은 지 얼마 되지 않은 듯한 검은 얼룩이 있었다. 남성은 가쓰라 앞에 서더니 흥분한 기색으로 손을 휘저었다.

"당신이 책임자요? 좀 들어 봐요, 저기는 몹쓸 가게요."

"진정하시지요. 먼저 성함과 주소, 연령을 알려 주십시오."

남자는 휘젓던 팔을 뚝 멈추었다.

"꼭 말해야 합니까?"

"수사에 협조 부탁드립니다."

남자가 한숨을 쉬고 우물거리며 이름을 말했다.

"구시마 가즈노부, 올해 일흔셋입니다."

주소는 이세사키 시내였다.

"고맙습니다. 다친 곳은 없으십니까?"

남자가 갑자기 자기 왼쪽 팔꿈치를 붙잡았다.

"도망칠 때 출입구 문에 팔꿈치를 부딪쳤습니다. 지금도 아파요."

사건 때문에 다친 사람이 있으면 그 부상 정도를 확인해야 한다. 가쓰라는 형사에게 명령했다.

"구급차를 수배해."

구시마가 팔꿈치에서 황급히 손을 뗐다.

"별것 아닙니다."

"치료받으셔야 합니다."

"아니, 통증도 제법 가라앉았습니다."

부딪쳐서 아프다는 말을 들은 이상 본인이 그 말을 번복해도 전문가의 확인이 필요하다. 형사는 부상의 경중에 상관없이 경찰 수송 차량 무전기로 현경 본부에 구급차 수배를 요청했다. 가쓰라는 싸늘하게 말했다.

"반드시 치료를 받으십시오."

구시마는 잔뜩 골이 난 표정이었다.

"뭐……, 경찰이 그러라고 하면…… 이미 나았지만요."

"그럼 안에서 무슨 일이 있었는지 말씀해 주십시오."

그 말을 들은 구시마가 단숨에 다시 격분했다.

"맞아요. 저는 말입니다, 저 가게에 벌써 7년째 다니고 있어요. 하지만 저런 가게일 줄 몰랐다니까요. 확실히 점장이 지금 일하는 아오토 씨로 바뀌고 나서 영 이상하긴 했는데. 그래도 좋은 가게라고 생각해서 계속 다녔단 말입니다."

"점장이 바뀌고 나서 이상한 일이 있었습니까?"

"그럼요, 그렇고말고."

"말씀해 주시지요."

"토르티야가 메뉴에서 사라졌어요. 봉골레 로소도!"

가쓰라는 고개를 끄덕거렸다.

"기억해 두겠습니다. 그럼 오늘, 안에서 있었던 일을 말씀해 주십시오."

"비상벨이 울렸습니다."

"이유는 아십니까?"

"남자가 날뛰었을 겁니다. 점원에게 시비를 건 이상한 남자가 있었거든요. 그런 사람이 있어서 안 되는 거예요. 경찰이 평소 그런 사람을 잡아 가둬야지요. 그렇지 않소?"

구시마를 데려온 형사는 뭔가 변명하고 싶은 표정이었다. 가쓰라는 구시마에게 물었다.

"어떤 남자였습니까?"

"못 봤소이다."

"……."

"남자가 중얼댔는데, 제 자리에서는 안 보였어요. 가리개 너머로 들었습니다."

가쓰라는 가게 내부 사진을 떠올렸다. 분명 테이블 사이에 파티션이 몇 개 놓여 있어, 가게 내부를 한눈에 보기 어려웠다.

가쓰라는 구시마에게 가게 내부 도면을 보여 주며 구시마의 자리와 문제 남성의 위치를 표시하게 했다. 위치 관계와 진술 내용에 모순은 없었다.

"그럼 그 남자가 무슨 말을 했는지는 아십니까?"

구시마가 자기 귀를 가리켰다.

"남이 불평하는 내용을 제가 어찌 압니까? 그리 큰 목소리도 아니었고, 저도 밥을 먹으러 왔으니 거기 신경 쓸 겨를이 없고. 그래도 분명 '말이 다르다'고 말한 건 들었습니다."

"'말이 다르다'고 했다는 말씀이군요. 그밖에는?"

"신경 쓸 겨를이 없다고 했잖아요. 기억하는 건 그 정도입니다. 다만 남자가 화장실 쪽으로 가는 건 힐끗 보였어요. 아까도 말한 것처럼 가리개 너머로 뒤통수만 보였지만."

"머리가 보였다는 말씀이군요. 뭔가 특징은 없었습니까?"

구시마는 짜증을 노골적으로 드러냈다.

"몇 번이나 말했잖소, 자세히 안 봤다니까. 머리카락을 염색했다는 것 정도밖에 몰라요. 그보다 내 이야기 좀 들어 보라니까."

"남자가 머리카락을 염색했다는 거군요, 무슨 색이었습니까?"

"옅은 갈색이었어요. 말했잖아요. 당신, 내 이야기를 들을 생각이 있는 거요?"

"물론입니다. 말씀하시지요."

가쓰라가 말하자 구시마는 만족스럽다는 듯이 가슴을 폈다.

"저 가게 놈들은 비상벨이 울렸는데 대피 안내도 하지 않고, 자기들만 먼저 달아났어요. 말이 됩니까? 벨 소리에 놀랐는지 음식을 흘리더니, 제대로 사과도 하지 않고 달아났다니까요. 이게 군함이었다면 그런 선원은 사형입니다, 사형. 가게 직원은 마지막까지 남아서, 아무도 없는지 확인한 다음 차분하게 나오는 게 정상이잖아요. 저런 가게는 못 쓴다니까. 경찰이면 알겠지요?"

"그럼 구시마 씨는 배를 탄 적이 있습니까?"

"아니, 그런 건 아니지만……."

가쓰라는 딱딱한 표정으로 고개를 끄덕였다.

"협조해 주셔서 고맙습니다. 구급차가 올 테니 그쪽에서 치료를 받으십시오."

구시마가 아직 하고 싶은 말이 남은 눈치로 떠나자, 그를 데려온 형사가 말했다.

"죄송합니다. 수상한 남자를 봤다고 해서 데려왔는데."

가쓰라는 전혀 개의치 않았다.

"점원에게 시비를 걸었다는 남자의 정보를 중심으로 탐문하도록. 그밖에도 뭔가 보고 들은 사람이 있을 테지."

형사가 대피한 손님들 쪽으로 돌아가자 가쓰라는 가게 내부 도면을 보았다. 가게 안의 손님이 화장실에 갈 때는 좁고 긴 통로를 지나야 한다. 그 통로는 화장실 외에 창고와 기계실, 그리고 사무실로 연결되어 있다.

'메일스트롬 이세사키점' 1층을 살피던 형사가 돌아와 스마트폰으로 촬영한 사진을 띄우며 보고했다.

"보시는 바와 같이 1층은 거의 자동차 및 자전거 주차장입니다. 주차 중인 차량 번호는 파악해서 지금 조회 중입니다. 1층 구석에는 기계실이 있는데 튼튼한 자물쇠가 걸려 있었습니다. 열쇠공을 부르면 열어 주겠지만 안이 2층과 연결되어 있는지는 불확실합니다."

가쓰라는 도면을 재확인했다.

"아니, 기계실은 위쪽이 막혀 있군."

"그렇다면 2층으로 올라가는 정상적인 방법은 두 가지뿐이겠군요. 하나는 손님이 사용하는 외부 계단으로, 입구는 유리로 된 쌍여닫이. 안에서 훤히 보여서 접근할 수 없어 잠금장치 유무는 확인하지 못했습니다. 또 하나는 주방으로 이어지는 반입용 외부 계단으로, 이쪽 입구에는 안쪽으로 열리는 금속제 문이 달려 있었습니다. 밀어 보았지만 잠겨 있었습니다. 이쪽도 열쇠공이 열 수 있을 것 같은데, 농성 중인 범인이 똑똑한 녀석이라면 안쪽에 빗장처럼 봉이라도 걸어 두었겠지요."

"정상적인 방법이 두 가지라고 했지. 정상적이지 않은 방법은 뭔가?"

"손님용 화장실 창문에는 철제 격자가 있지만 종업원용 화장실에는 격자가 없습니다. 창이 작아서 덩치가 큰 어른이 빠져나가기는 어려워 보이지만 몸집이 작은 사람이라면 가능할지도 모릅니다. 나머지는 보시다시피 플로어 전면이 유리 벽이라 마음만 먹으면 사다리를 대고 유리를 깨고 돌입할 수 있습니다. 2층까지의 높이는 3.2미터였습니다. 유리 종류와 강도는 모릅니다."

"알겠다. 사진은 본부와 공유하도록."

형사가 물러나자 가쓰라는 무선으로 본부에 정보를 전달했다. 본부는 '군마 본부, 확인.'이라고만 대답했다.

다른 형사가 '메일스트롬' 플로어 담당 유니폼을 입은 여성을 데리고 다가왔다. 시로사키의 이야기가 맞다면 그녀가 구라모토일 것이다. 그리고 실제로 그녀는 그렇게 자기소개를 했다.

"구라모토 가오리라고 합니다. 플로어를 담당하고 있어요."

가쓰라는 지금까지 만난 대피자들과 마찬가지로 안에서 무슨 일이 있었는지 물었다. 구라모토는 이렇게 말했다.

"'도망쳐!'라는 목소리가 들렸고, 이어서 비상벨이 울렸어요."

"그 이유는 아십니까?"

"모르겠습니다."

가쓰라는 구라모토의 말투에서 망설이는 기색을 느꼈다. 누군가를 감싸는 눈치는 아니다. 자기 발언으로 누군가에게 누명을 씌우게 될까 봐 걱정하는 것이라고 짐작했다.

"현시점에서 부정확할지도 모르는 정보라도 괜찮습니다. 확실하게 확인하겠습니다."

그렇게 설명하자 구라모토가 작게 끄덕였다.

"정말 오해일지도 모르지만, 손님 한 분이 생각했던 것과 나온 음식이 다르다고 몹시 화를 냈습니다. 점장을 봐야겠다고 했으니 어쩌면……."

가쓰라는 태블릿을 조작해 시다 나오토의 사진을 띄웠다.

"이 사람입니까?"

구라모토는 사진을 뚫어져라 쳐다보다가 힘차게 끄덕였다.

"예, 맞아요."

구시마가 말한 남자는 역시 시다였다.

"이 사람에 대해 자세히 말씀해 주십시오. 상관없다고 생각되는 사소한 점도, 전부."

"예……, 하지만 어디서부터 말씀드려야 할지."

그렇게 말하더니 구라모토는 손톱을 깨물었다. 이윽고 쭈뼛거리며 입을 열었다.

"제 근무시간은 3시부터였어요. 2시 50분경, 앞쪽 출입구로 안으로 들어가 사무실로 갔습니다. 거기서 옷을 갈아입고 3시 조금 전에 플로어에 나가서, 먼저 창가 자리에 아마트리치아나를 서빙했어요. 주문하려는 손님은 없어서 주방 카운터로 돌아가니 27번 테이블에서 주문한 스트로베리 파르페가 완성되어 있었어요. 쟁반에 올려 가져갔는데 처음에는 기뻐했습니다. 하지만 곧 '말이 다르잖아'라고 화를 내서."

"왜 그랬을까요?"

"견과류를 쓰지 않는다고 해서 주문한 거라고 했어요."

"……알레르기입니까?"

"그렇게 말하더군요. 견과류를 쓰는지 점원에게 물었고, 안 쓴다고 해서 주문했는데 말이 다르지 않느냐고요. '메일스트롬'에서 파는 파르페에는 잘게 부순 아몬드를 뿌리거든요. 그래서 누군가 견과류를 안 쓴다고 했다면 그건 잘못 말한 것이고, 손님이 화를 내는 것도 당연한 일이에요. 손님은 처음에 제가 설명을 잘못한 플로어 담당인 줄 알았던 모양인데, 오해가 풀리고 나서는 실수한 사람을 데려오라고 요구했습니다."

하지만 견과류를 쓰지 않는다고 설명한 것은 그때 막 근무를 시작한 구라모토가 아니었을 터였다.

"잘못 설명한 건 누굽니까?"

구라모토는 입을 다물고 고개를 숙였다. 짐작 가는 구석은 있지만 밀고하는 형태가 될까 봐 싫은 것이리라. 가쓰라는 굳이 대답을 강요하지는 않았다. 어쩐지 싫다는 이유로 입을 다물기에는 눈앞에서 벌어지고 있는 사건이 너무 심각했다.

아니나 다를까 구라모토는 망설이면서도 똑똑히 말했다.

"유노 씨였던 것 같아요."

가쓰라는 손에 든 대피자 명단을 보았다. 유노라는 이름은 없었다.

"가게 안에 있던 직원은 당신을 제외하고 플로어 담당 시로사키 씨, 주방 담당 야스다 씨와 춘메이 씨, 그리고 아오토 점장, 다섯 명이었다고 들었습니다. 유노 씨는 누굽니까?"

"유노 씨는…… 어, 유노 아카리 씨라고 하는데, 플로어 담당이에요. 저하고는 근무가 잘 안 겹치지만 주말은 함께 일할 때도 있습니다."

"어째서 잘못된 정보를 전달한 게 유노 씨라고 생각하십니까?"

"시로사키 씨는 가족 중에 알레르기 환자가 있어서 평소에도 알레르기 유발 물질에는 굉장히 신경을 쓰거든요. 점장님이 플로어 일을 할 때도 있지만, 점장님과 저를 착각하는 건 이상하니까요."

"유노 씨가 설명을 잘못했다는 건, 그 자리에서 바로 눈치챘습니까?"

"예."

"그렇다면 당신은 유노 씨를 불렀습니까?"

구라모토는 당치도 않다는 듯이 눈을 휘둥그레 떴다.

"아니요. 이런 문제로 담당자를 손님 앞에 직접 세우지는 않아요. 게다가 애초에 유노 씨는 이미 퇴근하고 없었고요."

가쓰라는 잠시 생각을 가다듬었다.

"……당신과 유노 씨는 근무가 잘 겹치지 않는다고 했지요. 오늘도 그랬습니까?"

"예. 유노 씨는 3시에 퇴근했을 거예요. 복도에서 마주쳤거든요."

가쓰라가 말했다.

"유노 씨의 스마트폰 번호를 알고 있습니까? 혹은 메일 주소나 다른 연락 방법이라도."

구라모토는 주눅 든 것처럼 몸을 뒤로 빼며 고개를 끄덕였다.

"예."

"지금 당장 연락해 보십시오."

"어, 하지만 제 휴대전화는 사물함에…….."

구라모토는 그렇게 말하려다가 둘러대듯 슬그머니 웃었다.

"아니요, 아무것도 아닙니다."

근무 중에 개인 휴대전화를 소지해서는 안 되지만 구라모토는 그 규칙을 어겼을 것이라고 짐작했다. 구라모토가 주머니에서 스마트폰을 꺼내 조작하자 가쓰라에게도 희미하게 호출음이 들렸다.

그대로 10초, 20초, 30초가 흘렀다. 구라모토가 가쓰라를 흘깃 쳐다보았고 가쓰라는 "계속하세요."라고 말했다.

호출 시간이 1분을 넘었을 때, 구라모토가 스마트폰을 귀에서 뗐다.

"갑자기 전원이 꺼져 있거나 전파가 닿지 않는 곳에 있다는 안내가 나오네요."

유노의 스마트폰 근처에 누군가가 있고, 그 인물이 전원을 끈 것 같았다.

"유노 씨는 몇 살쯤 됩니까? 여성이 맞습니까? 주소는 알고 있습니까?"

구라모토는 당혹스러워하면서도 대답했다.

"직접 들은 적은 없지만 아마 이십 대 후반, 여성입니다. 주소는, 죄송해요, 몰라요."

가쓰라는 구라모토를 데려온 형사에게 지시를 내렸다.

"본부에 보고. 또 한 사람, 가게 안에 남아 있을 가능성이 크다. 성명은 유노 아카리. 이십 대 후반. 주소는 불명."

형사가 수송 차량 안에서 마이크를 끌어당겼다. 본부에 보고하는 소리를 들으며 가쓰라는 한 가지 더 물었다.

"그래서 파르페를 주문한 남자는 그 후에 어떻게 되었습니까?"

구라모토는 고개를 가로저었다.

"모르겠어요. 잘못 설명한 직원은 퇴근했다고 했더니 그럼 점장을 부르라고 하다가, 제가 난처해하고 있으니 그만 됐다며 가 보라고 했어요."

"남자는 소리를 질렀습니까?"

"아니요. 굉장히 화가 난 것 같았지만 목소리는 크지 않았어요. 그보다 파르페를 먹지 못하게 되어 남자아이가 굉장히 실망했어요. 말도 없이 눈물을 뚝뚝 흘려서, 차마 보기 안타까울 정도였어요."

가쓰라는 구라모토를 가만히 쳐다보았다.

"남자아이? 파르페를 주문한 남성은 남자아이를 데리고 있었습니까?"

구라모토는 눈을 껌뻑거렸다.

"제가 말씀 안 드렸나요? 네, 제가 파르페를 서빙한 건 성인 남자와 남자아이, 두 사람이 앉은 자리였어요."

이무라 경부가 다가왔다.

"시다의 아내 전화번호를 알아냈어. 어이, 시다는 아이를 데리고 있다."

가쓰라는 말없이 고개를 끄덕였다. 이무라는 불쾌하다는 듯이 얼굴을 찌푸렸다.

"뭐야, 알고 있었나? 그럼 공유를 해야 할 것 아닌가?"

"이무라 씨 옆으로 지나간 목격자가 지금 막 이야기해 주었습니다. 아직 본부에도 전달하지 않았습니다."

가쓰라는 잠깐 말을 멈추었다가 이렇게 덧붙였다.

"본부에는 이무라 씨가 전달해 주십시오."

대번에 이무라의 표정이 환해졌다.

"그럼 그렇게 할까? 미안하군. 일단 알려 주겠는데, 데리고 있던 건 아들이고 시다 하루타, 여섯 살이다. 그래, 또 뭘 들었나?"

가쓰라는 지금까지 조사한 결과를 전달했다. 이무라는 혀를 찼다.

"알레르기라. 그건 부모 입장에서는 속상하지."

가쓰라가 잠자코 있자 이무라가 변명하듯 말을 이었다.

"아니, 우리 애가 키위를 못 먹거든. 그래서 평소 외식할 때 조심해야 해. 1년에 한 번 함께 외출하는 건데 하필 된통 걸렸으면……."

그렇게 말하던 이무라가 가쓰라의 표정을 살폈다.

"……참. 이걸 알려 줘야지. 시다가 아이를 데리고 가게에 간 이유."

"지금 이무라 씨가 말씀하신 내용으로 감이 옵니다."

"그렇겠지만 '감'으로 일을 진행하면 안 되네. 잘 들어. 시다의 아들은 오늘이 생일이다."

"오후 3시에 생일 파티라니 조금 묘하기도 합니다만."

"시다는 택시 기사야. 어제부터 오늘까지 격일 근무로, 집에 돌아온 게 오전 4시. 그때부터 한숨 눈을 붙였다가 아들 생일을 축하하러 가게에 온 모양이야. 모친은 어린이집 선생으로 16시에 퇴근하지만 거의 매일 연장 돌봄이 있어 20시쯤 귀가한다는군. 낮에는 아버지가 축하해 주고, 밤에는 어머니가 축하해 줄 예정이었다고 해."

그 축하 자리에서 시다는 알레르기를 유발하는 재료가 쓰이지 않았는지 확인하고 파르페를 시켰다. 하지만 실제로는 아몬드가 들어 있었고, 아들은 파르페를 먹지 못해 잔뜩 실망했다.

가쓰라는 혼잣말처럼 중얼거렸다.

"시다가 점원에게 화를 낸 이유는 알겠어. 하지만······."

이무라가 그 뒷말을 받았다.

"그래. 화를 내는 마음은 이해해. 농성도 말다툼이 불거졌다고 생각하면 그럴 수도 있겠거니 싶지. 아니면 그냥 상상일 뿐이지만 시다는 뭔가 약물을 복용해 정상이 아닐지도 모르네. 하지만 흉기를, 총을 미리 준비해 뒀다는 건 이해가 안 가. 어떤가, 가쓰라, 그 권총, 진짜인 것 같나?"

이무라 스스로도 전혀 그렇게 생각하지 않는 것처럼 물었다.

'메일스트롬 이세사키점'에는 시다 나오토 외에 시다 하루타, 점장 아오토 이사오, 플로어 담당 유노 아카리가 있는 것으로 추정된다.

이 정보는 현경 본부를 긴장하게 만들었다. 범인의 단독 농성인 줄 알았던 사건이 인질 사건으로 바뀌었기 때문이다. 즉시 범인과 접촉해야 하지만 인질 사건 대응 훈련을 받은 특수계는 아직 도착하지 않았다. 니토베 수사1과장은 가쓰라에게 전화로 지시를 내렸다.

'가게 안으로 전화를 걸게. 정보를 끌어내.'

가쓰라는 강력범죄 수사계로 인질 사건 교섭에 대한 경험은 없다. 그것은 니토베도 잘 알고 있다. 하지만 한시를 다투는 상황이다. 가쓰라도 이의는 제기하지 않았다.

"알겠습니다."

현경 본부와 다른 경찰관도 들을 수 있는 전화기로 연락하는 게 바람직하지만 이번에는 기자재가 도착하지 않았다. 가쓰라는 스마트폰 녹음 기능과 스피커 기능을 켜고, 그것으로도 모자라 부하에게 명령해 옆에서 음성 녹음기를 들고 있으라고 했다. 눈앞의 가게에 전화를 걸었다. 호출음이 울리고, 주변 사람들이 숨을 삼켰다.

'……예, '메일스트롬 이세사키점'입니다.'

몹시 긴장한 중년 남성의 목소리였다.

"저는 군마 현경 수사1과 가쓰라라고 합니다. 당신은 누구입니까?"

'점장 아오토입니다.'

가쓰라는 가게 직원이 전화를 받을 줄 예측하고 있었다. 범인 입장에서는 전화를 건 상대가 경찰인지 아닌지 알 길이 없다. 손님이나 출입 업자의 전화라면 점원이 대응하도록 하는 게 무난하다고 생각하는 것이 자연스럽다.

가쓰라가 물었다.

"범인은 옆에 있습니까?"

'예. 눈앞에 있습니다.'

"거긴 어디입니까?"

'사무실입니다.'

"가게 안에 당신과 범인, 그 밖에 누가 있습니까?"

대답이 돌아오기까지 시간이 걸렸다. 침묵이 5초, 10초로 이어졌다. 주위 형사들의 표정에 불안이 감돌았다. 가쓰라는 가만히 기다렸다.

그리고 아오토가 말했다.

'……대답하지 말라고 합니다.'

"'예'나 '아니오'로 대답하십시오. 범인의 아들은 가게 안에 있습니까?"

'예.'

"무사합니까?"

'예.'

"유노 아카리 씨는 가게 안에 있습니까?"

'아, 예.'

"무사합니까?"

잔뜩 억누른 목소리로 대답이 돌아왔다.

'……아니요.'

형사들이 살짝 동요했다. 가쓰라는 주위에 시선을 던져, 옆에서 숙덕거리려던 형사들을 제지하고 다시 물었다.

"유노 아카리 씨는 다쳤습니까?"

'아니……, 예.'

유노는 다쳤다고 말해도 되는 건지 고민되는 상황에 처해 있다……. 가쓰라는 질문을 바꾸었다.

"유노 아카리 씨는 살아 있습니까?"

대답은 늦었고, 목소리는 무거웠다.

'……아니요.'

그리고 갑자기 전화 반대편에서 무슨 소리가 났다. 뭔가를 패대기치는 듯한 소리였다. 아오토가 외쳤다.

'유노는 살해당했어! 눈앞에 있다! 살려 줘! 이 녀석은 미쳤……!'

전화가 뚝 끊겼다.

유노 아카리의 죽음이 사실인지, 현시점에서는 확인할 길이 없다. 현경 본부는 이세사키시 소방본부에 연락해 현장에 구급차와 응급 구조사 대기를 요청했고, 가쓰라에게는 특수계가 도착할 때까지 앞으로 15분 정도 걸린다는 말도 전했다. 현경 본부는 "제2의 희생자를 내지 말 것."이라는 지시를 내렸다.

가쓰라는 계속해서 가게에 전화를 걸었다. 인질 사건은 범인과 계속 접점을 가져야 한다. 하지만 범인이 전화선을 뽑았는지, 아니면 끈질기게 호출음을 무시하고 있는 건지, 2분, 3분을 기다려 보아도 전화를 받는 사람은 없었다.

가까이 있던 형사가 '메일스트롬 이세사키점' 유리 벽을 가리켰다.

"어이, 저기 좀 봐!"

시선을 돌리자 시다가 얼굴을 내밀고 유리에 뭔가 붙이고 있었다. 뭔가 글씨를 적어 놓은 듯했는데, 가쓰라의 위치에서는 보이지 않았다. 가쓰라는 수송 차량 안에서 오늘의 원래 임무였던 고미네 체포 때문에 지참한 쌍안경을 꺼냈다.

유리 벽에 붙인 것은 A4 크기의 복사지 같았다. 거기에는 엉망인 글씨로 '주차장 입구를 비워라. 뒤따라오지 마라'라고 적혀 있었다.

요구라 할 만한 요구는 처음이었다. 가쓰라는 다시 가게로 전화를 걸었지만 역시 아무도 받지 않았다. 요구는 하지만 교섭할 마음은 없다는 뜻이다.

형사가 주방 직원용 앞치마를 두른 여성을 데려왔다. 여성은 고개를 꾸벅 숙이고 가쓰라가 이름을 묻자 대답했다.

"왕 춘메이라고 합니다. 주방 직원으로 2년 일했습니다."

"안에서 무슨 일이 있었는지 말씀해 주십시오."

"사무실 쪽에서 '도망쳐!'라는 목소리가 들렸고, 이어서 비상벨이 울렸어요. 제가 튀김기 전원을 껐고, 야스다 씨가 가스레인지와 오븐의 불을 끄고 함께 빠져나왔습니다."

"도망치라고 외친 게 누구였는지, 아셨습니까?"

춘메이는 고개를 살짝 갸웃거렸다.

"아오토 점장님이라고 생각했어요. 남자 목소리였고, 남자 직원은 야스다 씨하고 점장님뿐이거든요. 하지만 눈으로 본 건 아니에요."

춘메이의 진술은 야스다가 말한 내용과 완전히 일치했다. 가쓰라는 그 점에 의문을 느끼고 춘메이를 데려온 형사에게 힐끗 시선을 던지며 춘메이에게 질문했다.

"가게에서 나온 뒤에 야스다 씨와 이야기를 나눴습니까?"

춘메이는 고개를 가로저었다.

"아니요. 무슨 일이 생긴 건지 몰라서 어쩔 줄 모르고 있는데 경찰이 와서 계속 질문을 했어요."

춘메이의 뒤에서 형사가 작게 끄덕였다. 춘메이와 야스다가 사전에 입을 맞추었을 우려는 없는 듯했다.

가쓰라는 머릿속으로 사건의 경위를 정리하면서 질문을 계속했다.

"도망치라는 목소리가 들리기 전에 뭔가 평소와 다른 점은 없었습니까?"

"······딱히 없었어요."

"뭔가 보거나 듣지도 못했습니까?"

그렇게 운을 떼자 춘메이가 당혹감을 드러냈다.

"저는 아무것도. 평소처럼 들어오는 주문대로 요리를 했어
요. ······하지만 야스다 씨는 뭔가 들었다고 했어요."

"무엇을?"

"모르겠어요. 제 귀에는 아무 소리도 안 들렸거든요."

"야스다 씨에게는 들리고, 당신에게는 들리지 않은 이유가
있었습니까?"

춘메이가 단호하게 끄덕였다.

"저는 튀김기 옆에 있었는데, 때마침 튀김용 닭고기를 집어
넣었을 때라 바로 옆에서 굉장히 큰 소리가 났거든요."

가쓰라가 끄덕거렸다.

"야스다 씨가 했던 말을 조금 더 자세히 설명해 주십시오."

춘메이는 기억을 더듬듯 눈썹을 찌푸렸다.

"······제가 닭고기를 튀기기 시작했을 때, 야스다 씨가 '무슨
소리 못 들었어?'라고 물었어요. 제가 못 들었다고 대답하자 야
스다 씨는 사무실 쪽을 보면서 '분명 들렸는데'라고 했습니다."

"계속 말씀하세요."

"야스다 씨가 불안한 기색으로 사무실 쪽을 계속 쳐다봐서, 제가 '보고 오시겠어요?'라고 물었어요. 하지만 야스다 씨는 결국 '이미 삶기 시작해서'라면서 가지 않았어요."

가쓰라는 잠시 생각에 잠겼다.

"무엇을 삶고 있었습니까?"

춘메이는 바로 대답했다.

"파스타요."

"야스다 씨는 파스타를 삶기 시작했기 때문에 사무실 상황을 살펴보러 가지 않았다. 이유가 뭡니까? 삶는 동안에는 한가하지 않습니까?"

춘메이는 깜짝 놀란 듯 눈을 크게 뜨고 가쓰라를 보더니 살짝 웃었다.

"당신은 그렇지 않다는 걸 알고 있어요. 알면서 제게 묻는군요."

"······."

"맞아요. 아시다시피 면을 삶는 동안에도 한가하지는 않아요. 왜냐면 요리사는 면을 삶는 사이에 접시나 곁들일 재료, 소스를 준비해야 하니까요. 요리마다 차이는 있지만 일반적으로 면을 삶기 시작하면 그때부터 시간과의 싸움이에요."

"야스다 씨가 만들었던 건 파스타를 삶기 시작하면 조리대 앞을 비울 수 없는, 그런 종류의 요리였습니까?"

춘메이는 바로 끄덕였다.

"예. 야스다 씨는 오징어 먹물 파스타를 만들고 있었습니다. 토마토소스는 가게에 있지만, 오징어 먹물 파스타를 만들려면 오징어 먹물 페이스트와 토마토소스를 혼합해야 하거든요. 파스타가 다 삶아지면 같이 넣을 어패류와 파스타, 오징어 먹물 소스를 함께 버무려요. 그리고 무엇보다도 요리를 시작하면 그 앞을 뜨지 않는 건 요리사의 본능이랍니다."

"잘 관찰하시는군요."

"잘 관찰하라고 배워서요. 야스다 씨는 굉장히 솜씨가 뛰어나서, 보고 있으면 배울 점이 많아요."

춘메이의 진술은 막힘이 없었다. 일반적으로 상대가 대답할 내용을 미리 준비해 두었거나, 상대의 두뇌 회전이 빠른 경우에 자연스러운 진술을 얻을 수 있다. 가쓰라는 이번에는 후자라고 생각했다. 파스타 조리법을 설명해야 하는 상황을 춘메이가 사전에 알았을 리 없다.

"참고로……."

가쓰라는 그렇게 덧붙이며 한 가지 더 물었다.

"오징어 먹물 파스타는 몇 분이나 삶아야 합니까?"

춘메이는 미소를 지으며 대답했다.

"파스타 자체는 다른 것과 똑같아서, 4분 30초면 됩니다."

역시나 이번에도 시원스러운 대답이 돌아왔다.

"반장님."

가쓰라의 부하가 숨을 헐떡거리며 보고하러 왔다.

"'메일스트롬' 본사에 문의해 가게 안에서 장난감을 파는지 확인했습니다. 예상대로 계산대 앞에서 판매한답니다."

장난감을 파는 패밀리 레스토랑 체인점은 많다. '메일스트롬'도 그렇다고 해서 가쓰라에게 놀라운 일은 아니었다. 형사가 이어서 말했다.

"현재 가게에서 취급하는 상품 목록을 전송받았습니다. 그중에 마음에 걸리는 품목이 있어 사진을 요청해서 받은 게 이겁니다."

형사가 손에 든 태블릿을 조작해 사진을 띄웠다. 재질은 척보기에도 조악하지만 권총 모양의 검은 색 물총 사진이었다.

"시다가 모습을 드러냈을 때 찍은 사진과 대조해 보았습니다. 많이 흡사합니다. 반장님, 그 권총은 진짜가 아닙니다."

태블릿 화면에 시다와 물총 사진이 나란히 떠 있다. 분명 시다가 손에 들고 있는 권총 모양의 물체는 총신의 길이나, 쥐고 있는 손가락 사이로 살짝 보이는 손잡이 색깔로 볼 때 사진 속 물총과 몹시 흡사했다.

가쓰라는 짤막하게만 말했다.

"알겠다. 본부에 공유하지."

자기가 발견한 사실에 흥분했던 형사는 기대가 빗나간 표정을 지었다. "이상입니다."라고 말하고 물러나려는 형사에게 가쓰라가 날카롭게 말했다.

"'메일스트롬' 본사와 연락을 취하고 있다면 확인해."

"무엇을 말입니까?"

"오늘 오후 2시 45분부터 3시 사이, 이세사키점에 오징어 먹물 파스타 주문이 몇 인분 들어왔는지."

형사는 순간 웃음을 터뜨릴 뻔했다. 하지만 이 상황에서 가쓰라가 농담을 할 리 없다는 사실을 바로 깨닫고 표정을 가다듬었다.

"오징어 먹물 파스타만 확인하면 되겠습니까?"

"그래. 긴급히."

경찰 업무 중에 긴급하지 않은 일은 없다. 현장이라면 더더욱 그러하다. 그럼에도 가쓰라가 '긴급'이라는 말을 입에 담았다면 다른 일은 내팽개치더라도 최우선으로 처리해야 할 안건이라는 뜻이다. 형사는 스마트폰을 꺼내서 바로 '메일스트롬' 본사에 전화를 걸었다.

형사가 피신해 있던 청년 한 명을 데려왔다.

실실 웃고 있는 표정으로, 잔뜩 흥분한 기색이었다. 이름을 묻자 "꼭 말해야 합니까?"라고 떨떠름해했다. 가쓰라는 담담하게 대답했다.

"범죄 수사이므로 부디 협조 부탁드립니다."

"그런가요. 하지만 저는 범인의 동영상을 찍었는데, 그걸 봐서 넘어가 주면 안 되나요?"

"협조 부탁드립니다."

청년은 예상이 빗나갔다는 표정으로 한숨을 쉬었다.

"스즈무라 쇼세이."

"연령과 주소도 말씀해 주십시오."

"저는 피해자란 말입니다. 뭐, 아까 경찰분한테도 말했으니 상관은 없지만. 29살입니다."

스즈무라의 거주지도 이세사키 시내였다. 가쓰라는 수첩을 들었다.

"안에서 무슨 일이 있었는지 말씀해 주십시오."

"설명보다 동영상을 보는 게 빨라요."

스즈무라가 자기 할 말만 하며 스마트폰을 내밀었다. 가쓰라는 사건의 절박함을 고려해 주도권을 넘겨주기로 했다.

"알겠습니다. 보여 주십시오."

"엄청나요."

스즈무라가 스마트폰을 조작해 동영상을 재생했다.

딸기가 수북이 쌓인 디저트가 화면을 한가득 채웠다. 스즈무라의 목소리가 나왔다.

'짠. 메일스트롬 스페셜 선데이입니다.'

디저트 반대편에서 여성이 스푼을 쥐고 있었다.

'드디어 나왔네. 그런데 선데이가 뭐야? 파르페하고 뭐가 달라?'

'그런 걸 내가 알 것 같아? 그보다 그게 중요해? 지금 그게?'

'뭐, 상관있느냐고 묻는다면 아무래도 상관없긴 한데.'

스마트폰을 든 스즈무라가 민망한 듯 머리를 긁적였다.

"이 부분은 상관이 없네요. 넘기겠습니다."

가쓰라가 강하게 말했다.

"아니요. 보겠습니다."

"그래요? 뭐, 그리 길지는 않습니다만."

동영상 속에서 여성이 선데이를 한 스푼 떠서 먹더니 '맛있어!' 하고 환성을 질렀다. 그 직후 사람 그림자가 화면 구석을 지나갔다. 스즈무라가 아닌, 나직한 남자 목소리가 들렸다.

'어이, 당신. 점장은 어디 있어?'

스즈무라가 목소리가 나는 쪽을 돌아봤는지, 스마트폰 카메라에 목소리의 주인이 찍혔다. 시다였다. 시다가 플로어 담당

시로사키에게 물은 것이다.

카메라는 다시 선데이 쪽으로 돌아갔다. 시다의 목소리는 크지 않았고, 격앙된 것도 아니었지만 명백히 분노가 깃들어 있었다. 시로사키는 딱히 주저하는 기색도 없이 대답했다.

'플로어에 없으면 사무실에 있을 거예요.'

'사무실은 어디야?'

'고객용 화장실 맞은편입니다.'

시다는 별다른 대꾸도 않고 걸어갔다. 그 뒤를 어린 남자아이가 울먹거리는 목소리로 '아빠. 아빠, 그만 됐어.' 하고 되풀이하며 따라갔다.

카메라는 다시 선데이 쪽으로 돌아왔다. 스즈무라가 말했다.

'저거 뭐야. 위험한 것 아니야?'

선데이를 먹고 있던 여성은 딱히 관심이 없는 눈치였다.

'서비스업에 종사하다보면 가끔 저런 사람들이 있어. 아니면 정말 점장 친구일지도 모르지.'

'근무 중에 사무실에 찾아오는 친구라니, 싫다.'

'동감. 집 근처에 햄버거 가게가 생겼는데, 점장 친구인지 항상 찾아와서 자리를 차지하는 사람이 있어. 꼴 보기 싫더라.'

'그래서 선데이 후기는?'

'말 안 했나? 엄청 맛있어!'

'견과류를 뿌려 놨네. 난 견과류 별론데.'

'누가 먹고 있을 때 그런 말은 하지 마. 하지만 이 견과류가 포인트야. 먹어 보면 알 거야.'

'그럼 한 입만 줄래?'

'그래.'

그때 갑자기 '도망쳐!'라는 목소리가 멀리서 들려왔다. 스즈무라와 여성은 그것을 듣고도 별다른 반응을 보이지 않았다. 가게 안도 술렁거리는 기색은 보이지 않았다. 하지만 그 직후 비상벨이 울리기 시작하자 여성이 말했다.

'어, 이거, 위험한 거 아니야?'

'오작동이겠지.'

가게 안에 있던 손님 몇 명이 자리에서 일어섰다.

'여러분!'

그런 목소리가 들렸고, 방향을 바꾼 카메라 앞에서 시로사키가 손을 들고 있었다.

'침착하게, 입구에 가까운 자리부터 대피해 주세요. 계단에 주의하세요!'

그 말을 들은 손님들이 출입구로 향하기 시작했다. 선데이를 먹고 있던 여성이 '우리도 가자.'라고 말하자 달칵 소리와 함께 화면이 갑자기 움직이더니 천장이 비쳤다. 스즈무라가 스마트폰을 떨어뜨린 것 같았다.

'아, 이런.'

그런 말을 끝으로 동영상은 끝났다.

스즈무라가 의기양양하게 웃었다.

"굉장하죠? 범인이 찍혔다고요."

가쓰라는 가까이 있던 형사를 손짓으로 부르며 스즈무라에게
말했다.

"협조해 주셔서 고맙습니다. 데이터를 넘겨주실 수 있겠습니
까?"

"공유라면 물론 해 드려야죠."

"영상에 찍힌 여성의 신원도 말씀해 주십시오."

스즈무라는 싫은 표정을 지었다.

"제가 알려 줬다고 하면 그 녀석 싫어할 텐데. 하지만 범죄
수사라 이거죠? 쓰지카와 하나라고 합니다."

"저희가 스마트폰을 좀 맡아도 되겠습니까?"

스즈무라가 스마트폰을 가슴에 꼭 품었다.

"당연히 안 되죠. 일도 해야 하는데. 게다가 이 동영상, 꽤 비
싸게 팔릴 거예요."

그렇게 말하면서 스즈무라는 중계차를 힐끔 쳐다보았다. 가
쓰라는 수첩을 덮었다.

"말릴 수는 없지만, 그만두는 게 좋을 겁니다."

스즈무라가 노골적으로 경계했다.

"뭐예요? 체포하겠다, 뭐 그런 겁니까?"

"경찰로서는 개입하지 않겠지만 민사상으로 위험합니다."

스즈무라는 머리를 긁적거리며 "무슨 말인지 모르겠네."라고
중얼거렸다.

군마 현경 본부 수사1과 특수계가 도착했다. 가쓰라는 특수
계장인 미타무라 경부를 맞이했다.

미타무라는 가쓰라의 3기수 후배다. 거구에 출동복과 방탄조
끼를 껴입고 헬멧을 쓴 미타무라는 가쓰라를 힐끔 보고 불만스
럽게 말했다.

"왜 가쓰라 씨까지 방탄조끼를 입고 있어요?"

"못 들었나? 다카사키역 살인미수 사건의 범인을 체포하고
돌아가던 길이야. 부하들도 장착하고 있다."

"장비가 있어도 지원할 필요는 없습니다. 훈련받지 않은 사
람들이 어슬렁대면 무서우니까요."

가쓰라는 손목시계를 보았다.

"3시 19분, 현장 지휘를 넘기겠다."

"특수계가 현장을 인수하겠습니다. ……상황을 말씀해 주십

시오.”

가쓰라는 ‘메일스트롬 이세사키점’ 2층을 올려다보았다. 유리 벽에는 아직 ‘주차장 입구를 비워라. 뒤따라오지 마라’라는 종이가 붙어 있었다.

“권총 모양의 물체를 소지한 남자가 가게 2층에서 버티고 있다. 2층으로 올라가는 계단은 점포 정면 입구에 하나, 뒷문 쪽에 하나. 정면 입구의 시건장치 상태는 확인하지 못했다. 뒷문은 잠겨 있다. 현장 도면은?”

“방범 카메라 위치가 표시된 자료를 데이터로 받았습니다.”

“피의자는 가게 유리 벽에 요구 사항을 붙여 두고 이쪽과 접촉을 거부하고 있다. 3시 27분 이후 모습도 드러내지 않고 있어. 안에는 점장 아오토 이사오, 종업원 유노 아카리, 피의자 시다 나오토, 피의자의 아들 시다 하루타가 있는 것으로 추정된다. 전화를 걸었을 때 아오토 이사오가 받아서 유노 아카리가 살해당했다고 했지만 확인은 하지 못했다.”

“알겠습니다.”

미타무라가 잠시 생각하다가 물었다.

“피의자가 소지한 권총 모양의 물체가 진짜인지, 정보는 있습니까?”

“확정적인 정보는 없어.”

"전혀 없습니까?"

미타무라가 물고 늘어졌다. 가쓰라는 누군가 본부에 정보를 흘린 것을 알아차렸지만 대답해 주었다.

"'메일스트롬 이세사키점' 계산대 앞에서 장난감을 판매하고 있어. 거기서 파는 물총과 피의자가 소지한 권총 모양의 물체는 외견이 흡사하다."

미타무라가 눈썹을 찌푸렸다.

"중요한 정보로군요. 어째서 숨기는 겁니까?"

"숨긴 게 아니야. 우선순위가 낮다고 생각했을 뿐이다."

"이유는?"

"특수계 업무에 참견할 생각은 없지만 '저건 물총일지도 모른다'고 전달하면 뭔가 달라지나?"

미타무라는 입을 다물었다가 이윽고 내뱉듯이 말했다.

"그런 말을 하는 게 아니잖아."

시다가 소지한 것이 99퍼센트 진짜 권총이 아니라 그냥 물총으로 판명된다고 해도 특수계는 그것이 진짜 권총이라고 생각하고 행동할 수밖에 없다. 만약 진짜 권총이었을 경우를 상정하지 않을 수 없기 때문이다. 분명 가쓰라의 말처럼 흉기가 물총일지도 모른다는 말을 들어도 미타무라의 지휘는 아무것도 달라지지 않는다. 하지만 그래도 가쓰라의 설명은 미타무라에게 결코 유쾌하지는 않았다.

"우선순위의 문제라고 한다면, 뭔가 그보다 먼저 공유해야
할 정보가 있다는 말입니까?"

"있다."

"그건……."

때마침 가쓰라의 부하가 다가오다가 대화하고 있는 가쓰라와
미타무라를 보고 걸음을 멈추었다. 가쓰라는 형사에게 "상관없
어. 보고해."라고 명령했다. 형사는 미타무라의 존재를 신경 쓰
면서도 간략하게 보고했다.

"방금 지시하신 건으로 '메일스트롬' 본사에서 회신이 왔습니
다. 2시 45분 이후 오징어 먹물 파스타 주문 수량은 한 건입니
다. 주문은 1인분뿐이었습니다."

미타무라가 눈썹을 찌푸렸다.

"오징어 먹물? 그게 뭐가 문제란 겁니까?"

가쓰라가 대답했다.

"시간의 문제야. 미타무라, 이 정보는 아직 본부에 공유하지
않았지만 현장 지휘관에게 우선적으로 전달하겠다. 아오토를
주의해."

"아오토? 인질 아오토 점장 말입니까?"

어리둥절해하는 미타무라에게 가쓰라가 말했다.

"**진짜 인질인지, 대단히 의심스럽다.** 아오토는 흉기를 소지하고 있는 것으로 보인다."

바람이 두 사람 사이를 훑고 지나갔다. 가쓰라가 말했다.

"본부와 교신하는 걸 들었겠지만 저 가게 안에서는 '도망쳐!'라는 목소리가 들린 후에 이어서 비상벨이 울렸고, 손님과 점원이 대피했어. 하지만 주방 직원 야스다가 목소리가 들리기 전에 사무실에서 시끄러운 소리가 났다고 증언했다. 뭔가가 떨어졌거나 실내를 뒤집어엎는 듯한 소리였다고 했어."

미타무라는 곤혹스러운 표정을 감추지 못했다.

"사무실로 찾아간 시다가 아오토 점장이나 유노 아카리와 다투어서 소리가 났겠지요. 어쩌면 그때 유노가 살해당했을지도 모릅니다. 그 후 점장이 '도망쳐!'라고 외치고 비상벨을 눌렀다. 이상한 점은 없는 것 같은데요."

"시끄러운 소리가 났을 때, 주방 직원 야스다는 파스타를 삶고 있었어. 오징어 먹물 파스타는 구시마라는 손님이 주문한 메뉴였고 플로어 담당 시로사키가 서빙했다. 시로사키는 구시마의 테이블에 파스타를 내려놓을 때 '도망쳐!'라는 목소리와 비상벨 소리를 듣고 깜짝 놀라서 음식을 흘렸다."

"순서는 같잖아요."

"그렇지. 그런데 이 가게에서 파스타를 삶는 시간은 4분 30초다."

미타무라가 "아." 하고 중얼거렸다. 눈빛이 진지해졌다.

"삶는 시간에, 소스와 버무리는 시간, 서빙에 필요한 시간을 고려하면 사무실에서 시끄러운 소리가 난 뒤에 누군가 '도망쳐!'라고 외치기까지 적어도 6분 정도는 경과했다고 봐도 무방해. 야스다는 두 소리가 30초에서 2분 정도 간격으로 났다고 했지만 본인도 말한 것처럼 요리에 집중하느라 시간 감각이 없었겠지."

"6분인가."

"시다와 아오토는 커다란 소리를 내고 6분 이상 조용히 대화를 했던 걸까? 아오토는 6분이라는 시간이 흐른 뒤에 갑자기 '도망쳐!'라고 외친 걸까?"

"듣고 보니…… 시간이 조금 기네요. 하지만."

미타무라는 주위를 의식하듯 목소리를 낮추었다.

"그렇다면 그 6분 사이에 무슨 일이 있었다는 겁니까?"

"몰라. 다만 아오토가 유노 아카리가 죽었다고 말한 것을 잊어서는 안 돼."

유노는 3시에 아르바이트를 마치고 퇴근했다. '메일스트롬' 유니폼은 하얀 셔츠에 베이지색 조끼, 검은 바지다. 그리고 구라모토는 출근할 때 사무실에서 옷을 갈아입었다고 했다.

"저 가게에는 탈의실이 없다. 종업원은 유니폼을 입고 출근하거나, 사무실에서 옷을 갈아입어. 탈의실로 쓰는 이상 당연히 사무실은 안쪽에서 잠글 수 있는 구조겠지. 하지만 3시 이후 구라모토가 출근하고 유노가 퇴근, 시다가 점장에게 항의하려고 사무실로 갔을 때, 사무실에는 아오토가 있었다. 아오토가 점장용 열쇠를 사용했거나, 유노가 열어 줬다고 생각해 볼 수 있겠지."

미타무라는 가쓰라가 한 말을 곱씹었다.

"바꿔 말하면…… 시다가 가기 전까지 아오토와 유노는 사무실에서 단둘이 있었다."

"그래."

미타무라가 팔짱을 꼈다.

"아오토와 유노의 관계는?"

"추측이야 얼마든지 할 수 있지만 그건 앞으로 수사할 일이야. 지금 아는 건 3시 이후 유노가 사무실에 있었다는 사실. 아마도 그 전후로 아오토도 사무실로 갔고, 그 후 사무실에서 시끄러운 소리가 났다는 점. 그리고 6분 이상 경과한 뒤에 시다가 사무실을 찾아갔고, 직후에 아오토가 '도망쳐!'라고 외치고 누군가가 비상벨을 눌렀다."

미타무라는 그제야 가쓰라의 진의를 알아차렸다.

"아오토가 유노 아카리를 사무실에서 살해했고, 시다는 우연히 그 현장에 난입하고 말았다. 가쓰라 씨, 당신 그렇게 말하고 싶은 겁니까?"

"……그랬을 가능성이 있다. 적어도 유노와 단둘이 있을 기회가 있었던 사람은 시다가 아니야."

가쓰라는 잠시 숨을 돌렸다.

"만약 유노를 살해한 게 아오토라면, 아오토가 이곳에서 벗어날 수 있는 방법은 한 가지뿐이다. 전부 시다의 범행으로 꾸미고 자기는 피해자 행세를 하는 거지."

미타무라는 가쓰라의 의견을 일언지하에 기각했다.

"그런 일이 가능할 리 없잖아요. 시다가 왜 협력하겠습니까?"

"물론 협력하지 않겠지. 하지만 시다는 여섯 살짜리 아이를 데리고 있었어."

미타무라가 가쓰라를 뚫어져라 쳐다보았다.

"가쓰라 씨. 당신은 **아오토가 시다의 아들을 인질로 잡아, 시다에게 피의자 행세를 강요하고 있다**고 생각하는 겁니까?"

"충분히 가능해. 시다에게 이따금 블라인드 사이로 얼굴을 내밀라고 위협하는 것만으로도 충분해. 전화는 아오토가 직접 받았다."

"그런 짓을 해도 무사히 달아날 수는 없어요. 시다도, 그 아들도, 가게 안에서 무엇을 봤는지 증언할 텐데요."

"맞는 말이야. 아오토가 무사히 달아나려면 시다와 그 아들이 증언을 해서는 안 돼."

미타무라는 가쓰라가 한 말을 떠올렸다. '아오토는 흉기를 소지하고 있는 것으로 보인다.'

"시다에게 물총을 쥐여 준 것도 시다를 흉악범으로 보이게 만들어 경찰이 시다를 처리하는 요행을 바란 거겠지. 하지만 아오토라 해도 그렇게 일이 생각대로 풀릴 거라 기대할 리는 없어. 아오토는 아마도 자기 손으로 시다와 그 아들의 입을 막을 각오를 했을 테지. 사건이 길어지면 아오토는 궁지에 몰린 시다가 아들을 죽이고 자살했다고 주장할 거다. 시다가 반대로 아오토를 해치우지 않는다면 말이지만."

누가 누구를 죽여도 인질 사건의 결말로는 최악이다.

미타무라는 아연실색했다.

"그런 말도 안 되는 일이……."

"궁지에 몰린 범죄자가 발버둥 치는 건 늘 있는 일이야. 물론 표면적으로 보이는 것과 똑같은 사건일 가능성도 없는 건 아니다. 아이 생일에 알레르기 유발 재료가 든 파르페가 나와서 머리끝까지 화가 난 부모가 홧김에 저지른 일일지도 모르지."

가쓰라는 '메일스트롬 이세사키점'을 다시 올려다보았다.

"하지만…… 나는 아오토를 주의하길 권하겠네. 나도 여섯 살 짜리 시체는 보고 싶지 않아. 부상당한 동료도."

'메일스트롬 이세사키점' 농성 사건은 발생으로부터 약 1시간 후, 오후 4시 2분에 군마 현경 수사1과 특수계 및 총기대책 부대가 돌입해 해결에 이르렀다. 경찰은 피의자의 성명을 공개하지 않았고, 이 정도로 중대한 사건에서 피의자를 익명 처리한 경찰의 대응에 비판이 쇄도했다.

오후 8시 41분, 아오토 이사오가 유노 아카리 살해 혐의로 체포되었다. 체포 사실은 오후 9시부터 시작된 기자회견에서 공개되었고, 아오토가 인질을 잡아 협력을 강요했다는 익명의 피의자 진술도 발표되었다.

시다 나오토는 강요죄 혐의로 검찰에 송치되었지만 불기소로 끝났다. 현장을 지휘하고 아오토 체포를 위해 조기 돌입을 주장한 미타무라 경부는 개인 자격으로 군마 현경 본부장상을 받았고, 수사1과 특수계와 총기대책 부대도 부서 명의로 본부장상을 받았다.

재판 과정에서 검찰 측은 아오토 이사오가 유노 아카리에게 집요하게 교제를 요구하다가 거절당해 분노한 것이 살해 동기임을 지적하면서 범행 후 농성 행위의 흉악성도 함께 고려해 무기징역을 구형했다. 변호 측은 유노 아카리가 아오토 이사오에게 거액의 금품을 요구했고, 그에 부응하지 못한 아오토를 모욕한 것이 사건의 원인이었다고 주장하며 정상참작을 호소했다. 재판은 장기화될 양상이다.

가쓰라는 한동안 각종 동영상 사이트를 주시했지만 스즈무라 쇼세이가 촬영한 동영상은 어디에도 올라오지 않았다. 시다 나오토는 사건 후 한동안 출근을 금지당했지만 이무라 경부가 거들어 준 덕도 있어 택시 회사에 복귀했다.

시다 하루타는 사건 다음 달, 이세사키 시립 도네가와 초등학교에 입학했다. 사건에 대해서는 까맣게 잊은 듯이 씩씩하게 지내는 것 같다는 소식을 훗날 이무라가 가쓰라에게 전해 주었다.

《올 요미모노》 게재

〈낭떠러지 밑〉   2020년 7월호

〈졸음〉   2021년 2월호

〈목숨 빚〉   2023년 2월호

〈가연물〉   2021년 7월호

〈진짜인가〉   2023년 7월호

  법률 절차는 변호사 이마니시 준이치 선생님께서 검토해 주
셨습니다.
  깊이 감사드립니다.

가
연
물

1판 1쇄 발행 2024년 8월 28일
1판 3쇄 발행 2024년 9월 19일
지은이 요네자와 호노부 | **옮긴이** 김선영 | **펴낸이** 최원영
편집부장 윤영천 | **편집부** 김서연 이지윤 | **북디자인** 형태와내용사이
본문조판 양우연 | **국제업무** 박진해 조은지 남궁명일 | **마케팅** 김민원 조은걸
펴낸곳 (주)디앤씨미디어 | **출판등록** 2002년 4월 25일 제20-260호
주소 서울시 구로구 디지털로 32길 30 코오롱디지털타워빌란트 1301-1308호
전화번호 02.333.2513 | **팩스** 02.333.2514

ISBN 979-11-92738-40-6 03830

정가 16,700원